广雅

聚焦文化普及，传递人文新知

广　　大　　而　　精　　微

夏日木屋札记

一场跨越物种的生命对话

LIVETS TUNNA VÄGGAR

[瑞典] 妮娜·波顿 著　薛荷仙　刘　羿　陈薇宇 译

GUANGXI NORMAL UNIVERSITY PRESS
广西师范大学出版社
· 桂林 ·

夏日木屋札记：一场跨越物种的生命对话
XIARI MUWU ZHAJI：YICHANG KUAYUE WUZHONG DE SHENGMING DUIHUA

图书在版编目（CIP）数据

夏日木屋札记：一场跨越物种的生命对话 /（瑞典）妮娜·波顿著；薛荷仙，刘羿，陈薇宇译. -- 桂林：广西师范大学出版社，2023.6
（自由大地丛书）
书名原文：Livets tunna väggar
ISBN 978-7-5598-6074-3

Ⅰ. ①夏… Ⅱ. ①妮… ②薛… ③刘… ④陈… Ⅲ. ①散文集－瑞典－现代 Ⅳ. ①I532.65

中国国家版本馆 CIP 数据核字（2023）第 096474 号

广西师范大学出版社出版发行
（广西桂林市五里店路 9 号　邮政编码：541004
网址：http://www.bbtpress.com）
出版人：黄轩庄
全国新华书店经销
广西民族印刷包装集团有限公司印刷
（南宁市高新区高新三路 1 号　邮政编码：530007）
开本：880 mm × 1 240 mm　1/32
印张：10.125　　字数：200 千
2023 年 6 月第 1 版　　2023 年 6 月第 1 次印刷
定价：78.00 元

序言：到大自然中去

在我们周围，活跃着各种地球生命，有的来去无影，有的繁衍不息，有的相互敌对，有的和睦友爱。小时候，为了向世人宣告我的存在，我天真地写下自己的名字、地址，还编造了“世界”的大小参数，构建出属于自己的城堡，在此称王。渐渐地，我疑惑地发现，其他人也把自己看作世界的焦点。不仅如此，人类好像并不是世界唯一的主角——同为主角的，还有大自然里的万千生灵。

那什么是自然呢？有人说，自然指的是外部环境，或是人与生俱来的内在特质；但与此同时，“自然”（nature）在英文中形似“出生”（nativity），所以它似乎也与无限的新生存在某种联系。简单来说，大自然里有数不尽的生命，在这里，每个生命都是世界的焦点，都闪烁着自有的光芒，按照自己的节奏，循着自己的思路而活动，尽可能地汲取着大自然的一切。

上高中时，我主修文科，但同时选修了生物。正是在那时，我了解到博物学家卡尔·林奈（Carl Linnaeus）和达尔文（Darwin）将人类归为动物的一种，这才明白人类归属于自然。

后来上大学时，我兼修了文学和哲学，并确信这两个专业的组合能指引我探索生命的奥秘。但文学主要关注的是现实个人，而哲学聚焦的是抽象问题。所以那时，我真想回到过去，去会会那些对大自然发问的古希腊哲学家。著名哲学家德谟克利特（Democritus）研究的是原子和恒星；泰勒斯（Thales）则通晓水文；阿那克西曼德（Anaximander）通过研究化石，推测人类是鱼类的远亲；而赫拉克利特（Heraclitus）则发现世间万物都像河流一样千变万化。

继他们之后，亚里士多德（Aristotle）则将热情投注于生命的方方面面，从物理、气象到语言、诗歌，无所不包。其兴趣点可以用两个希腊词来概括：bio（生命）和 logos（措辞或辩理）；而且这两个词都能和其他词任意搭配，比如，bio 和 logos 可以组合成单词 biology（生物学）。但是亚里士多德并不甘于纯理论研究，后来他在莱斯沃斯岛隐居了一年，以便对自然展开更具体深入的探索。在他的学生提奥弗拉斯特（Theophrastus）关注植物与环境的关系时，亚里士多德已投身于动物的研究，细致地绘制动物的身体结构和发育过程。最终，亚里士多德开创了动物学学科——直到今天，其观点在动物学的很多领域仍然适用。

最初，亚里士多德研究的是我们最熟悉的动物——人类。但他很快发现人类并不比其他物种更高贵，所以又将目光转向了其他物种，如鸣禽和鸽子，乌鸦和啄木鸟，蚂蚁和蜜蜂，头足类动物和鲸鱼，狐狸和其他四足动物。他记录蝉的生命周期，观察蛇类相互缠绕的交配过程；还解剖生物的受精卵，发现生命早在胚胎时期就已拥有眼睛、血管和跳动的心脏。在深入了解遗传问题的过程中，亚里士多德大胆猜测遗传的发生取决于某种物质，他把其称为“相”(eidos)，并把这个概念类比为单词中字母的顺序。如此一来，他离遗传性 DNA 概念的解释又近了一步。

是什么在背后驱动着这些生命形式？

亚里士多德认为，每个生命体内都蕴有一种元气，这种元气能激活体内物质，指引各种养分到达身体的各个部位。在他看来，大自然似乎有一种独特的能力，能创造出日渐复杂的生命体；因为它们都必须适应生存环境，所以环境是最大的决定因素。就好比在一个家庭里——成员之间可能会起争执，但也有齐心协力的时候；就像太阳、月亮和星星一样，每个家庭成员都各自扮演着不可或缺的角色。总而言之，就像一幢房子有了四壁一样，生命由此有了特定的活动圈子，有了平衡机制。事实上，今天人们熟知的“生态”(ecology)一词正是从希腊语中的“房子”(oikos)一词演变而来。

虽然我是在城市里出生长大的，但是我对大自然并不陌生。我们家从未拥有过属于自己的避暑小屋，但每逢暑假，母亲都会为我们租上一栋乡间小屋，住上一段。即便后来姐姐嫁到了国外，我们仍旧保留了这个习惯。为了缓解思乡之苦，姐姐每年夏天都会回到瑞典，租借乡村避暑别墅，在姐夫的假期到来之前，我和姐姐还有她的孩子们会共享这些房屋。

与此同时，我相继和不同乡间的同居伙伴共度了三十年。受他们的影响，我的兴趣出现了分化：作为一名作家，我深知如何运用文字拓展世界；而作为一名生物学家，我知晓自然界存在的各种联系。有的动物学家，比如杜立德博士（Doctor Dolittle），他赢得了动物们的信任，甚至能去抚摸一只经常出没在他家门廊上的松鸡。而我，大部分时间都在生物学图书馆里畅游，了解各种野生动物。

换句话说，以往我只是偶尔到访大自然；直到母亲去世，我们把她的庄园改造成了避暑小屋后，我才对自然有了更加深入的了解。这份遗产是有生命的，它在不同方面给我们的生活带来了一些新的意义。对我姐姐来说，这处庄园成为她和儿孙们一起度假的完美居所；而对我来说，这里是隐居创作的不二之选，毕竟自然和生活就是我的创作素材。

小屋坐落在一大片生机勃勃的平地上，在南面成片的松树和橡树中间，隐约可见一座长满青苔的小山丘；西面有一条穿过蓝莓灌木丛的秘密小路；北面则与一些公共用地陡然相接，水声潺潺。四周并没有明确的分界线，所以一切既私密，又开放。

这处庄园本身可能看起来很大，相比之下，小屋就显得很小。这是一个单间，是很早之前的主人心血来潮按照传统避暑小屋的样式建成的。阳台上的玻璃换成了墙壁，以容纳两张双层床，然后又扩建了一间厨房和一间浴室。后来，受到地形限制，就没有进行更多的扩建。

好在庄园的每个角落都有一个小的附属建筑。其中一间以前用作厕所，现在被改成了工具房；另一间是木工棚，旁边还有一个露天仓库；在第三个角落有一间小茅屋被用作游戏室；而第四个角落是一个简易工棚，后来成了我的秘密创作之地。

这样的房产自然会存在这样那样的缺陷，何况它还不在保险免责范围内。所以就连请来的木匠都嘀咕说，还是再建一座新的吧。他这样说真令人扫兴，难道他看不出这间小屋独特的田园风味吗？

不管怎样，小屋显然还有很多地方需要修缮。我很高兴能有机会和木匠打交道，因为在写书时我感觉自己也是在一砖一瓦地建造楼房。到手的工程图总是新的，我必须自己慢慢摸索，要找出各种不同材料之间的正确配比可不容易。因此，我每天都埋头在办公桌前与这些技术问题死磕。

在全身心投入到生活和自然之前，我还有几件事情要做。其一是研究河流是如何滋养自然和孕育文化的，其二是研究文艺复兴时期的人文主义是如何将人文科学和自然科学结合起来的。鹿特丹文学家伊拉斯谟（Erasmus）为散文这一体裁注入了新的活力，他是我的榜样。让我狂热追随的还有伟大的百科全书式学者康拉德·格斯纳（Conrad Gessner）。他和亚里士多德一样，研究范围也涉及动物学和语言学等众多学科。他的作品涵盖了对成千上万种植物的描述和对众多作家及其作品的评价；在自然界各物种之间奇妙关系的启发下，他还专门研究了上百种语言之间的联系。

我一直对格斯纳百科全书式的研究理念深表认同，这种研究赋予了自然界中大大小小的角色同等的重要性；因为没有主次之分，他的研究可以从不同角度呈现世界。对我来说，格斯纳的观点在万物中得到了呼应。在那本《文艺复兴》（*Renaissance*）中，我虽然只用了寥寥几章来介绍格斯纳，但我很欣赏他把生物和语言、植物和文学结合起来的研究方法。

格斯纳的著作多达七十部，只可惜我的写作角太小，无法完全容纳这些书籍；而小屋周围的生物种类也可能没那么丰富。在这样的条件下，我还能读懂它们之间的对话吗？人类文字记载是我以往了解地球生命的主要渠道。那些在我周围或飞或爬、或攀或游的生物必然有它们各自适应于大自然的语言。它们可能像根一样试探性地向前冒险，也可能是脚踏实地的，又或是轻盈而有翅膀的。那么我该如何穿越时空，去发现那些早在文字出现以前就已有了自己语言的古老生物呢？差异常常会在不同的物种间竖起一堵堵高墙。

然而对于这类问题，生命往往自会给出答案。

目　录

辑三
墙上的蚂蚁军团

辑四
海景阳台

辑一

小屋秘密初探

蓝色的屋顶

可以说，屋顶是我了解整个小屋的开始。工匠们发觉屋顶的毛毡该换了，保温层也该填充了，于是从那里开始检查。在屋内，当我们用红外摄像机往上照时，图像呈现出2月夜晚特有的淡淡的蓝紫色，这表明有大量冷空气渗进屋子里来了。蓝色中还有一抹又一抹的黄色，代表着热量，意味着上面还有一些残余的保温材料。看着这些红外图像，我开始思考：房子周围到处都是一簇簇散发着黄光的保温材料，像是天上掉下来的小云彩，它们是怎么落到房顶上的？该不会是什么东西爆炸了吧？

3月下旬木匠们会返回小屋，为了迎接他们，我提前在小屋里睡了一晚。这是我第一次在这儿住，为了驱赶冬日的寒意，我打开暖气片，然后去周边逛了逛。皎洁的月光下，哪怕是最细小的砾石，都在光秃秃的地面上投下了斑斑光影，好似大地上的一切都已准备好重新焕发生机。一只大山雀站在款冬花上鸣叫着，还有许多其他生命肯定也在花蕾里、在球果中孕育着，等着破芽生长。好像，还有很多秘密等着我去发现。

回到小屋后，我打开炉子，准备做意大利面。趁着烧水的间隙，我从妈妈的房间里翻出了几个搬家用的箱子。

虽然还有很多东西需要归置，但我打算晚上先看看书，放松一下。这种宁静让人感到惬意，正适合读读我带来的那本关于外太空的书。

毕竟，正是在那遥远的外太空，生命的构成要素从拳头般大小的宇宙中诞生了。在那非同寻常的一刻，宇宙被挤压得厉害，它紧紧拥抱的是即将到来的众多星系和一个无限的未来。

之后，史诗般的宇宙大爆炸发生了。物质时代就此开始，太空中满是恒星，它们花了大约数十亿年的时间生产碳和氧、银和金，以及所有生命所必需的其他成分。就连我自己身体里的质子和电子也曾经是太空中的辐射物质。总之，我可以把自己看作无生命星体的副产品，或者它们原材料的集合。这样的原材料有很多，因为仍有数百万吨的宇宙物质正源源不断地抵达地球。

我闭上眼睛，开始思考。这本书认为，地球是一个庞大的基本粒子循环的一部分，这些基本粒子组成了岩石、水、植物和动物。地球内部形态不稳定，当其发生骤变时，这就意味着太阳系再次绕着银河系的中心转了一圈。这一循环周期耗时2.25亿至2.5亿年，被称为银河年。

太空中，恒星和行星像一个巨大的钟表里的零件一样运动着。像所有钟表一样，它时不时也会出现偏差，这就是月球正在慢慢远离我们的原因。但就目前而言，地球和月球之间的相对位置没有发生太大的变化，因为每年只会拉开4厘米的距离。

当我想象书中所描绘的空间位置时，小屋的四壁似乎开始不断向外延展。根据这位天文学家作者的说法，物体再小，也能为更大的蓝图增添异彩。举个例子，如果你把一枚硬币放在眼前大约一米的地方，它的后面可以容纳十万个星系，而每个星系又由数千亿颗恒星组成。在我们的银河系中，恒星散布在相当广阔的区域内，其中一些恒星发出的光已经在我们的银河系中穿行了数百万年。此时，这些恒星本身虽然已经黯淡无光，但是就像旧时的唱片仍承载着逝去音乐家的金曲那样，它们曾散发的光或多或少还一直存续着。

这些光会散往何方？太空的每个方向似乎都是一样的，深不见底，没有中心可言。一想到人类发射探测器带往太空的是一张双人照片，我的心里就一阵伤感。人们竟把一张照片视为地球上最重要的信息，会不会有点太过自以为是了？而且，太空中若真有其他语言存在，那它的语言特质也肯定和我们大不相同。这是一个我们用数学而不是文字来探索的世界。

个人认为，相较于照片，也许美国宇航局（NASA）对地球电磁振动的记录能更好地展现地球的面貌。这段记录被转化成了声音，当我听到这段无始无终的低吟时，一阵莫名感动。这就是我们想象中的天体音乐吗？开普勒曾推测土星和木星是低音，地球和金星是高音，火星是高音，而水星是低音。我不知道这些星体在现实中听起来如何，但在聆听美国宇航局版本的“地球之歌”时，我感受到了我们星球生命的可爱和脆弱。

初遇松鼠

现在外面能看到星星吗？我放下书，把夹克披在肩上，到外面站了一会儿。从那本书中，我了解到90%的西欧人再也没机会看到真正的星空，因为我们的人造光掩盖了天空原有的光亮。当然了，黑暗本是宇宙的主旋律，但如果我们真由恒星物质构成，那么能亲眼看看它们或许会很有趣。

放眼望去，隐约可见的只有在大气层中闪烁的北极星。但当我把视线收回来时，发现眼前好像有什么东西——是一个黑影一闪而过吗？这里有蝙蝠？说到蝙蝠，我心里涌起一种很复杂的情感。它们是唯一能征服天空的哺乳动物，号称飞行高手。和鸟类不同的是，它们没有羽毛——只有由裸露的皮肤组成的翅膀，绷紧在它们的拇指和其他四指之间。它们的皮肤一直延伸到脚骨，这加宽了它们的翼展。人们不了解的是，蝙蝠飞行时，两翼在空中的挥动速度比我在电脑键盘上的打字速度还要快。

就蝙蝠而言，它们还能快速发出超声波，以在黑暗中探寻正在觅食的飞蛾。不过，它们私底下更多的是进行身体和声音上的交流。例如，有人曾目睹过一只雌性蝙蝠帮助其近亲分娩的过程，她先示范身体应该如何摆放，才能让幼崽更加顺利地产出，随后她还帮忙接生。这与人类的分娩没有什么不同。那么，为何对我们来说，温柔又毛茸茸的蝙蝠会如此陌生呢？是因为我们常常把它们和黑夜联系在一起吗？而那时我们已经进入梦乡，感官也进入了休眠状态。

过了一会儿，我进了房间，躺在其中一张双层床的下铺上。床很窄，但很舒适，感觉好像上铺还睡着别人。要知道，只有保持身体温热，才能抵御外太空的荒凉和寂静。

突然间，不远处发出了声响。是有人在屋顶上走动吗？感觉不像是蝙蝠，那是什么？天太黑了，外面什么都看不清，我试着入睡，但还是希望天能快点亮起来。

黎明时分，醒来的不只我一个。这时，屋顶上又传来声响，听着像轻微的脚步声。是一只鸟吗？我小心翼翼地溜出去查看，发现屋顶上什么也没有。但转到屋后，我发现用来遮挡屋顶和墙壁间缝隙的隔板上有一个大洞，看起来像一个入口。

一整天，我都在厨房搬运归置箱子里的东西，也琢磨了一整天：那个入口到底通向哪里？快到吃午饭的时候，我绕房子周围转了一圈，终于看到了那个在屋顶上发出声响的神秘生物。它靠在隔板上，伸着懒腰，打着瞌睡，一副很享受午睡时光的样子。从牙齿来看，它是一只啮齿动物，乍一看还以为是老鼠，但再看看它那毛茸茸的尾巴，就知道其实是松鼠。

一瞬间，一切都明朗了。为了获得更多的生存空间，这只小松鼠挖开了屋顶的保温层，而且显然，它的小伎俩奏效了。从红外摄像机的照片来看，屋顶上确实有一个很大的松鼠窝。

我一时不知该如何反应。显然它是一个闯入者，未经主人允许就敢入住，我似乎理应感到愤怒。但我一直很喜欢松鼠，对它们也相当了解，现在终于有机会近距离观察它前腿上敏感的触须，还有它那看起来像手一样的前爪。——这又让我有些兴奋。我还瞅了瞅它那毛茸茸的尾巴，有了这个“舵”，它能在树与树之间跳跃自如。到了夜里，这尾巴还能用来当作毯子取暖，即使不用手摸，我也能感觉到它的无比柔软。

我看了看它尾巴下的生殖器，发现这是一只雌性松鼠。要知道，独居雌性松鼠的生活都很不容易。在春天交配过后，它们会把雄性松鼠赶出自己的领地，然后独自照顾所有的幼崽。有一次，我的一个生物学家朋友发现了一只从窝里掉下来的小松鼠。我正是在接触到这只小松鼠后，才明白松鼠妈妈有多忙碌的。当时我仓促间查阅了一番松鼠妈妈必须做的事情，结果发现多得离谱。首先，松鼠妈妈必须每隔三小时给小松鼠喂一次奶，之后还要帮它们按摩小肚子，以促进消化。除此之外，每只幼崽必须被轮流外挂一段时间，以定时排便。这听起来就是一份全天候无休的工作，所以当松鼠妈妈终于找到她的这个孩子时，我大大地松了一口气。

也许它是在被挂出去排泄时从巢里掉出来的，那时松鼠妈妈可能正趁着这个空当去为自己寻找一点食物。一旦小松鼠开始到处乱跑，成了老鹰和猫的目标，松鼠妈妈的工作就更繁重了。即便如此，如果亲戚家有孩子需要照顾，责任感很强的松鼠妈妈也会帮忙带着。

一想到这儿，我的心就软了下来。一直以来，松鼠都是人们猎杀的对象：在冬春季的日耳曼节日里，它们会被当作祭品供奉；在穷人眼里，它们是盘中餐；在商人眼里，它们的皮毛还能带来不菲的经济收入。16世纪，斯德哥尔摩一年出口的松鼠皮多达三万张，而那里只是瑞典的众多松鼠皮出口地之一。近年来，我们本土的欧洲红松鼠一直在与它们的亲戚灰松鼠竞争生存空间，后者是20世纪被从美国带到这里的。值得注意的是，灰松鼠携带一种只有它们自身才能免疫的病毒，它们有时会形成非常强悍的小团伙，甚至会咬伤狗和孩子。

这么说来，还是要好好保护隔板下的这位红色小家伙。为了不打扰它，我轻手轻脚地溜走了，进屋坐下来安静地看书。

然而，屋顶上的这位邻居一直让我没法集中精力看书。

我一直在想，和松鼠同居一室会是什么样呢？古时候就有过先例，在古希腊、古罗马和文艺复兴时期，上流社会的名媛们通常会把松鼠当作宠物来养。虽然它们不经常参与贵族圈的社交活动，但是一位18世纪的英国绅士曾吹嘘，他驯养的松鼠有感知音乐的能力。这些被驯化的松鼠对合唱团的音乐并不感兴趣，但它们能在笼子里跟着室内音乐不知疲倦地踩节拍。据说曾有一只松鼠在仓鼠轮上跟着快曲一连跑了十分钟，才停下来转向另一个节奏。总之，笼内生活对于它们来说是了无生趣的。

又临夜晚，我忍不住又想起了那只松鼠，因为她还在屋顶小窝里来回窜动。起初，我讶异于我们之间居然只隔着几块木板。后来，听着她不停走动的声音，我慢慢有了一种亲切感，这也让我体会到蝙蝠是如何在看不见的情况下感知事物的。

但过了一会儿，我一听到它的声音就开始变得烦躁，因为每当我正要睡着时，她就开始发出声响。很显然，她睡不着，就像家里有一个不愿入睡的毛孩子，我也别想睡。她每动一下，屋顶就会嘎吱嘎吱地响：要么是有什么东西不见了，要么就是太热了有些烦躁。她翻找的动静越来越大，我终于忍不住狠狠地嘘了一声，说道："快去睡觉！"

松鼠并不擅长装饰小窝，但也许她只是在安置剩下的一些保温材料。如果用来铺床，未免太暖和了些。通常来说，松鼠窝都是用草和苔藓做成的，我猜保温材料里的矿物纤维可能会对她的呼吸道产生刺激，而这难道不会危害她的健康吗？

松鼠窝里常常有很多害虫，这时只听她挠得直响，大概是身上遭了跳蚤。我也有过同样糟糕的经历——有一次，阁楼里鸽子身上的虱子蔓延到了我床头的通风口，让我奇痒难耐，我猜这次松鼠身上的跳蚤可能也会蔓延到屋子里。

松鼠还会用自己的尿液浸湿爪子，然后用湿爪子踩出边界，以此来标明自己的领地。现在她又开始踱来踱去了，难道还在划分边界吗？听起来又像是在啃什么东西。和其他啮齿动物一样，松鼠需要每天磨一磨它们不断生长的门牙。

一夜无眠。7点左右，屋顶传来沙沙声。啊哈，松鼠已经醒了。我走到厨房时，看到她在窗前窥视，大概是正要去“吃早饭”，恰好途经此地吧。

我一边喝着咖啡，一边从搬家的箱子里拿出一副望远镜，这样就可以远远地观察她了。但我还来不及走近去瞧，“马戏团的表演”已经开始了。瞧！只见她一蹦一跳，跳得和袋鼠一样高，活像个舞动的太阳黑子，一会儿跳到这儿，一会儿蹦到那儿，一会儿上蹿，一会儿下跳。我透过望远镜，视线跟着她移动，不一会儿就感到阵阵恶心。松鼠上蹿的高度可以达到五米，当然摔跤也是常事；然而她跳的时候既不害怕也不冒进，轻而易举地就完成了简单、流畅的跳跃。

最后，她在一棵云杉树上停了下来，我终于可以把望远镜对准她了。她发现了早餐——一个松果。她用爪子熟练地边转边剥，有条不紊，每隔四秒钟就有一粒松子的壳掉到地上，不到七分钟她就把整个松果吃完了。

后来她消失了一会儿，我刚好趁这个空当穿戴整齐，准备出门。在小屋的拐角处，我们又相遇了，她气哼哼地朝我甩了甩尾巴。见此情形，一想到之前对她的百般容忍，我不免有些难受；但转念一想，她已经习惯了不受外界打扰的生活。不过，她平静的日子马上就要到头了。夜里，我不再坐以待毙，而是决定做一个讨人厌的邻居。因为她一定和其他松鼠一样，有好几个窝呢，该让她去别的窝住住了。又一次，当听到她在上面活动的声音时，我重重地敲了敲天花板，上面立刻安静下来，我猜她已经会意了。

鸣声四起

无论如何，室内可不是亲近大自然的好地方。绕着庄园散步时，我听到一只啄木鸟咚咚咚地好像在敲着什么，一副干劲十足的样子。听说这林子里的啄木鸟种类繁多，遍地可见。

我出来转转，也不是为了发现什么珍稀物种，因为即便遇到的是普通大山雀，也能发现一些奇异之处。自从发现大山雀其实会使用工具并且还会制定计划后，人们就认为它们的智力与黑猩猩相当，不容低估，因此我不能只把大山雀当作可爱的小鸟来对待。大山雀会不少技能，它们会用嘴叼着松针，从树的缝隙中撬出毛毛虫；它们总能发现其他鸟类藏匿食物的地方，从中偷走食物；它们还会发出假警报，谎称附近有猛禽出没，从而把抢食的同类从喂鸟器上吓走；有时候实在饿极了，它们甚至会杀死其他小鸟或睡着的蝙蝠，吃掉它们。当然，不是所有大山雀都如此狡猾无情，也有性格平和的个体存在，因此大山雀也不是靠着狡猾而遍布瑞典的。

突然，我听到一阵出其不意的声音，是从外面传来的吗？是的，我听到了公鸡叫，这附近一定有散养的鸡。要知道，鸡可是世界上最常见的鸟类，其数量是人类的三倍。这鸡鸣让人联想到儿童读物中温馨舒适的田园风光。

当然，现在大多数的鸡都是人工饲养而非天然长成的。人工饲养的鸡分为蛋鸡和肉鸡两种，都由孵化器孵化。蛋鸡孵化在恒温箱中，分开进行饲养。肉鸡则以五万只为单位，一起挤在没有窗户的棚子里；为了预防拥挤产生的卫生问题，饲养者还会给它们喂食抗生素。在东南亚的丛林深处，这些鸡的祖先仍小心翼翼地“抱团”生活着。因为天性敏感，它们被抓到后，就像成千上万待宰的工业化饲养鸡一样，极易受惊而死。

在很久以前，丛林野鸡就被印度人驯化了，亚历山大大帝东征时向马其顿王国引入了一些。在他看来，鸡是一种实用的野外补给品，不仅能产蛋、产肉，还能不断繁殖。然而，在希腊和罗马，鸡主要用于预示未来，因为在当地人眼里，它们的进食和飞行方式都蕴藏深意。——当然，公鸡除外。如果两只公鸡被放入一个斗鸡战场内，双方都不能退却，只能厮杀到底。一直到19世纪，在英国仍能看见此番热血场景。如今这种比赛早已退出历史舞台，但这类鸡的名称仍以拳击术语的形式留存了下来，如“次轻量级拳击运动员”（bantamweight，bantam 即“矮脚鸡”。——编者注）。

有一年夏天，我租下一间鸡舍旁的写作静修小屋，小鸡们白天会在附近闲逛，我这才发现工厂外的它们也是值得尊重的。它们的粪便有丹麦糕点那么大，我小心翼翼地路过，生怕踩着。在这个过程中我开始慢慢掌握它们由高到低的啄食顺序，即内部的等级制度。当然，这种模式看起来很熟悉。后来我发现这些母鸡能发出三十多种不同的咯咯声，有用于警告空中威胁的，也有用于警告地面威胁的。

在一次狐狸袭击事件中，肥硕的母鸡活了下来，但公鸡就没这么幸运了。后来，农场主又给鸡舍配了一只年轻的公鸡。起初见到“后宫”这些高大的女士，它似乎害怕得不行。就连鸡舍主人的小儿子也怕母鸡，因为他听说鸟类是恐龙的后代——光看这些鸡舍的“巨无霸”就知道这是事实。

第一个怀疑鸡和恐龙存在近亲关系的是生物学家托马斯·亨利·赫胥黎（Thomas Henry Huxley）。1868年的一天，他正在研究一具恐龙骨架，那天晚上有人给他送了一只火鸡腿作为晚餐——看到盘子里的大腿骨和他实验室里的大腿骨如此相似，他大为震惊。

后来的基因分析证明他是对的，鸡和火鸡确实是恐龙的近亲。恐龙时代，为了躲避体型更大的捕食者，小恐龙会躲进树丛里，也许基因转变就从这里开始。毕竟现在看来，鸡晚上还是喜欢在高处休息。

很快，公鸡的打鸣声停止了，接着公共用地上的鸽子、针叶树顶上的乌鸦开始叫了起来。必须承认，我对这两种鸟都没有太多好感。如今，鸽子已然成为和平、爱和圣灵的象征，但在现实生活中，它们给人的印象却截然不同。

有一次，我因为鸽子而染上了鸟虱——既然如此烦人，那它们又是如何与圣灵联系起来的呢？听人们说，这和一种已经灭亡的鸟——渡渡鸟有关，渡渡鸟有一个葡萄牙语名字叫 doudo，意为"愚蠢"，因为人们很难将它的小脑袋和天才联系起来。鸽子的脑袋也很小，而且它们几乎从不留心自己巢里的蛋。但经过近期的观察了解，我对它们大有改观。比如，作家詹妮弗·阿克曼（Jennifer Ackerman）就收集了大量关于鸽子智力的实验记录。

和鸡一样，鸽子生活在人类身边的时间比其他鸟类更长；也得益于人类，它们才能在各地繁衍生息。鸽子早在一万年前就已被驯化，大约与丛林鸡同时，它们的幼崽也是人们青睐的美味佳肴之一。为了提高繁殖效率，人们总是鼓励渴望交配的雄鸽和生育率高的雌鸽进行交配。对它们来说，在人类附近居住不成问题，因为楼房檐口和阳台与它们原始栖息地的岩壁很相似，所以城市就是它们的完美家园。

在16世纪，莫卧儿帝国的阿克巴大帝饲养了两万多只鸽子，以培育理想的鸽子品种。后来，这种培育方法在欧洲各地得到了推广和实践，达尔文也深受启发，将其应用到进化论当中。既然人类可以利用易变的基因在鸽子繁殖前对其特征进行选择，那么大自然就更不必说了。

到了19世纪，鸽子饲养者最看重的不再是鸽子肉，而是它们惊人的寻路能力。正是凭借这种能力，它们成为古埃及和罗马的邮递员，直到电报出现之前，它们都一直承担着传递信息的重任。

鸽舍网络应用范围很广，不仅应用于路透社和罗斯柴尔德银行这样的行业巨头，而且还可用于小范围内的消息传递——19世纪瑞典帆船赛的结果就是由信鸽带到《斯德哥尔摩日报》(*Stockholms Dagblad*)的印刷厂，随后被张贴在新闻窗口的。

除此之外，鸽子还能承担更艰巨的任务。如果把那些历史上探险家、间谍和军方交付给鸽子的任务搜集到一起，都可以编成一部歌颂鸽子英雄壮举的惊悚小说了。举个例子，1850年，有一只鸽子飞行了4000公里，只为传递一个极地探险队的信息，尽管信息在途中已遗失，但鸽子不放弃的精神还是十分令人敬佩。两次世界大战期间，所有作战部队都使用了信鸽，有些不幸在战争中丧生的信鸽，甚至被授予了勇气奖章。其中，一只英国鸽子在翅膀被打断后仍坚忍不拔地执行了任务；德国的鸽子也不轻松，因为它们既要躲避步枪的扫射，又要防备游隼的突然袭击。

鸽子不仅勇气可嘉，而且动作敏捷，观察力强。一方面，它们能在保持每小时80公里飞行速度的同时，在不熟悉的领域里找到方向；另一方面，它们还是老练的观察者，无与伦比。

在一串连拍的风景照片中，鸽子能精准地识别出人们肉眼看不出的差异。借此，美国海岸警卫队训练鸽子通过辨别颜色小点来寻找常见救生衣的能力，然后用直升机把它们带到海上事故现场去搜救人员。不仅如此，它们甚至能在大浪中分辨出人类。

鸽子在艺术方面的视觉天赋也不容忽视。经过一番训练后，它们可以分辨出毕加索（Picasso）和莫奈（Monet）的作品，并能够区分布拉克（Braque）等立体派和雷诺阿（Renoir）等印象派。利用颜色、图案和纹理等信号，研究人员甚至能够让它们判断画作的美丑。

鸽子的能力并不限于此。事实证明，它们还擅长数字排序，可以将九种物体的图像按正确的顺序排列。它们的记忆力也非常出色，可以在一年内记住一千张图片，并且之后若以底片或颠倒的方式呈现时，它们也能认出。

了解了鸽子们充满智慧的一面后，我为自己曾经看不起它们而感到羞愧。毕竟，它们的数量增长之快以及它们对城市居所的依赖，都是我们一手造成的，也都是人类在培育它们时刻意选择的特征。当然，这也是因为它们已经和我们一起生活了很长时间。所以鸽子不仅能识别自己群体中的个体，还能区分人类的不同个体，甚至能识别人类照片中不同的情绪表达，如愤怒和悲伤。

能识别情绪，可能不单单是因为鸽子具有同理心。这种能力似乎对鸽子自身的生存也有价值，它们能借助这一技能来探测危险，并通过敌人几乎无法察觉的信号来联合出击。有时，只需要一个眼神、一个特定的姿势或者一种抖松羽毛的方式就够了。而我们人类也能下意识地读懂别人；事实上，音调高低和面部表情可能比语言本身更能准确地传递信息。而且，顺便提一句，据说语言只传递了7%的交流内容。按这样的说法，或许解读艺术才是所有沟通的基础？

当然，说到这儿，我也发现了一个问题：我们很容易将情绪投射到其他生物身上，或者把它们和单一印象挂钩。例如，白鸽的代名词只能是温柔，而说起视力好则会立马联想到鹰。呀呀鸣叫的乌鸦被视为不吉祥，而咕咕叫的鸽子则代表好运来。英国现代派诗人特德·休斯（Ted Hughes）就是这样认为的，在他的诗集中，乌鸦是一个不折不扣的反面角色。诗中，雨燕在紫罗兰的芬芳中穿梭，而乌鸦却在海滩上啃食垃圾堆中行人随手丢弃的冰激凌。

乌鸦的叫声为何能激发诗人的创作灵感呢？事实上，乌鸦也属鸣禽；而鸣禽的分类其实和脚的形状有关，和声音并无关联。在我看来，这两个事实似乎都很令人费解。

乌鸦与极乐鸟在生物学上的关系也同样神秘。身披黑灰色羽毛外套的乌鸦，外形活似一个殡仪员，而它嘶哑的叫声也总给人一种很丧的感觉。

但我们都知道，表象往往并不代表真相。罗马人把乌鸦歌声中的“kra kra”译为“cras”，在拉丁语中是“明天”的意思。所以，罗马人一定从中找到了某种信仰，在他们听来，乌鸦的叫声预示着永恒的希望。然而即便是我，尽管知道乌鸦并没那么阴郁不堪，仍不免对它心存偏见。

有一次，我去外群岛参加一个周末的航海旅行。我带着我的两个外甥，而同行的一个女水手带着她的宠物乌鸦。她特地提前问过我们是否害怕乌鸦，所以我猜她已经习惯了人们对她和乌鸦的指指点点。

在航行中，乌鸦大部分时间都站在甲板上，双腿叉得很开，稳如泰山，像个海员。当女水手在操纵船只时，乌鸦机警得就像间谍一样，仔细观察着每一位乘客。当时我的外甥们不断摆弄着他们的香烟，很快就被乌鸦盯上了。

到达过夜的岛屿后，我们可以自行选择休息的地方，要么与水手和乌鸦共用岛上的一间小屋，要么在停泊在海边的船上休息。最后我们选择留在船上，享受海浪带来的微晃，因为一想到要在乌鸦身边睡觉，总觉得很不自在。显然，这只乌鸦喜欢整晚坐在敞开的门前，监视着一切。

庆幸前一夜终于摆脱了乌鸦的监视，第二天一早，一个男孩上了甲板，开始抽他的第一支烟。然而还没等他抽完，乌鸦就像一只地狱里的蝙蝠一样从平房里扑了过来。它“砰”的一声落在他的肩膀上，开始端详他吸烟的样子，他只好三下两下抽完了那支烟。

午餐时，两个外甥进行了一轮兄弟式抽签，来决定谁能抽到最后一支烟，然后无比郑重地点燃了它。恰在这时，乌鸦不知从哪里突然冒出来，直直地飞向兄弟俩，玩杂技般成功叼起香烟，飞到了船舱顶上。她坐在那里，嘴里叼着抢来的烟，一脸嘲笑地看着我们。这时我终于明白，她并不会带来什么厄运，只是乐于制造恶作剧罢了。

之后，我还看到了很多关于乌鸦的报道，大都是一些搞怪的事情。它们会玩捉迷藏，追着狗跑，逗弄猫咪，还会在空中接棍子。雪后，它们飞到房顶上，用广口瓶盖当雪橇玩滑雪，到了底部就用嘴叼着瓶盖，跳上去再玩一遍。

爱玩和创造力是相伴相随的，乌鸦用它们的努力证明了这一点。《伊索寓言》(*Aesop's Fables*)中有一则故事，一只乌鸦想喝水，便把卵石扔进水壶里，等壶内水位升高后成功喝上了水。在现实中，也有实验证明乌鸦会做出同样的行为，人们还发现它们会用工具解决很多问题。

事实上，乌鸦似乎有很多与智慧有关的特质。显然，它们既幽默又会制定计划，既好奇又能适应环境，同时个性张扬。尽管不易被驯化，但在古代，它们还是会为城市的各种机会所吸引。人们认为，在童年这段漫长的时光里，父母的有效引导以及社交活动的适当刺激，能使孩子的智力得到相应的提升。而乌鸦也是如此。亚里士多德注意到，乌鸦照顾幼鸟的时间比其他鸟类要长，而且它们会和家庭成员保持联系。现在我们知道，它们通过多种声音进行交流，不仅是为了区分物种，也是为了区分个体，寻找家人。

更厉害的是，乌鸦群体内部有相互之间能够识别的暗语。它们甚至能理解人类的肢体语言，所以当有人指向一方，它们会朝那个方向看去，而黑猩猩都做不到这一点。

像喜鹊一样，当亲属死去后，乌鸦通常会聚在它们身边，目前尚不清楚这样做是为见证亲人死亡，还是为表忠诚。不管怎么说，它们的记性真的很好。对它们来说，玩匹配相同图像的记忆游戏，简直就是小菜一碟。乌鸦的人脸识别能力也很强，美国军队曾试图让它们参与追捕奥萨马·本·拉登（Osama Bin Laden）的行动。另外，乌鸦不仅能很快认出那些虐待过它们的人，甚至能在远处向同伴指出这些坏蛋。总之，乌鸦时刻关注着周围的一切，一旦有人出现，它们会第一时间察觉。

这种树上生物眼光锐利，对我的观察和了解远超过我对它们的，这似乎有点尴尬，但我想这正是它们的聪明之处。

与松鼠、蓝山雀为邻

一上树，动物们就能马上融入大自然。屋顶上这只松鼠却是个例外，她可能更愿意独自待在自己的窝里，但她基本不认生。有一次，她跑过来时，我正好在吃苹果，就扔了一块给她。虽然和往常一样匆匆忙忙，但她还是停下脚步吃掉了苹果。她这么做倒也不是为了寻求投喂，只是为了靠近我后，用后腿站起来以便更好地观察我。她的眼睛很大，像个孩子，白色的肚皮毫无防备地闪着光。这一次，她没有恼怒地甩尾巴。自那次起，我决定给她提供一个装满坚果的松鼠喂食器，作为对她即将失去“阁楼公寓”的补偿。

在松鼠的陪伴下，我睡得格外地香。从心理学的角度来看，这不难理解。因为我和她之间不涉及“为什么”“内疚”和“宽恕”等问题。我也愿意花大量时间给她解释屋顶的毛毡和保温效果，以及为什么房子最重要的部件是房顶。我还可以给她解释，如果她继续待在屋顶下，可能会发生什么。

但这都没有什么意义，因为松鼠世界的语法远比我会的语法简单，它们不理解某种条件下的“可能会”，对因果关系也不熟悉。它们的记忆只作用于现实世界，比如只记得可以摸得着的种子，有时甚至连这一点也会忘记。至于物主代词，它们的世界里就只有“我的”。

看样子，小松鼠已经接受了自己即将被驱逐的事实，我心里的石头落下了一半。恰巧，木匠和他的帮手们吃过午饭就来了。他们提议马上把屋顶的毛毡撕掉，看看下面的情况如何。于是他们找来梯子，放稳，其中两个木匠爬上了屋顶。

我本以为松鼠对此并不介意，这才发现恰恰相反，她把这看作对其领地赤裸裸的入侵。愤怒倾泻而出，只见她气势汹汹，像“泰山”（Tarzan）一样穿过树林，尽管其间停下来几次，最后还是果断跳上了屋顶。她用后脚站立，用尽全身的力气，开启了喋喋不休的咒骂模式；同时狠狠跺了几下脚，以强调事态的严重性。工匠们不安地看看她，默默地蹲下身子，开始拆除毛毡。

不得不承认，她的举动真的令人大为震惊！多么直率、多么勇敢的松鼠啊！但她还是输掉了这场“领土争夺战”，因为“拆迁”是必然的。接下来，房子将暂交工匠们保管，由他们把松鼠的“阁楼公寓”清除干净。收拾好东西并最后巡视了一圈后，我把钥匙交给了他们。

当新的屋顶毛毡和隔热材料安装就位时，春天已经过去了一大半。于是，修缮工程来到下一个阶段，工人们将会在屋顶安上水槽和落水管，一个金属工人问我要不要顺便安装一套集雨桶。

我爽快地答应了，因为集雨桶既实用又能让屋内保持干爽，为什么不装呢？多亏了互联网，我找到了一对二手的金属集雨桶，虽然锈得有些发绿，但卖家能帮忙送到小屋这里，我只用等待送货上门。我希望房屋修缮完毕后，能看到候鸟们在这里安家避暑。为了庆贺“乔迁之喜”，我买了一个鸟巢作为礼物，还买了一个雨量计来测降水量。

我回来的那个星期，工人们都在休假，但庄园附近仍然传来急切的敲击声。一定是那只啄木鸟受到工匠和阳光的鼓舞，变得兴奋起来。啄木鸟似乎每年春天都要筑新巢，然后在里面轮流养育幼崽。虽然啄木鸟父母共担育儿工作，但其实这个物种的社会联系并不紧密。话又说回来，它们狂热的敲击声或许是其联系彼此和传递重要信息的媒介。在实验中，啄木鸟甚至学会了通过改变击喙的次数来索取不同的物品。它们深谙打击乐，善于通过敲击不同的材料来改变音调。

除了用作鼓槌，它们的喙还可以用作锤子、杠杆、凿子，甚至用来探测昆虫，而这些动作它们在一分钟之内就能全部完成。这只啄木鸟很乐意展示自己的技能，只见它先轻轻地敲击树皮，探测幼虫的位置，然后掀开树皮掏出幼虫，再用它的喙当钻头，钻出一个新的巢穴。我很好奇，它到底在这片土地上打了多少个洞。有只五子雀住在其中一个洞里，她用泥巴小心翼翼地封小了入口，这样一家子就可以在那儿白住，而且不用担心幼崽会被其他啄木鸟吃掉。

家，往往能反映居住者的一些喜好，鸟儿住的地方也不例外。举个例子，黄雀的窝通常用树皮碎片来装饰，而啄木鸟的窝则以锯末作为装饰物。在庄园的储藏室附近，我还发现了一件艺术品，那是一个从树上掉下来的画眉鸟巢室，外围是编织好的针叶树枝，缝隙中塞满了苔藓和白桦树皮；里面则填满泥巴，上面铺着柔软的草。是啊，鸟儿们其实也爱美，也爱欣赏自己精心制作的工艺品。

一些异国品种的鸟儿不断运来新鲜的花朵装饰自己的巢穴，还有一些鸟儿收集同一颜色的物品布置舞场，准备在那儿为它们心仪的对象献舞。大概因为贡献了一个鸟巢，我感觉自己也参与了鸟儿们的筑巢工作。我不喜欢爬树，所以选了一个可以挂在树枝上的小巢。这个红色的小房子看起来很像一间小屋，但实际上它并不是一个理想的栖息地——有风时，待在里面可能不太好过。也许到了冬天，这个晃晃悠悠的小房子可以充当一个喂鸟器。

在外面挂好鸟巢后，我又在小屋内部整理上花了些时间。我在屋里挂起了一盏灯，还有母亲留下的草甸花窗帘，需要安置的东西不多。当我再次走出门外时，惊讶地看到一只蓝山雀径直朝着挂在树枝上的鸟巢飞了过去，只听得“啪嗒”一声，它的身体瞬间消失在晃晃悠悠的入口。

据我了解，蓝山雀对它们的住所没什么讲究，因为在斯德哥尔摩时，我曾看到一只蓝山雀住在我厨房的通风口里。当时，我们对彼此都有点好奇，当我把身子探出窗外时，有时可以看到一双黑眼睛正从金属栅栏后朝我这边看过来。

我想起她第一次飞过时，一看到厨房窗前的我，立马飞回邻院的榆树下，那儿是她收集毛毛虫的地方。我一退回房间，她便沿着迂回路线飞了回来，但如果我再次靠近窗户，她又会立马飞走。我们就这样来回周旋了好几次：蓝山雀飞过来，看到我在窗前的身影又后退；我后退，她又飞回来，像是在跳舞。过了一会儿，她变得大胆了些，开始站在窗台上四处找我，而我在房间里将她的举动看得一清二楚。可以肯定的是，和其他鸟类一样，她对这个世界的感受和体验与我是不同的，而这种不同正是她好奇心的来源。她可以通过影子来辨别一个物体的形状和距离，也能通过长时间的凝视来稍稍放大物体，以便更好地发现昆虫；但要评估我这么个庞然大物，还是有难度的。

我们总是透过窗玻璃遇见彼此，这让我们建立起一种更安全也更陌生的关系。作家比约恩·冯·罗森（Björn von Rosen）写过他和一只五子雀的故事，他曾在窗台上给五子雀喂食，那是他俩缘分的开始。他在屋内走动时，鸟儿会跟着他从一个窗口飞到另一个窗口，有时他到户外，鸟儿也会凑上前。我和蓝山雀的关系就没有这么亲近，但有一次，当她向我投来羞涩而又好奇的目光时，恰好和我的目光对上了。

随着城里落叶森林面积不断缩小，她和其他生物的到来让城市重新焕发生机。对于鸟类来说，这不仅意味着要加强在楼房上建窝的能力，还要学会跟上城市的节奏。大山雀的歌声要再大声一点，才不会被城市的喧嚣淹没，画眉鸟也唱得比以前更急了。在喧闹的大环境下，好像它们也被这城市的压力裹挟着、感染着，生物钟走得更快，它们醒得更早，发育速度也跟着加快。随着城市化范围的扩大，许多动物也被吸引过来，如今，从我的阳台上可以看到十几种鸟。有一天，我走在人行道上，羽毛像雨点一样落在我身上。一种鸟类的到来会吸引另外一种鸟类的到来——这不，一只苍鹰发现了一个鸽子窝。

鸟儿的迁徙

当然，我真正想探讨的不是鸟儿在城市高墙内的生活，而是翅膀赋予它们的自由。每当我在书桌前感受到这种类似的轻盈愉悦时，总会想起那些饱蘸墨水的羽毛笔。它们承载着人类几千年的梦想，就像伊卡洛斯和天使一样，来去自由。因为即使肉体有重量，文字和思想仍然可以高飞远行。

为此，达·芬奇（Leonardo da Vinci）专门就鸟类的飞行过程撰写了一系列图书。他意识到，空气与水的浮动规律很相似，并且注意到空气一般是在鸟儿翅膀的上下方浮动。后来，在其研究结果的助推之下，莱特兄弟得以制造出举世轰动的飞行器。比如，他们明白了鸟类的尾羽是决定其转向能力的关键因素之一。

在鸟儿们面前，飞行员则是小巫见大巫了，前者的飞行技术之高让我大为惊叹。有的鸟儿可以在每小时60公里的速度上突然来个急刹车，稳稳地停落在晃晃悠悠的树枝上；有的鸟儿甚至可以在空中打盹或者和伴侣交配。羽毛已成为它们感知外部世界的一个特殊器官——风速信息会通过羽毛的底部传递给皮肤神经，再送抵大脑。当鸟儿展翅升空时，羽毛开展，羽毛与羽毛之间有小倒钩固定。鸟儿身上没有两片羽毛是完全相同的，也没有一片羽毛能够离开剩下的千万片单独发挥作用。

在长途旅行中，一只只候鸟就像一片片羽毛一样——是黏附在一块儿飞行的。和太阳下的万物众生一样，它们也受地球绕太阳运动的影响，需要遵循相同的规律。不过，值得人类庆幸的是，我们根本察觉不到自己正以每小时10.8万公里的速度移动；而地球上的500亿只候鸟却深受影响，它们会沿着经纬线穿越地球。它们为了接近太阳，有的会连续飞行数千公里，有些甚至不惜冒险飞越喜马拉雅山脉。

有时，沿路的种子或是昆虫会搭上鸟儿的便车，夹在它们的羽毛里。它们每每扇动翅膀，连空气都会颤动起来，仿佛洋溢着一种欣喜之情。在那高空中，有数百万只鸟儿正在飞着，心脏的跳动速率比我快十倍之多，为的是给身体注入源源不断的活力和温暖。

那么，是什么驱使它们开始迁徙？原因很简单，它们能感受到温度的差异，随着气候逐渐变暖，数以百万计的候鸟选择缩短旅程；而其中许多鸟儿已经开始在越来越温暖的北欧国家定居下来。

除了鸟儿，松鼠也能感知和适应温度的变化。据说自中世纪以来，芬兰的松鼠在遇上酷寒时，会组团向东迁移，在途中呈一字排开，达几英里宽，同时彼此之间保持一定距离，以彰显个体的独立性。1955年，在瑞典那个寒冷多雪的冬天，人们也曾观察到类似规模的松鼠迁移。然而，最令人印象深刻的还是来自西伯利亚的松鼠，它们在那里成群结队，开始了山河无阻的大规模迁徙。人们发现，当时许多松鼠虽然已经精疲力竭，爪子上长出了脓疮，有的甚至濒临瘫痪，但没有一只放弃前进。在1847年这个严寒之年，成千上万的松鼠游过叶尼塞河，只为挤进克拉斯诺亚尔斯克市，最终却被大肆杀害。

这一现象让我开始花更多的时间来思考松鼠的问题。它们一般都独居于各地，那么是什么原因促使它们集体东迁？究竟是因为它们之间会相互影响，还是因为它们具备类似于晴雨表的内在感知功能，可以预感到温度即将发生急剧变化？

候鸟体内似乎确实有类似于气压计和测光表的构造。一旦到了秋季，光线不如夏季那么耀眼了，数十亿只鸟就会像一大群包机的游客一样，突然集体向南飞去。

就像人类登机时行李需要限重一样，鸟儿飞行前体内储存的食物也需要精确到克。大多数情况下，一颗坚果的热量能支撑鸟儿飞到非洲。毕竟，它们的身体还需承载其他重要的东西，比如提高翅膀振频的胸肌，还有帮忙寻找航线的脑细胞。然而，鸟儿的膀胱在进化过程中已被它们彻底抛弃，因为任何废物都可以沿途直接丢弃，根本不需要多余的容器。

鸟儿的迁徙时刻表由来已久，已深深刻在它们的基因中，没有鸟儿愿意落后。1933年，一只翅膀受伤的白鹳被一个德国鸟类站收留照顾，但迫于按时迁徙的本能，它逃了出来。即便已无法飞行，它还是花了六个秋天，沿着亲戚迁徙的方向步行了150公里。鸟儿在初次迁徙时就必须学会如何寻找正确的路径和方向，因此这条路线很可能从它还是雏鸟时就已印在了脑海里。同样饱受这种焦虑困扰的还有一些被俘的椋鸟，在整个迁徙季节，关在笼子里的它们会一直朝着南方顽强地拍打翅膀，试图冲破束缚。

候鸟还有属于自己的一套脑内地图，里面不仅有地球的模样，还附带星星的位置。燕鸥尚小还在巢中时，就会一直盯着天空看，仅仅几个星期后，它们就能记住太阳和各种星星的位置。对于它们来说，北极星所在之处就是北方。在离开鸟巢之前，它们还会绕着住处飞一圈，以便记下周遭环境。在之后的旅行中，它们还会不断拓展新的版图。

瑞典女作家塞尔玛·拉格洛夫（Selma Lagerlöf）撰写的《尼尔斯骑鹅旅行记》（*The Wonderful Adventures of Nils*）一书，讲述的正是鸟儿迁徙的故事，地理课由此变得妙趣横生。这部儿童小说本来是预设作为教科书使用的，但当时出版商给她提供的一些专家使用的素材都十分枯燥乏味。她越读越觉得没意思，心想：怎样改编才能让一本教科书变得生动有趣？怎样才能让金黄色的地形图以及描写气候和植物的段落变得鲜活起来？她的答案是，让动物回归自然。试想一下：突然间，密不透风的灌木丛中出现了动静，树上响起了歌声……

拉格洛夫以动物为主体来推动情节发展的灵感，来源于英国小说家拉迪亚德·吉卜林的《丛林之书》(Rudyard Kipling, *The Jungle Book*)，这本书讲述的是一个男孩如何学习丛林生物语言和行为方式的故事。拉格洛夫笔下的头雁阿卡和吉卜林书中的头狼阿克拉十分相似；同样，她描写的狐狸斯米尔和吉卜林笔下的老虎谢尔汗也有异曲同工之妙。

在选择小说形象时，考虑到丛林的动植物和瑞典的动植物差异较大，拉格洛夫最后选择了瑞典当地常见的动物，如驼鹿、野雁、天鹅和老鹰等。在书中，作者最大程度地还原了它们在自然界中的行为特质，它们虽然可以开口说话，但并不像古代寓言以及近现代迪士尼世界里的动物那样被人性化，而是依旧保持动物本性。它们的存在只是证明了一个事实：人类并不是地球生命的全部，也不能主宰全部。

当然，让狐狸斯米尔追着一群野雁跑遍整个瑞典，听起来有点荒诞。但这一情节的设定让斯米尔成了贯穿全文的主线，野雁们的长途旅行也因此不再乏味，而是变得更有目的性并且更加刺激。拉格洛夫对自然科学并不陌生。比如，她从小就知道家养鹅会和野鹅私奔，最后带着小鹅仔回来。她还就此专门咨询过一位候鸟专家。就这样，她用语言唤醒了自然，带来了生机。后来，法国作家米歇尔·图尼埃（Michel Tournier）将拉格洛夫的《尼尔斯骑鹅旅行记》与《拉封丹寓言》(*The Fables of La Fontaine*）以及圣－埃克苏佩里的《小王子》(Saint-Exupéry, *The Little Prince*）等一起列为经典作品。

在我看来，比起故事中的其他不可能的创造发明，尼尔斯·霍尔格森的那些鸟儿朋友简直棒极了。在现实生活中，鸟儿也像童话故事所描述的那般，轻盈如字母，敏捷如闪电，能穿过惊涛骇浪，越过辽阔大地，飞往心之所向。

有一次，我想近距离观察鸟儿们飞行，于是在9月一个温暖的晚上，跟着尼尔斯·霍尔格森，到他开始旅行的地方——威曼豪格附近，搭上最后一班巴士去往法斯特博海岸——鸟儿会经过那里。我带了一顶小帐篷和一把星座伞，这样我就可以像鸟儿一样定向“飞行”了。当我到达终点时，夜幕已降临，好在有路灯指引，我找到一处草丛低矮且近地平线的地方。安顿好后，帐篷上就传来鸟儿轻轻的低语声。我曾在雷达屏幕上见过数百万候鸟陆续聚集在海岸线上的画面，直到再也容纳不下，便如花朵绽开一般滑入海中。现在，那条海岸线就在我上方。

我在那咕咕声下静静地躺着，依偎在睡袋的羽绒中，像是被一只大雁的翅膀包裹着，一边想着，飞鸟熟记山川、河流、湖泊的速度比任何学童都要快。毕竟无论身处何方，飞鸟必须具备认清经纬的本领。它们感官敏锐，位于脑袋两侧的眼睛让它们拥有开阔的视野，海浪滚动的次声波让它们能顺利地横渡海面，但最重要的还是它们对地球的感觉。

在我们星球的深处滚动着炽热的铁河，磁场十分强大，鸟儿们会如铁屑一般顺应着磁场变换方向。磁场只受到城市电气设备电磁力的微弱干扰，所以能给鸟儿准确指引方向。也就是说，相较于我们，鸟儿与地球、太阳的接触要深入得多。

黎明时分，我从帐篷里探出头，仍半梦半醒。眼前，一枚蛋在草丛中闪着光，好似童话一般。仔细观察四周，我的这一发现并不算什么，只是更加凸显了鸟儿了解周围的能力比我更强。因为假设蛋是一个球，那我晚上睡觉的地方则是一个高尔夫球场。但当我收拾好帐篷后，一个想法突然浮现：即使是一枚蛋，也完全有可能成就一次跨越世界的旅程。

蛋是鸟类生命开始的地方，因此若想和蛋壳里的小家伙建立联系，你必须从认识这颗蛋开始。奥地利动物学家康拉德·劳伦兹（Konrad Lorenz）就是这样开始研究灰雁的。小时候，他听到一群野雁从多瑙河边经过，虽然不知它们飞往何方，却被一种年少的渴望驱使着，迫切地想要加入其中。自那时起，他就迷上了灰雁。后来他开始画大雁，以此来表达自己对它们的喜爱。

后来，劳伦兹成了一名动物学家，并且开始通过不同的方式了解动物们的生活。他的屋子里养满了各种动物，有观赏鱼和狗，有灵长类动物、啮齿动物，还有鹦鹉和寒鸦，但他唯独特别关注大雁。为了观察它们是如何破壳而出的，劳伦兹让一只家养雁帮助孵化了几只灰雁蛋，在即将孵化出来时将其中一只转移到孵蛋器上，以目睹小雁子出生的全过程。他将耳朵贴近蛋，听到了里面的吱吱声和敲击声，还有沙沙沙的声音。突然，蛋壳上开了一个洞，一只鸟嘴伸了出来，过了一会儿，一只眼睛也露出来了，和他对视了一番。接着他听到了小灰雁的叫声，那是一种细微的低语，他学着做出了回应。经过这个小小的问候仪式，他已然成了这只雏鸟的父亲，因为雏鸟已经把他的样子记下来了。

他并非有意这么做，但从那以后，这只雏鸟再也离不开他了，哪怕只是片刻。每当他想离开，鸟儿都会发出令人揪心的叫声，所以他不得不把鸟儿放在篮子里，白天随身携带，晚上则把篮子放在自己床边。每隔一段时间，小雏鸟就会向他发出"vivivivi"的叫声，在《尼尔斯骑鹅旅行记》一书中，塞尔玛·拉格洛夫将其解释为："我在这里，你在哪儿呢？"劳伦兹觉得这解释很准确。在雏鸟的整个成长过程中，他必须不断跟这个没有安全感的小宝贝保持接触，沟通交流。小雁子和她的兄弟姐妹长大后，他还带着它们到草地上散步，吃新鲜的树叶，或者到湖里一起游泳，鸟儿飞起时，他会在下面张开双臂跟着奔跑。他还能和鸟儿进行简单的交流，他只要一蹲下，鸟儿就会降落。

当然，雁子之间的相互交流也十分重要，尤其是在长途飞行中。它们会像比赛中的自行车手那样，一个紧跟一个，同时也会通过发出声音来密切关注彼此。像鹤群一样，它们会呈“V”字排开，依次搅动空气，使之形成螺旋气流，帮助后面的鸟儿升空。

其他鸟类的飞行编队则各不相同。往南，我看到过数以万计的椋鸟，它们的形状像云一样飘进飘出，又好似无数个抽象图形，随着网格的变化而变化。仿佛瞬息之间，它们会在地平线上忽升忽降，在云层间时而收缩时而膨胀。一会儿，它们密密麻麻地聚在空中，像个指纹；一会儿，又如气体般曼妙地摆动。人们称之为“椋鸟群”(murmurations)，我很喜欢这个词。说到这个词，它在英文中和低语声（murmur）、嗡嗡声（hum）和喧闹声（buzz）等词有关——指的是许多个体声音相融合，最后形成的更大的群体声音。

这种鸟群是如何形成并保持的？尚未明确。不过人们已经开始慢慢了解它们各自相互联系的方式。由于鸟类具备比人类更广的视野以及更快的反应力，所以每只鸟在飞行过程中能同时关注其他七个同伴的动向。但到目前为止，它们闪电般的快速协调能力仍然是个谜。即使是数十万鸟儿以紧密排列的队伍飞行于空中，它们也从未发生过任何碰撞。它们能在0.7秒内保持速度不变的同时改变方向——在如此高速下飞行，根本不可能进行任何常规形式的交流；何况这个过程中，每只鸟儿的反应速度都会变慢，难道它们之间存在某种看不见的接触？

是的，的确如此。在20世纪90年代，人们发现大脑中有一些特殊的神经细胞，使人类在观察到他人的行为时，脑内会发出同样的冲动信号。这些神经细胞被称为镜像神经元，这就是为什么大笑、打手势或者打哈欠会具传染性。在鸟群中同样可以传递几乎不可察觉的动作，对于社群来说，每个成员保持行动一致很重要。

这是否意味着，在连环反应中，每一个反应都可能放大下一个反应？这时，我想到了一个现象，人们称之为“百猴效应”，这源自日本一个岛上针对猴子的研究。研究人员平时会给猴子喂红薯，一天，一只年轻母猴突发奇想，开始用海水清洗红薯表面的污垢。渐渐地，其他猴子也纷纷效仿。后来发生了一件不可思议的事情，突然间，附近岛屿上的其他猴子也开始洗红薯。于是研究人员假定当一百只猴子采取同一行为时，就形成了“百猴效应”。

大约在同一时间，人们在鸟群中也观察到了类似的情况。在20世纪50年代的英国，每天早上，都会有专人给每家每户配送牛奶。但那种通用的铝制奶盖并不结实，于是伦敦地区的蓝山雀很快发现可以啄破奶盖，尝到最上面的一层奶油。没过多久，英国所有的蓝山雀都学会了这个花招。

事实好像是，当一定数量的成员接受了某种行为，会促使群体得到快速发展直至改变其原有的群体特征，这和量变促成质变的原理基本相同。英国作家埃利亚斯·卡内蒂（Elias Canetti）在他的散文集《群众与权力》(*Crowds and*

Power）一书中，描述了一群人如何突然变为一群暴民。同理，这些人可能只是被当时盛行的思想和文化运动洗脑了。诗人也不例外，尽管他们的诗歌各具特色，但我也曾目睹过一群诗人像椋鸟群转向一样，集体改变写作方向。为此，我甚至还专门写过一本书。

群体心理学中的一些知识既扣人心弦又令人不安，这让我想起小时候做过的两个梦。在第一个梦中，我双臂伸展，双腿蜷缩，在空中自由地飞翔。相信很多人都做过这种梦。然而，在另一个梦中，我眼睁睁地看着某个外星人给人们注射一种会泯灭个性的血清。每个接受注射的人都试图让我相信这种转变的感觉很好；但在我看来，失去个性无疑是另一场噩梦。我不知道我是害怕受控，还是害怕失控。我只知道，我想像松鼠一样保持自我的完整性，像鸟儿一样自由飞翔。

但是，问题来了：它们能有多自由？

鸟儿的歌声

其实，自由与统一、独处与群居之间存在一种动态的转换关系。鸟类就是有力的例证。自鸟类诞生以来，它们就一直受到季节变化、环境和过去几代基因的影响，不仅行动较为统一，而且还会互相提供方向和保护。在 Stora Karlsö（波罗的海的一个小岛）的悬崖上，我曾看到数以千计的海鸥拥挤在一起，以免被猛禽叼走，它们还会给入海捕食的同伴指出鱼的位置。

与此同时，它们又都是独一无二的个体，每只鸟都能在一万四千只鸟蛋中找到自己的宝宝。在震耳欲聋的喧闹声中，每只刚孵出的雏鸟都能从成千上万的同类中准确找到自己的父母，因为早在孵出之前，它们已经隔着蛋壳熟识了父母的叫声。

这种现象其实普遍存在。每个生命生来本没有类别之分，都是独一无二的——正是一些难以察觉的细微差别，让每颗蛋、每只鸟、每首歌都变得与众不同。这种差异在鸟类秋季迁徙的编队中并不明显，但当它们春天归来后，一定会显现出来。那时，群体的凝聚力已经消失，它们的沟通方式也发生了变化。这片曾经满是鸟群的领空上，将响起主权之歌，为了驱离雄鸟，吸引雌鸟，雄鸟们纷纷各自为战。

这首主权之歌唱的不仅仅是物种，还代表一种名字和姓氏，借此将“我”和“我们”联系起来。而现在，这个“我”必须在细微的差别中绽放，从而吸引雌鸟选中“我”而不是其他“歌手”；最终，“我”的个性可能会为整个物种——也就是“我们”——带来更多可能性。

这支鸟鸣合唱团的每位成员都在勇敢地表达脆弱的自我，这使我大受触动。即使蓝山雀唱得羞怯，也丝毫不影响它们把自己看成世界的中心。话说回来，为何不这么做呢？毕竟，宇宙大爆炸也是始于一个拳头大小却包罗万象的中心，带来的结果却是永恒的。那么，为什么几段简单的音调就不能有意义呢？

比起简单的“我在这里”（vivivivi），一首歌是否隐含更多深意？在记忆法的帮助下，我学会了如何识别鸟类的歌曲。比如，瑞典习语手册中有个例子，黄鹀会说英语：“一块面包，没有奶酪。”（A piece of bread and no cheese.）这些小歌谣除了有节奏外，几乎没有什么实质意义，听起来也不押韵。相较之下，画眉的歌声绝不只是“tee tee”这么简单。

当然，我们和鸟类的区别在于，鸟类之间可以通过辨别音调进行交流，而我们人类属于相对音盲的物种——我们听不到超出可接收范围的声音，也无法分辨鹪鹩在一分钟内发出的750种声音。就拿苍头燕雀的歌声来说，我们必须把录音放慢十倍，才能听清楚其中的细微变化。

另外，鸟类的喉咙构造也与我们不同，它们的咽喉可以同时发出多种声音。希腊神话中，仙女西林克斯为了躲避好色的追求者潘，请求上帝把自己变成了一束芦苇。每当潘坐在芦苇地上沮丧地叹气时，芦苇就开始放声歌唱，他一气之下剪断了芦苇，并将其做成了一套可以同时演奏几个音符的鸣管。鸟类的气囊占了身体的三分之一，其呼吸频率可达每秒二十次，因此，它们可以在瞬息之间快速发出多种复杂的声音，而听者根本察觉不出中间的断隔。

鸟儿们似乎也会欣赏自己的美丽。每当顺利完成演唱，它们的身体甚至会分泌多巴胺和催产素，以此作为奖赏。尤其到了秋天，那时它们放声歌唱，既不是为了宣誓领土主权，也不是为了吸引伴侣，只是为了表达自我，宣泄自我。

当然，欣赏这些歌声的不只是它们。早在十万年前，在我们的祖先会开口发声时，他们第一个想模仿的声音就是鸟鸣。目前，人类已知最古老的乐器——长笛，大都是由鸟骨制成的。

之后，随着文字时代的到来，源于音乐的诗歌成了唯一能像歌曲一样自带音调、节奏，并产生共鸣的主要体裁。最初，希腊诗歌就是以音乐为背景的。受此启发，亚里士多德开始尝试将抑扬格的升调应用于舞蹈编曲当中。

那么，想象一下！如果有一天亚里士多德来到莱斯博斯岛附近散步时听到鸟叫声，会作何感想？他会不会认为他所写的那些诗歌、天堂、灵魂以及生命的短暂，也能引起鸟儿的一些共鸣呢？没准他还会把鸟鸣和他那本《诗学》里的语法音符做比较呢！

我真的很想和他一起讨论这个问题，对于研究人员发现的不同音调带来的不同效果，他一定会很感兴趣。举个例子，狗主人听到的狗叫和婴儿父母听到的婴儿哭声，可能是很相似的两个音符，却表达了完全不同的东西。

具体来说，用低沉的腔调突然发声可以起到警告或训诫的作用（比如“坏孩子！”），但如果音调突然升高，就会变成一种急促的命令（比如“过来！”）；较长的、温和的音调，降下来时可以让人冷静下来（比如“好了，好了……”），升上去则会让人备受鼓舞（比如“做得好！”）。音调的升降往往反映人们情绪的变化，它甚至能让那些不懂文字的人理解其中的含义。也许，人们会因此想起母亲子宫里心跳的节奏。母亲平静时，心跳会变得缓慢；当她不安或紧张时，心跳则会突然加速。

亚里士多德对鸟类世界特别感兴趣。当他的学生西奥弗拉斯特还沉浸在对百合花和马兰花的研究中时，亚里士多德则仔细研究了140种鸟类，从它们喙的形式和功能，再到鸟蛋和蛋黄的颜色深浅，都不放过。但是，他最想深入探究的还是鸟类的生活。作为尝试解释为何鸟类要每年迁徙的第一人，亚里士多德在鸟鸣方面也做了不少研究，并且积累了数量惊人的发现。

例如，他注意到鸟儿不是一出生就会唱歌，而是经过后天习得的。到了今天，这一猜想已得到了证实。当雏鸟听到它们的父亲唱歌时，它们的神经细胞网络会被立马激活。如果没有父亲作为老师，它们的歌声就不可能具有辨识度。所以它们必须不断练习自己的旋律，不断与记忆中父亲的歌声进行比较。即便如此，每只鸟儿最终形成的歌喉也不尽相同，各放异彩。

除了鸟儿的父亲，人类甚至也曾教过雏鸟唱歌。在19世纪，德国的林务员从巢中偷走了一只小牛雀，他总是一边吹口哨，一边喂养小牛雀。令人惊讶的是，尽管这些口哨的旋律来自民歌或古典乐曲的片段，不擅歌唱的小牛雀却学会了。而椋鸟则更善于模仿旋律，莫扎特在世时曾驯养过一只椋鸟，它竟学会了哼唱他的一首钢琴奏鸣主题曲。

不过，最佳模仿者还是非鹦鹉莫属。在野外，它们是社交能手；在人类社会，它们是模仿家，不仅能模仿旋律和乐器，还能模仿音调和句子。事实上，亚里士多德似乎对鹦鹉有过一些研究，因为他曾提到，鹦鹉如果沾了酒精，就会变得异常厚颜无耻。

他是怎么知道的？他是不是在莱斯博斯岛和鹦鹉共饮过一杯松香味的葡萄酒？相较于雅典学院里学者之间的思想交流，这也许不值一提，但他仍灵敏地察觉到一个事实，即其他物种也有语言。在这一领域，他也是开创者。

鹦鹉在语言方面真的卓有天赋——据《吉尼斯世界纪录大全》记载，有一只灰鹦鹉掌握了800个单词。不过，更有名的还是那只叫亚历克斯的灰鹦鹉。研究人员艾琳·佩珀伯格（Irene Pepperberg）曾教过它一些英语的基本用法，她想借此证明鸟类可以理解抽象的概念以及复杂的问题。

因为鸟类没有嘴唇，亚历克斯很难发出“p”音。但他很快就掌握了一百来个新词，并且完全经得起测试。他能轻松地识别五十种物体、七种颜色、五种形状以及各种材料；能理解六以内的数字，以及“零”或“无”的概念；能区分“大”与“小”，“相同”与“不同”。除此之外，他还会表达自己的意愿，当不想要某样东西时，他会坚定地说“不”；而当他想要得到时，又会变着花样来使用一些词。比如，他把苹果叫作“banerry”，因为这种水果吃起来像香蕉(banana)，看起来又像樱桃（cherry）；他还发明了“yummy-bread”（美味的面包）这个词来描述他想吃的蛋糕。

有一次，两位研究助理坐在他面前，互相问答各种物体的名称，亚历克斯在一旁观察他们，以学习新的单词。为了加深亚历克斯对他们的认同，两位助理还试图模仿鸟类的坐姿。出乎意料的是，亚历克斯竟然学会了两位研究人员之间的密语，并能准确使用它们。虽然鸟类并不擅长使用人类的语言，但这确实让人们对亚历克斯敏感的大脑有了一些了解。对亚历克斯的实验成功表明，鸟类是可以理解抽象的概念和复杂的问题的。

显然，人类对于鸟类的精神世界还不够了解，其实我们低估了它们的智力和沟通能力。因为它们发出的许多声音都超出了我们的听力范围，而对于其声音内部顺序的含义，我们也不甚了解。就拿黑头山雀来说，它们可以用六种音调组合出不同的声音，这和我们用各种音节组合成不同的单词有点相似。

那是否意味着，鸟鸣声可以和我们的语言相媲美呢？亚里士多德和达尔文都表示不排除这种可能性。经验证，两者之间确实是有联系的，鸟类同人类一样，大脑里也有一种神经衔接系统，但藏在比较深的位置。研究人员曾对鸟的头骨进行过大量检测研究，认为鸟类的智力水平偏低；然而，当转向脑内神经细胞研究时，却发现鸟类和人类的神经细胞连接方式类似，并且两者的学习大都发生在大脑中相同的区域。不同之处在于，鸟类大脑的空间较小，所以它们的神经元排列更紧密，连接也更迅速。

不仅如此，在这种相似性的背后，人们还发现了相同的遗传学。1998年，人们发现了一种基因，并将其拗口地命名为“叉头框 P2基因”（Forkhead box protein P2，缩写FOXP2）。后世普遍将其称为语言基因，因为这种基因的突变会导致语言功能障碍，甚至可能引发自闭症。但人类并非唯一拥有这种基因的物种，它也存在于其他动物中，其突变也会带来类似的问题——在鸟类中，这种突变会导致口吃或是仿声能力变差。

在我的头顶上方，一只画眉鸟正站在一棵松树上放声高歌，婉转悠扬，简直无可挑剔。它的神经元连接迅速，快如闪电。如果把它的歌声看作一种语言，那么这只画眉鸟一定是个语言天才。通常来说，不一定要开口才能展现天分，语言种类也远不止一种，所以画眉鸟也许并不比单调无趣的鸽子或是不善言辞的乌鸦更聪明。但相比之下，画眉鸟的歌声可能是最优美的，也是最令人愉悦的，春来时轰轰烈烈，归去时悄无声息，短暂而美好。它们可能和我们一样，会歌唱逝去的美好爱情；不同之处在于，每只鸟都会在自己的歌里加入自己的理解，演绎着生命和诗歌这两个经久不衰的主题。

晚餐时的不速之客

来我家做客的候鸟并不多，因为好像大多数鸟儿今年都选择就地过冬。不过屋顶的集雨桶到了，还算有所收获。工人们闹哄哄地将它们滚到小屋角落，我邀请卖家一同在集雨桶旁喝了杯咖啡，以庆祝开工，也感谢他大老远帮忙送过来。这时他告诉我，这些木桶阅历可不少。先前，它们运过果汁，先从某个国家运往鹿特丹的港口，然后再运到瑞典南部的一个杂货店里。听着听着，我开始把它们的旅程与候鸟的迁徙之旅联系起来——鸟儿追着太阳，木桶护着果汁……远处突然传来几声海鸥的叫声，我甚至嗅到了一丝海港的气息。

当所有人都离开后，我带着这种惬意的心境开始独享晚餐。趁着带来的烤鱼还在加热，我把母亲留下来的庭院桌擦拭了一遍——某个不懂餐桌礼仪的鸟儿刚刚在上面留下了印记。擦拭干净后，铺上桌布，再把晚饭端出来。诱人的饭菜冒着丝丝热气，再来一支冰啤酒就完美了。我就离开了三十秒，但这完全足够一只别有用心的鸟儿伺机行动了——等我回到外面时，只见一只海鸥正站在土豆泥中间。

这次偷袭来得太突然，我之前没有注意到周围有海鸥，但我猜它们一定是嗅着这一带的鱼腥味前来的。那只海鸥心满意足地飞走了，脚上沾满了酱汁，而桌上的烤鱼片也已所剩无几。

十几岁时，我对海鸥非常痴迷，尤其喜欢看它们在海上飞翔的样子。那时我对海鸥的了解其实并不多，但我对它们的这种不可名状的喜爱，很多人应该都能理解——在20世纪70年代，故事集《海鸥乔纳森》(*Jonathan Livingston Seagull*)销量达100万册，甚至还被翻拍成了电影。书里讲述的是一个飞行艺术家的故事，这位达观的主人公常常独自翱翔于那些唯利是图的同类之上。然而现实世界的海鸥是一种非常善于交际的动物，所以该书的主角其实和真正的海鸥基本没有共通之处。20世纪50年代，动物学家尼科·廷伯根（Niko Tinbergen）对海鸥展开了系统研究，打开了海鸥社会的大门。他发现，它们身体的每个动作和每个声音都传递着各种信息——食物和危险，愤怒和服从，合作和求偶，养育雏鸟以及寻找宜居巢穴，等等。

像其他鸟类一样，海鸥常常会去发达地区觅食，因为那儿的垃圾堆和饮食场所能为它们提供充足的食物。对海鸥来说，比起海岸线附近，在楼顶定居会更安全——这让我有机会从公寓里就能观察到隔壁屋顶上海鸥一家的生活。我还看过小海鸥是如何学习飞行的——当小海鸥在马路上摔倒时，海鸥妈妈会以迅雷不及掩耳之势冲向试图靠近的行人。

不论在何种环境下，海鸥都能像在空中一样活动自如。它们既能喝盐水，也能喝淡水，从鱼到小型啮齿动物，再到人类散落在各地的所有可食用的小东西，它们都不挑剔。同时，海鸥还很有创造力：为了引出地下的虫子，它们会在地上乱踩一通，模仿下雨的声音。甚至有人观察到海鸥用嘴叼着面包碎片来吸引池塘里的金鱼。对于聪明的海鸥来说，晚餐可以有一千种选择，在它们眼中，水里的鱼和做好的奶酪口蘑烤鱼没有本质上的区别——不都是为了填饱肚子吗？

好在我还有啤酒，可以再做个三明治当配菜。

外面天色还早。头顶上，画眉鸟歌声依旧，余音缭绕。天上满是鸟儿，此时此刻，我仿佛和它们同呼吸，共命运。不知不觉，肚子里的晚餐已经消化一半了。

哦！别忘了还有那只小松鼠，她刚刚从最近大闹过的屋顶飞奔而过。她看起来很满足，我也不由得跟着高兴。不过奇怪的是，她怎么突然从屋顶上消失了？当我走进小屋时，如临梦境。屋顶上空空如也，只见到工匠们在屋顶和墙壁之间安装的新隔板，那种绿色既新鲜又漂亮，还充满活力。

但有一点是熟悉的：在松鼠以前进入的那个角落，最近又被咬出了一个新洞。

辑二

门外翅声不停

忙碌的昆虫

春天，忙得不可开交的可不止鸟儿们。我和工匠们同样也忙得团团转，因为在夏天到来之前，小屋周围还有很多东西需要布置。但只要我一出现，松鼠就乱了阵脚，在屋里坐立不安，事实上这也是我常去光顾小屋的原因——否则这里就完全成了她的地盘。我也很享受见证庄园一年中万物复苏、生机勃勃的时刻。这时花蕾探出了头，昆虫睁开了眼，鸟儿则在兴致勃勃地伴唱，照在它们小小翅膀上的光亮，并不宏伟，也不耀眼，却十分热烈。

现在才3月，却有一只昏昏欲睡的苍蝇在窗前飞来飞去，我挥了挥手想赶走它，突然想到大山雀一家是吃昆虫的，吃得还不少。倘若这只苍蝇在被吃掉之前找到了另一半，那么在一个月内可能会出现多达十万只的新苍蝇——所以苍蝇，出去交配吧！

过了一会儿，一只刚苏醒的钩粉蝶掉进了雨量计里，我得把它捞出来。这只日光黄的雄蝶一定是急着从冬眠的地方出来迎接醒来的雌蝶，才掉了进去。

显然，春心萌发的不止鸟儿，还有蝴蝶，它们一闻到未来伴侣的气味就心跳加速。我发现，这种渴望在钩粉蝶身上表现得尤为强烈。它们的交配期可以持续一周，因为雄性真心想把一切都交付给雌性，包括营养物质和有助于提高产卵率的荷尔蒙。这么说，我可能很快就能在一片叶子上看到她的宝宝蛋了。

直到这时，我仍然没意识到口渴的昆虫需要水喝，而狭窄的雨量计已不经意间成了一个捕虫器。这不，又有一只熊蜂在里面“游泳”呢。

我把她捞上来的时候，她已经疲惫不堪了，于是我进屋倒了一勺糖水。我的救援起作用了，当她把树干一样的长鼻子伸进勺子里时，我能明显感觉到她低落的情绪正在一点点散去。喝完后，她像玩杂耍一般动了动脚，松了松毛发，那些毛在阳光下闪闪发亮，让我有一种戳一戳它们的冲动。

之前我和熊蜂有过一次亲密接触，所以我知道它们的毛发有多柔软。那是一次夏季巴士旅行，天气炎热，也许是因为我身上带了点花香味，有只熊蜂一直围着我打转，惹得旁边座位上的一位男士站起身，想帮我把她赶走，结果，他反而成功把她招到了我的上衣衣领里。如果那位男士继续试图把她从新的位置上赶走，就可能被视为骚扰了，于是她就留在了我的衣领里。

她在里面动来动去，瘙痒一阵阵袭来，但还算轻微。为了不挤到她，我向前弯了弯身体，还好没被蜇。当然，“她”也可能是“他”。因为毒刺是产卵器的衍生物，只有雌性才有，而且只在必要时才会使用。一般情况下，在发射毒刺之前，它们可能会先抬起一条腿以示警告，或者释放一种令人不快的丁酸气味。

这只熊蜂似乎很乐意与我做伴，我也只好做出相同的回应。不过，倘若面对的是一只蠼螋，我的反应一定会大有不同。这听起来虽然很不公平，但后者裸露在外的骨架确实会让人产生不好的联想。如果它们像瓢虫一样有五彩斑斓的前翅，或者像熊蜂一样有毛发遮挡，那就另当别论了。

说起毛发，一只熊蜂的毛发非常旺盛——美国研究人员称，一只熊蜂的小毛发多达300万根，这和一只松鼠的毛发量不相上下——真是不可思议。但当那只小熊蜂接触到我的皮肤时，给我的感觉确实十分柔软。旅途漫漫，她一直靠在我身上，这促使我下定决心，要多了解了解我的旅友。

其实小时候，我对国外的哺乳动物很是着迷，比如怕生的霍加狓。它曾被认为是长颈鹿、斑马和羚羊的杂交变种，巧的是，它甚至和变色龙有些相像之处：它的两只眼睛可以单独转动。因为它一直躲在刚果的古老丛林里，所以这种活生生的童话生物直到19世纪才被科学界发现。

随着时间的推移，我的关注点开始转向其他动物群体。因为我后来意识到，我不需要去远处冒险，也不必只盯着哺乳动物，尽管它们确实一眼就能辨别出来。其实，另一个更大的动物群体——昆虫——是第一个来到这个世界上的，而我对它们的了解仅限于科幻小说。

这种生物的眼睛可以多达5000只，耳朵一般长在膝盖后面，味蕾则长在脚上，同时还拥有三维嗅觉。它们在很大程度上依赖化学物质或物理振动来实现交流，语言系统十分复杂。在两亿年前，这些生物就属于高级别的动物群体，后来也发展得非常成功。今天，这个群体所有成员的总重量是所有哺乳动物、鱼类、爬行动物和鸟类之和的三倍，品种数也比所有其他动物的品种数总和还要多；若按个体来算，它们的数量则是人类的一亿倍之多。

换句话说，昆虫代表了地球生命的标准尺寸。

早在小恐龙第一次秀出新进化的翅膀前，昆虫就学会了飞行。据人类所知，蜻蜓在三亿年前开始第一次飞行，而最古老的蝴蝶化石也已经有2.5亿年的历史。由于昆虫体积小，数量多，生长快，交配早，所以进化得快；再加上它们所需的食物少，所以挺过了许多大灾难。在大型恐龙灭绝时期，蜜蜂、蚂蚁、甲虫、蚱蜢和虱子却迅速恢复了以往的数量。同时，其他物种也开始对昆虫产生依赖——尤其是由恐龙进化而来的鸟类，还有从焦土中生长出来的花朵。如今，昆虫和环境的联系愈发紧密，没有它们，地球上的生命就无法生存下去。

然而不幸的是，只要有我们人类在，它们就难有安生之日。昆虫与我们之间的差异实在太大，要俯身去察看这些微小而转瞬即逝的生物实属不易。而对于那些常见的昆虫，比如蚊子和跳蚤，我们又不想和它们有任何瓜葛。因此，昆虫界成了昆虫学家们的专属研究领域。虽然我不是其中的一员，但我很乐意倾听他们热情洋溢的分享。因此我渐渐明白，正因有了昆虫，春天才能鸟鸣四起，鲜花遍地。

被遗弃的蜂巢

屋外，地上满是春雨后留下的落叶和断枝。为了重焕绿茵，我需要稍微清理一下房子了。工具棚里堆满了各个季节都要用到的工具，从树剪子到冰钻，应有尽有。正好趁着找耙子的时间，我可以把这些宝贝都清点一下。

这一清点，就让我发现了一些本不该出现在这里的东西。在一把大锤子旁，竟然躺着几个被遗弃的蜂巢。拎起时感觉很轻，像是由灰尘和极小的翅膀做成的，但它却能容纳一个不断壮大的家庭。如此轻便却又如此坚固，它是如何做到的呢?

为了仔细观察它们的结构，我把蜂巢带进了小屋，不过小屋好像也是蜂巢材料的来源地之一——南边的门在脱漆，也许是它们咬下来的。这也算不上什么破坏，因为蜂巢的用材非常少；然而结构却极其精巧。——难怪人们把熊蜂看作世界上最早的造纸者。蜂巢像一个灯笼，但是我见过的最薄的一种灯笼。我轻轻地把它放在厨房桌上，去掉最外面那层，只见里面挂着一个精心制作的顶棚，再往里则是许多六面小格室，有些是空的，但仍躺着一些死去的幼虫。成年后的熊蜂各有特点，但它们与生俱来的本领是一样的，那就是筑巢——建造它们一生居住的地方。难道这不值得歌颂吗?

这些半大的熊蜂躺在那儿，裹得严严实实，看起来那么年轻，那么天真。我姐姐的孙儿们能通过它们了解所有的鸟、蜜蜂、花、树以及自然的一切吗?虽然在现实生活中这些不同种类的新生命之间看似没什么关联，但人们如果顺着它们的家族树探索，就会发现它们之间其实存在某种微妙的联系。大约在1.4亿年前，它们之中有一些以昆虫为食的祖先厌倦了追逐飞行猎物，决定转而以采集花粉的方式收集蛋白质。正是这种行为逐渐改变了它们，也改变了花朵，改变了树木。

植物碍于有根，不能移动，只能靠花粉使者来满足繁殖需求。在那之前，全靠风在雄蕊与雌蕊之间传递花粉，但因为风向多变，有时还会往高处飘，所以雄蕊必须释放大量花粉以确保至少有一部分能到达目的地。相较之下，昆虫是一个更好的使者。远古时期，有时昆虫很难发现被恐龙挡住的花，于是为了提高辨识度，木兰和睡莲就用花瓣裙来装扮自己。其他的花也纷纷效仿，并释放一种昆虫无法抗拒的花蜜来增强它们的吸引力。

后来，作为新晋素食者，黄蜂的祖先身体发生了一些变化——为了更好地汲取花蜜，它们的上唇和下颚进化成了吸管，于是它们演变成了后来的蜜蜂。从那以后的1.3亿年间，花和蜜蜂一直在努力满足彼此的需求，这才有了花儿芬芳、蜜蜂飞舞的美好景象。在我看来，这就是爱——无论如何，蜜蜂创造了我们人类梦寐以求的天堂花园。

也许，黄蜂对花园的贡献远不及蜜蜂，但如果没有它们，就不会有后来的蜜蜂。黄蜂其实也喜欢花蜜，所以有时它们也会帮忙授粉，喂养在我们看来是害虫的幼虫。而且它们毒液的攻击力似乎甚至比蜜蜂的要小。那么，为什么它们的队伍没有壮大起来？是因为它们的毛发不够多吗？

在生活中，一根毛发可以黏附的东西有很多。这一点对于蜜蜂尤其有用，毛发不仅是它们捕捉花粉的利器，而且能帮助它们和花朵进行愉快的互动。蜜蜂飞行时，每缕分叉的毛发都带有一个正电荷，而下面的花朵则带有微弱的负电荷，两者之间由此产生了一个小磁场，让它们快速相遇，翻云覆雨，完成授粉。

对于生活在热带气候下的蜜蜂来说，毛发旺盛没有一点好处，但对熊蜂来说就不一样了。大约在4000万年前熊蜂进化之时，喜马拉雅山脉的温度骤降，毛发外套因而成了必需品。也多亏于此，我们至今仍然可以在冰川附近看到它们的身影。蜜蜂不喜欢待在16摄氏度以下的环境中；相较之下，对熊蜂来说，零上几度就够了。仰赖厚厚的皮毛和血液中的甘油，熊蜂女王甚至可以在冰天雪地中安然过冬。

熊蜂女王喜欢在朝北的斜坡上筑巢，这样就不会醒得太早。待到春回大地，暖阳倾洒时，几朵小花跃然而生。按照惯例，每次苏醒，她都会到几棵小柳树上吃第一顿早餐，树上的花朵毛茸茸的，像她的皮毛一样。雌花提供的是能量丰富的花蜜，雄花提供的则是营养丰富的花粉，这些都是她所需要的，因为她去年交配后产下的受精卵正在发育；但当务之急是先给幼崽找到一个安全的家。

我注意到庄园附近的蜂后已经醒来。除了在雨量计里发现的那只，我还在房子周围看到了许多熊蜂，它们一定是在找筑巢的地方。

虽然同属熊蜂，土蜂和树蜂所青睐的筑巢点却完全不同。土蜂的理想住处是空的老鼠窝，里面通常会剩些保暖的草甸，一旦找到这样的地方，它们随时准备和附近徘徊的老鼠开战。而树蜂则喜欢住在高一点的地方，比如老建筑的墙壁上，那儿的遮光效果更好。

果然，当我在屋角清扫干香薰时，附近传来嗡嗡嗡的声音。不一会儿，那声音消失了。几分钟后，它又飞了回来。那是一只熊蜂，正从墙下边冒出来。它的身体略微泛红，跟我从雨量计里救出来的那只一样——实际上可能是同一只。

她没准还记得我？说来也奇怪，熊蜂居然有认人的本领。是她还记得我？还是这个地方对她来说有些熟悉？理论上来说，这只熊蜂可能是一年前出生的。现在，她又爬回壁板下待了好一会儿了，恰巧就在我准备坐下来看文件的长椅旁边。在温暖的春夏之日，我喜欢在户外工作。我像太阳能板一样接受阳光的洗礼，一旁的昆虫则像发电机一样努力工作。如果这只熊蜂打算在小屋的一角安家，我们可以一起安静地做伴。

不论怎样，显然她是打算在我隔壁安家了，所以我想多了解一下这位新邻居，让心里有个底。说到这儿，我必须感谢那些从事熊蜂研究活动的科研工作者。生态学家戴夫·古尔森（Dave Goulson）对此也十分热衷，他不仅和其他人一样，仔细观察了熊蜂巢穴内的情况，甚至还为它们配备了微型发射器，以记录它们的飞行情况。基于这些了解，我对春天来临之际那堵墙里生活的样子有了几分憧憬。

和松鼠不同，熊蜂不需要太大的居住空间，一小把保暖草料就够搭建了。一堆小罐是巢内仅有的家具，那是熊蜂用腹部腺体上的蜡制成的。这些小罐在她的下巴和前腿的完美配合下一经做成，她就会用从各种花朵上收集的好东西将它们一个接一个填得满满的。其中一小罐里装满了花蜜，确保她在不能外出的日子里也有饭可吃。剩下的罐子里则是被揉成面团状的花粉或花蜜，她会在上面产下少量卵子。检查完毕后，她会盖上盖子，趴在上面，活像个正在孵蛋的小鸟。

她腹部的毛和鸟儿一样轻薄，这让她能更好地贴近腹下的宝宝。她对温度的把握也很在行，能让自己的体温一直维持在30摄氏度左右。如果毛量不够，保温效果差，她会扇动翅膀来提升体温。同理，飞行时她的体温也会上升，所以她本质上是一种温血动物。

经过几天的孵化，幼虫终于破卵而出，等吃完蜡罐中储存的花粉，它们就会结茧，再过几周它们就会变成灰白色的熊蜂。从茧壳中挣脱后，它们会先爬到花蜜罐中汲取能量，再靠近温暖的熊蜂妈妈，晾干还没发育完全的翅膀。熊蜂产下的第一批孩子数量很少，而且因为营养物质有限，所以个头都不大，但它们是熊蜂妈妈当下最急需的助手。从现在开始，蜂后将完全专注于产卵，在未来几周内蜂巢将会迎来数百只小熊蜂的诞生。

熊蜂与红梅森蜂

与此同时，我也要忙活起来准备迎接家人的入住了。尽管我和姐姐一家是轮流住进小屋，时间错开了，但也有必要布置出足够两代人使用的空间。于是，我将双层床和木匠组装的沙发床拼在一起，还拖了一些树枝放在小屋边上，立起一圈低矮的屏障，但愿这样能防止小家伙们做出一些危险的举动。

然而，墙上的小熊蜂一旦离开巢穴，就失去了保护。虽然破茧后它们能在巢里待上几天，帮忙照顾新蛹，守卫巢穴入口，但那之后它们便别无选择，只能出门去采集食物了。这项任务对于小熊蜂来说十分艰巨。因为在外面可能会遇上大山雀——这些鸟儿已经学会如何去除熊蜂留在树枝上的刺；而且春天也没有什么花蜜可采，若是遇上干燥的天气，更无花蜜可寻。所以对于刚出世不久的小熊蜂来说，找到花蜜本身就是一个很长的冒险故事了。

在第一次出行前，熊蜂会先绕巢区飞行一圈，以确定行进方向；同时牢牢记下周围所有的特征，以便顺利找到回家的路。但如果之后巢穴周围发生了变化，就会对它们造成困扰。举个例子，如果你突然在它们的巢穴附近放把椅子，它们必须再飞一圈来调整脑子里原先画好的地图；如果椅子突然又被搬走，它们会再次陷入困惑，失去方向。对此我真得上点心，提醒自己尽量不要挪动那个角落的家具。

通常来说，熊蜂似乎能注意到周围的一切。比起单一的花种，它们更喜欢从不同种类的花中收集花粉，这样能让幼虫宝宝获得营养更加均衡的饮食。——这就意味着它们要开拓往返于不同花种与巢穴之间的路径。

正因为观察细致，熊蜂能在各个领域活动自如。有了千面眼，它们能从多个角度观察世界，获取飞行时的距离、速度和路线信息；有了道路、水路和田野地标的指引，它们能找到方向；有了触角，它们能持续不断地感受到地球电磁场，从而及时对湿度、温度和风的微小变化做出反应。更重要的是，它们能记住各种气味，并且分辨气味是来自左边还是右边。它们的触角还会记录下花瓣的表面图案，帮助它们在花朵上精确着陆。

所以，我们怎能把熊蜂仅仅看作追求安宁的乐天派呢？它们可是高效的超级飞行员，拥有现代飞机上根本不存在的导航设备。有了这些设备，即使在强劲的侧风中，它们也能以每小时25公里的速度保持匀速直线飞行。在所有蜜蜂中，它们也是最勤劳的，每天觅食七次，每次拜访400朵花。它们经常一天工作18个小时，在凉爽的早晨和晚上，也依旧不停歇。

能如此高效，靠的当然是久经验证的好方法。熊蜂能同时记住六种栖息地的位置，并能在脑中自动检索各栖息地花蜜产量最多的时间段。然后，它们会据此安排相应的访问时间和地点，并有条不紊地穿行于各个它们青睐的地点之间。如果发现一朵花最近有蜂采过，它们会立马绕开。每次着陆后，它们总是依照同样的流程，将花蜜装进体内一个特殊的容器里，如果有花粉粒沾在了皮毛上，就将其梳向后腿的花粉袋里。它们所携带的花蜜重量往往几乎等同于它们自身的重量，所以为了保持平衡，它们通常都是直线飞行，不会绕圈。

直到夜幕降临，它们一天的工作才算结束。早上离开巢穴时，它们用头顶的三只单眼检测太阳光的强度，借此判断太阳的位置，回来的时候也是这么做的。这样一来，它们就能知道时间的变化，以及当下应顺着太阳的哪个方向前进。有报社报道称，一只熊蜂曾花了两天的时间，从10公里外找到了回家的路。若按同样的比例计算，这距离相当于人类来回月球一趟。

那么，“熊蜂事实上不会飞”这个奇怪的说法是怎么来的呢？这大概是因为它们的飞行方式与蜻蜓或滑翔机有些相像，只能在空中做短暂停留。事实上，熊蜂翅膀的运动原理更像直升机的旋翼或划动中的船桨。在飞行过程中，熊蜂的前翼边沿会向上倾斜，形成一个螺旋气流，为它们提供升力。不过，这种飞行方式的缺点是它们的振翼速度与赛车轮胎的转速几乎持平——需要消耗的能量之大可想而知。因此，一些收集到的花蜜在途中往往会被当作燃料消耗掉，这就意味着它们需要采集大量的花蜜。

对于熊蜂来说，我家庄园里的花绝对算得上是极好的采蜜源。它们喜欢蓝莓、越橘、石楠花、黑莓和覆盆子的花，也喜欢农场里的陈年杂草和多年生植物的花，以及像野生薄荷和柠檬香这样的草本植物——这些都恰好生长在熊蜂巢穴旁。对了，还有蒲公英。熊蜂非常喜欢躺在黄色花篮里休息，享用阳光般温暖的花蜜。而我，就喜欢坐在它们旁边，听它们飞来飞去的嗡嗡声。

熊蜂全身上下都是乐器。它们翅膀上的肌肉颤动起来像吉他弦一样轻快，肌肉每发力一次，翅膀都会拍打20次，每秒拍打总数可达200次。当它们翅膀的嗡嗡声、背板的嗒嗒声和呼吸膜的呲呲声交织在一起时，听起来就像在唱歌。

我注意到，熊蜂的活动也自带节奏感。当它们慢下来停在花前喝花蜜时，“唱歌”的音调会降低；当它们起飞加大翅膀拍打频率时，音调又立马变高。

人们发现昆虫在工作时能创造音律，这着实令人着迷。从熊蜂的低鸣到蚊子的哀鸣，每种昆虫发声的音律频率都各不相同。音调高低由令人窒息的翅膀拍打频率决定。黄蜂的翅膀每秒拍打次数可达100次，蜜蜂为每秒200次，苍蝇为每秒300次，而蚊子则高达每秒600次。歌手加比·斯坦伯格（Gaby Stenberg）曾用录下的昆虫的声音创造了一个音阶。一只马蝇为C调，一只黄蜂为升C调和D调，一只大熊蜂是升D调和E调，一只蜜蜂是F调，另一只黄蜂是升F调，一只小熊蜂是G调，升G调和A调，一只花蝇是降B调和B调，还有一只小蜜蜂是C调。它们共同组成了一个由翅膀振动频率来决定音高的音名表。

即使没有耳朵，熊蜂们也能比我更敏锐地感受到翅膀的律动。这又要归功于它们留着毛发，或者至少拥有毛发状器官，能够捕捉到空气中哪怕最微小的振动。在这些毛发或器官的帮助下，昆虫能听到远超人类听觉感知范围的声音，并能感觉到空气本身在运动过程中的颤动。事实上，在求爱之时，它们的这一器官尤为敏锐。雌蚊一般通过拍打翅膀来吸引雄蚊，为了提高求偶成功率，它们的翅膀上甚至还配备了扩音器。——这就难怪我们总在夏夜听到它们恼人的声音了。至少对雄蚊来说，这是一段悦耳的旋律，为了和雌蚊保持同频，它们会立即做出调整。一旦合上拍，登对的雌蚊和雄蚊就可以交配了。

没过几天，每次一听到熊蜂扇动翅膀的嗡嗡声，我就有了一种回家的感觉。但这种嗡嗡声也在更多意想不到的地方响起。一天，我在工作室里发现了几罐红油漆，于是决定用它来翻新小屋朝南、油漆开始剥落的那一面墙。我正要开始涂抹油漆，一对蜜蜂突然出现在我面前。我往后退了退，想看看它们是从哪儿飞来的。它们在门口徘徊了好一会儿，貌似想要飞进来。真奇怪。过了一会儿，我才意识到它们不是要进我的屋，而是要回自己的家——原来它们把家安在了门框里。

啊哈，南墙里居然住进了这么多蜜蜂！我该不会是要在蜂巢上作画吧？我曾见过一些蜂巢壁画的照片，那是斯洛文尼亚人的杰作，像极了古旧的农舍橱柜。为了让壁画不被蜂群淹没，他们用的都是些鲜艳的色调，而且通常以一种粗犷的风格来描绘养蜂场或是《圣经》(*The Bible*)中的天堂花园。这样的图画既宣示了主权，又能炫耀主人拥有庞大的蜜蜂群。但现在的情况还不一样，这里并没有真正的蜂巢，因为住在门框里的都是些独栖野蜂。它们被称为红梅森蜂，和树蜂一样，身披微红色的皮毛，与房子的颜色相近，几乎融为一体。

这些红梅森蜂一定是从去年夏天开始就在这里定居了。想象一下当时的情景：一只雌蜂像树蜂一样孤零零地爬进墙里，安静地产卵。不过产完卵后，她以一种特别的方式履行了母亲的职责。她把所有的卵分开放在独立的小隔间里，每个隔间都存有大量采自枫树和橡树的花粉。然后她关上“育儿室”的门，独自飞走了。——即使自己没法熬过这个冬天，她的孩子们依旧可以在朝南的温暖墙缝里安然度过。

几个月过去了，工匠们在门口来回走动，它们则吃着去年的花粉慢慢地发育起来，像小小的逗号一样，等待下一阶段的来临。在我看来，是它们，给这座房子带来了生气。

据说红梅森蜂并不好战，甚至连小孩都犯不着怕它们。不过一般来说，独居蜜蜂仍然比那些受共同巢穴庇护的群居蜜蜂更具攻击性。它们的行事作风往往让人捉摸不透，因此，也许早在杨柳开花之时它们就已经入住门框里了。雄蜂一般住在离入口最近的地方，方便随时离开。倘若想要明年有新的成员加入，它们就必须尽快完成交配。当然，这难不倒它们，因为尽管习惯独居，它们却很善于适应同类的需求。求偶时，雄蜂会轻轻地抚摸雌蜂的触须，直到对方回应一个坚定的“是”。之后在很长一段时间里，它们会一起养精蓄锐，休养生息。也许过一阵子，门框又会变成“育儿室”，但在春天来临、蜂宝宝出巢之前，没人会注意到这些成长中的幼虫。

再说回熊蜂，它们的巢穴就在小屋卧室和起居室的隔墙里，一家子忙忙碌碌的，等待夏日的到来。可以肯定的是，这些邻居应该不会太吵，因为熊蜂向来性情温和。这一点使熊蜂深受诗人和儿童作家的喜爱，而它们的生活也呈现出女性化关怀的柔性特色。在昆虫的世界里，基本没有凶残的雄性首领这一说，因为“怀胎十月”的雌性通常体型更大，更不用说熊蜂本就属于母系社会。

然而，与大象不同，蜂群并非由最年长的雌性领导，因为蜂后一直忙于生育，无暇他顾。于是，第一代女儿们担起了这个责任，它们必须学会照顾自己和弟弟妹妹，维持家族和谐，直到夏天结束。但接下来等待它们的戏剧化的命运，却成了希腊悲剧作家再合适不过的写作素材。

盛夏，一切还是那么的舒适恬静。在炎热的日子里，它们会一起打盹，如果巢内温度升到30摄氏度以上，一些熊蜂会轮流在巢口附近用翅膀扇扇风，带来一丝清凉。熊蜂妈妈就坐在它们中间，孵着新卵，接受宝贝女儿们的喂养。

一直以来，时间都是一点一点带走青春的。蜂后正在慢慢变老，未来需要更多的年轻力量来接手。为了解决燃眉之急，女儿们开始对几个将要成为新蜂后的卵子多加照看——前提是它们都受过精。

到目前为止，蜂后产下的卵子都是她去年交配后储存下来的受精卵。有了雄蜂的染色体，这些卵子才能发育成雌性，否则就会成为雄性。现在蜂后开始产下未受精的卵，它们都只有一条染色体。显然，从这些卵中出生的熊蜂是不同的，它们脸上的毛发看起来像络腮胡，是雄性无疑了。在巢外，它们会用诱人的气味包裹自己，柠檬花香是它们的首选，可以迷晕雌蜂。它们的余香遍布灌木丛和大树。

果不其然，刚出生的新蜂后很快就被雄蜂吸引了过去。在交配过程中它们都十分小心，确保不蜇到对方，当它们缠绵落地时，新蜂后肚子里就多了好些新生命。这些新生命如果要存活下来，就必须在冬眠前储存自己的能量，而新蜂后也将不再回到巢中的兄弟姐妹身边。

蜂巢里的生活也在慢慢发生变化。随着花蜜产量日益减少，蜂妈妈和女儿之间的关系开始变得紧张。当女儿们意识到自己产下的不是受精卵时，它们会开始偷偷和雄蜂交配，因为激素掌控着蜂巢中的一切。但这惹怒了曾经温柔慈祥的蜂妈妈，可能是因为这一早熟行为违背了它们的社会规范，抑或是因为在血缘关系上她跟儿子比跟第二代子孙更亲。不管怎样，她会不分青红皂白地咬伤那些产卵的女儿，然后把它们的卵全都吃掉，根本不顾及祖孙之情。女儿们也破罐子破摔，开始群起而攻之，吃掉蜂妈妈的公卵——同样地，这些卵是不是它们的兄弟也已经不重要了。

尽管这是生物行为模式所导致的必然结果，但终究是个悲伤的故事。当曾经高高在上的蜂妈妈变得越来越迟钝、越来越虚弱，试图从战斗中撤离时，已经太晚了。就像经典悲剧里演的那样，她要么被女儿们杀死，要么在分崩离析的巢穴中饿死。

那些成功逃离巢穴、受过精的年轻蜂后，成了为数不多的幸存者。当然，即使它们能逃过在潮湿的冬眠地里腐烂的厄运，其中一些最终也难免饿死或是被吃掉。好在总有一些能挺过冬眠，在春暖花开之时苏醒。

谁说家家有本难念的经？至少门框里的独居蜜蜂就免去了这种烦恼。它们之间基本很少发生冲突，因为新生代必须学会自己照顾自己。正因为不需要保护下一代，也不需要承担捍卫领地的责任，它们没有发展出任何社交技能。

而且，和熊蜂一样，独居蜜蜂实际上比群居蜜蜂更善于传粉，自力更生练就了它们的聪明才智。例如，有人曾看到过一只独居蜜蜂单靠自己的力量就把一颗钉子从它看中的巢中拔了出来。当聚在一起时，独居蜜蜂也会相互帮忙，一起攻坚克难；但倘若进了一个分工明确的群体组织，它们的多样技能可能会被埋没，就好似从手艺人退化成了流水线工人。

因此，对于蜜蜂来说，独居生活也好，群居生活也罢，各有优势，都能良好地运转；只不过它们之中的大多数还是以独居为主。在瑞典发现的近300个蜂种中，除了蜜蜂和大约40种熊蜂，其余都是独栖蜂种。就连熊蜂社会最初也是由一只蜂后独自开创的，只是后来她生出的女儿们留在了巢中，渐渐才形成了群体。这是为什么呢？为什么女儿们不组建自己的小家庭，或者选择像独居蜜蜂那样开启独立生活呢？

熊蜂的女儿通常没有子嗣——这并不稀奇，因为大多数动物死后都没有留下任何后代。不过值得一提的是，它们能在家里帮衬家务，夯实家庭基础，以构建整个社会。它们用简单的一生向我们证明，生活并不总是自上至下的；恰恰相反，一切的一切都建立在一种任劳任怨的姐妹情谊之上——这种关系像极了爱。

蜂巢、蜂蜜——合作的结晶

合作是蜂群最显著的特征。亚里士多德认为，蜜蜂的社会系统是值得我们人类学习的积极典范，但他并不赞成将它们看作母系社会——毕竟，它们拥有武器，那就是蜂刺。直到17世纪技术革命带来了显微镜，人们才发现蜜蜂的头领其实是蜂后，而整日无所事事的兵蜂竟是雄蜂。尽管如此，蜂后并不主宰一切，那么将它们团结在一个近乎有机的社区中的秩序来源究竟何在？是个体的数量，还是某种更神秘的东西？

这一切都离不开蜂巢的作用，它通过某种不可思议的方式将内外两个截然不同的世界联系在了一起。对巢内而言，社区是根基与核心。在和蜂后进行肢体接触之后，每只蜜蜂都会获得一些物质，用于唤醒它们关心群体和建造家庭的本能。它们也有很强大的机体适应能力，能投入到蜂巢运营的日常需要当中。其中，最年幼的蜜蜂负责照顾尚处幼虫阶段的兄弟姐妹，它们会分泌一种富含蛋白质的腺分泌物，供幼虫食用。除此之外，它们还要加工其他蜜蜂带回来的花蜜，此时它们体内又会自动分泌一种酶类，用于蜂蜜酿造。再过几周，在激素的作用下长得稍大一些，它们就能出去觅食了。这时，它们已经发育成熟，完全有能力肩负起帮助抚养成千上万姐妹的责任了。

蜂巢的整体结构是为蜂群量身定做的，而且是在无数一模一样的巢室基础之上形成的。

在人类看来，蜂巢的六面巢室绝对是一个几何奇迹。化学家常常利用六边形来佐证生命分子的构成原理，即它们是如何由原子构成的，以及这些分子图形如何组成更大的分子模型。在蜂巢中，六边形也有实际的建构优势。每个巢室与其相邻巢室共用一壁，这种结构不仅用材最少，还能保证重量均匀分布。工蜂似乎明白这一点，它们会加固薄弱部分，同时也会强化其他部分。巢室必须足够坚固，以承受蜜蜂发育成熟后的重量——足足达到幼虫时期的一千倍。

那么蜜蜂是怎样建成六边形结构的巢室的呢？最值得关注的一点是，这六面墙是在蜜蜂的协同合作下自动形成的。也就是说，与熊蜂造的蜡罐不同，蜜蜂巢穴里的小隔间并不是一个一个单独建成的，而是许多工蜂同时工作，一次性建造完成的。它们工作时靠得非常近，随着温度的升高，每只工蜂周围的蜂蜡会渐渐融化，然后与邻近工蜂周围的蜂蜡结合在一起；同时因为它们相互之间保持着一定的距离，所以最后形成的六面墙大小相同。——这便是蜜蜂之间精诚合作的完美印证。

这些巢室不仅是新生儿的居室，同时也是储物室，用于储存从蜂巢外收集回来的东西。为了搜寻物资，每只蜜蜂都必须独立行动，进入一个与蜂巢截然不同的世界。相比拥挤、黑暗、管辖严格的蜂巢，外面的世界没有边际、充满光明，而又瞬息万变。

蜜蜂是怎么找到路的呢？和熊蜂一样，只要活动范围不超出蜂巢方圆一百米，它们就能识别周围的环境。超出这个范围，它们就必须结合时间和空间一起来确定行进方向。太阳对蜜蜂来说就像一个类似日晷的构造，它们通过太阳来判断时间，由此知晓各种花朵何时开放，从而合理安排出发采蜜的时间表。即使回到蜂巢，它们也能透过一束狭窄的偏振光来观察太阳，并从中学会如何在一天中区分六个时间点，甚至更多。最重要的是，它们也清楚什么时间段没有花蜜或花粉可采，蜂群可能面临挨饿的困境——这非常重要，因为除此之外，没有什么能对蜂巢中的所有生命同时构成威胁。

然后，它们要足够灵敏，不但要具备调动感官寻找线索的能力，还要能辨别方圆百米内的地标，以此强化自己的时间感。除此之外，它们还要面临不断变化的风向和天气，熟悉植被每周的变化。与此同时，它们要与蜂巢里的姐妹们进行持续交流，倘若巢内的花蜜快耗尽了，它们必须转向花粉更少的花朵，多采些花蜜。在不断成长的过程中，它们要学会识别各种各样的花卉品种，知道在同一时段，哪一种花卉能提供最多的花粉，并展开追踪。也就是说，它们必须自己拿主意，从实践中来，到实践中去。

觅食蜂收获的花蜜和花粉都存在蜂巢里。花蜜加工后放好，而花粉则按照颜色进行收纳。巢室里还储有油灰，用于密封蜂巢出现的任何裂缝，起保护作用。油灰的原料大都来自树脂包裹之下的阔叶树芽和针叶树上的沥青，像是某种树体精华。除此之外，在数百种原料中，甚至能找到金银的痕迹。这种油灰不仅可以消灭病毒和细菌，还可以消灭真菌，所以如果有入侵者死在蜂巢里，蜜蜂们会覆盖一层油灰进行消杀。这种用于保护蜂巢的神奇物质被称为“蜂胶”(propolis)，在拉丁语中是“保护城池”的意思。

不过，蜜蜂们最重要的杰作另有藏处。那是一种甜味的金色物质，被收集在蜂蜡室中，是蜂群未来的食物保障。花蜜采自不同花种和不同时期，这就造成了蜂蜜不同的颜色和香味，从白色到琥珀色再到青铜色，样样皆有。初夏蜜淡，秋来蜜暗。三叶草的蜜味道柔和，菩提花的蜜很清新，石楠花的蜜则更浓郁。

尽管如此，没有一种花能完美诠释蜂蜜，因为像蜂胶一样，蜂蜜的成分多达数百种。除了维生素、矿物质、抗氧化剂、乳酸菌、氨基酸和甲酸外，还有蜜蜂在加工时添加的特殊的酶。通过以口传口的方式，蜂蜜被递入蜂巢，所以在到达蜂巢之前，一个糖分子会辗转多个蜜蜂之口。因此，我们不能狭隘地认为蜂蜜产自某只蜜蜂或某朵花，相反，它是不同物种、个体和时空相互作用的结果。

这就是为什么蜂蜜看起来总是有一种特别的光泽吗？它曾出现在洞穴的壁画里，巴比伦的文献中；出现在《旧约》（*Old Testament*）中上帝允诺的“奶与蜜之地”上；在《古兰经》（*The Koran*）中，和天堂的水、乳、酒并称四大河流。在埃及，人们认为蜂蜜是太阳神的眼泪，饮下可以长寿。

当然，蜂蜜本身也是经久耐放、不易变质的。在一个有三千年历史的埃及坟墓中，人们发现里面的一些蜂蜜仍可食用。

随着时间的推移，蜂蜡也慢慢渗入人类文化中。它不仅为艺术带来了蜡笔，还为雕塑带来了模具。罗马纪念碑表面就涂有一层蜂蜡，若对碑面进行加热，碑面会再次变得光滑，方便誊写新的碑文。蜂蜡还有防水的功能，不仅能涂在船只表面，隔绝海水，还能用于防水服的制作。除此之外，它也可以用来充当耳塞——曾让奥德修斯的同船伙伴免受海妖之歌的诱惑；它还粘补了伊卡洛斯的翅膀，尽管他忘了离太阳太近蜡会融化。但我们不能忘记，几千年来，正是由蜂蜡制成的蜡烛，照亮了这个原本黑暗的地球。

据说，柏柏尔语中有一个特别的词，用来形容阳光打在蜂巢上所显现的东西。好像是个象征性的图像，但具体代表什么呢？是代表千万花丛的精华，还是通向它们的条条小径?

在想象蜂巢时，我想起了蜜蜂的眼睛，因为它们也是由六边形组成的。

蜜蜂眼睛的每个部分都向着不同角度，相互配合，帮助它们找到通向花朵的路。蜜蜂大脑的视觉中心也是由相似的部分组成，不同点在于这些部分是神经细胞，负责引导蜜蜂观察并做出反应。在一个小小的蜜蜂大脑里，这样的神经细胞多达90万个，它们彼此相连，因为即使是细胞之间，也需要共同协作才能捕捉到外界的信号。

蜜蜂生活的方方面面都离不开合作。一只蜜蜂最多连续作战三个星期就精疲力竭了，但采集所得不会超过四分之一茶匙的蜂蜜；而要装满一整罐蜂蜜，至少需要采蜜200万次。

那它们又为何如此卖命呢?原因在于，就像古希腊的众神一样，蜜蜂真的很喜欢花蜜。花蜜发酵后，酒精含量可达10%，它们甚至能醉倒在上面。

人们还对醉酒的蜜蜂进行了研究，希望能找到它们“酗酒”的原因。在这个过程中，科学家们发现酒精能让蜜蜂变得更加大胆。瑞典博物学家林奈的兄弟塞缪尔（Samuel）曾给他的蜜蜂喝了掺有蜂蜜的酒，并帮助它们成功击退偷取花粉和花蜜的强盗蜂。但另一方面，有时醉酒的蜜蜂可能会找不到回蜂巢的路，即使找到了，也会被守卫蜂拒之门外，它们甚至会毫不犹豫地砍掉那些“酒鬼”的脚。花蜜可以为蜜蜂补充能量，以使它们采集更多的花蜜和花粉，但不该成为让蜜蜂上瘾的“毒品”。

最终，这一切努力将酿造成跨越时空的蜂蜜，这个过程需要的是合作，而合作需要的是——沟通。

蜜蜂的语言

亚里士多德曾观察到蜜蜂会跳舞，但直到两千年之后，人们才明白蜜蜂舞蹈的意义。20世纪中期，德国著名昆虫学家卡尔·冯·弗里希（Karl von Frisch）对蜜蜂的舞蹈进行了破译，最后认定它是一种复杂的语言。

弗里希来自一个维也纳的教授家庭，从小受家里知识分子熏陶，自然形成爱思考问题的习惯，在和兄弟组成弦乐四重奏乐团后，他才开始意识到沟通的重要性。

但他不想拘泥于一种交流方式。有只鹦鹉喜欢和他做伴，它经常坐在他的肩上，咬他的钢笔，睡在他的床边，每天早上醒来弗里希做的第一件事就是试着和鹦鹉对话。除了鹦鹉，他还养了大约一百只其他动物，于是自然而然也研究起了动物学。

他最开始研究的是鱼类，后来才逐渐转向蜜蜂。在这两项研究中，他的首个发现都和生物感官有关：对于鱼来说，味觉和听觉似乎是它们最重要的感觉器官；而对于蜜蜂来说，最重要的则是嗅觉和视觉。蜜蜂善于利用气味找到通往花的路径，一旦靠近就能知晓花的颜色和形状，辨别出花的种类。它们特别关注确定轮廓和模糊轮廓之间的区别。

弗里希的研究小组还注意到，蜜蜂能灵活把控时间。如果定时给它们喂糖水，持续一段时间后，它们一到点就会准时出现在被喂食的地方。显然，它们有自己的交流方式。对此，弗里希也展开了相应的研究。

但是，当他的研究取得一定进展时，人类社会进入最分裂的时期之一——纳粹主义开始在德国蔓延，犹太民族危在旦夕，世界大战一触即发。弗里希当时是慕尼黑大学的一名教授，一直专注于自己的研究，外界发生的大事响如闷雷，却并没有引起他的注意——直到一封印有纳粹十字的信送到了他的研究所。

打开信件，里面只有一条简短的信息——他将被免去教授一职，因为他有四分之一的犹太血统。

如果就这样被迫离职，即将取得突破性进展的研究也会就此中断，这对他来说可谓是双重打击。合作在他的研究小组中和在蜂群中一样发挥着重要作用，几位有名望的同事请求高层网开一面，让他留下来，但终归只是徒劳之举。

谁也没有料到，最后挽救他于水火之中的竟是德国蜜蜂。当时，德国蜜蜂正饱受肠道寄生真菌微孢子虫的猛烈侵蚀，它们的身体肉眼可见地被一点点吃掉。这场灾难已造成250亿只蜜蜂死亡。蜜蜂是生态学中的关键物种，人类离不开它们，人类食物的很大一部分都依赖于它们的授粉。在20世纪40年代，粮食短缺已成为德国常年存在的社会问题，而战争导致情况进一步恶化。与此同时，有人谣传苏联已经开始训练蜜蜂以更快速、更高效的方式工作。难道德意志帝国不可以也这样做吗？

毕竟，在为公民社会做出牺牲这方面，蜜蜂可谓是出色的表率。德国方面其实对弗里希所做的蜜蜂语言研究并不感兴趣，但当务之急是通过他的研究来找到增加粮食储备量的解决之道。弗里希能找到吗？政府把希望寄托在他身上，所以他可以暂缓离职，同时也获准继续其他的研究。

这个局面看似很矛盾但又很微妙，当战场上的专家们试图译解敌人信息时，弗里希正以最好的方式探索一种不含任何敌意的自然语言。

学习新语言是需要时间的，尤其当新的语言与已经掌握的语言几乎没有相似之处时。不过渐渐地，弗里希和他的同事们成功破解了蜜蜂之间的交流方式。

首要的信息是，这种语言和花朵有关。其他物种对飘至空中的各色花香也很熟悉，但相较之下，蜜蜂的花语要复杂得多，那是一种代码，还带有一些艺术性的特征。

通常，蜜蜂们会在蜂箱里的蜂巢上跳一支舞，最后形成一幅象征性的符号地图。地图不仅传递了花蜜和花粉的质量、数量等相关信息，还描述了它们到达花朵的路径。舞蹈的长度表示飞行距离或是飞行需要的时间和能量。例如，简单转几圈表示花就在附近；若是跳出“∞”符号则意味着还有一段距离。若必须逆风而行，信使蜂会告诫同伴在飞行前多储备些能量。飞行方向则围绕舞圈内的中心线来表示，若信使蜂沿着中心线往上跑，意味着应该朝着太阳的方向寻找花粉；如果沿着中心线往下跑，则表示路线相反。如果信使蜂沿着中心线向右移动，那么飞行的方向也应该偏向太阳的右边，偏离角度与信使蜂移动时偏离中心线的角度一致，即俗称的“太阳角”。

甚至只是摆摆尾这样简单的动作，也能向同伴传达不少信息，比如花所在的方向、路上需要的时间以及花本身的情况。摆动得越热烈，代表花蜜和花粉的质量越上乘。同时，蜜蜂会结合蜂巢现有的资源，来比较采哪种花更适合。如果花蜜储备不足，信使蜂会用舞蹈指向花粉较少而花蜜更多的花朵。虽然所有的动作最终都指向距离，但实际上包含很多细节。

这些舞蹈诠释的是光照之下的宝贵财富，但因为是在黑暗中进行，所以必须通过振动来辅助理解。当蜜蜂在蜂巢上移动时，它们翅膀上的肌肉会跟着颤抖，即使是收起的状态，两翼也能发出与飞行同频的嗡嗡声。这不仅给巢内蜜蜂提供了其他飞行信息，同时也创造了另一种语言。这就像莫尔斯电码，每秒钟振动带动的音调爆破多达三十次，其间还伴随着停顿和音调转换。一只蜜蜂就这样把几种语言编织在了一起。

除了引路，这些舞蹈语言还有其他用途。例如，若蜂箱内温度太高，需要冷却，蜜蜂就明白要运的是水滴，而不是花蜜和花粉。当蜜蜂在水的上方扇动翅膀时，会掀起一阵凉风，和空调的原理类似。如需补充水源，它们同样可以通过舞蹈来指明水源所在的方向。

蜜蜂甚至可以用舞蹈给同伴描述周围环境。这种情况在蜂群里经常发生，尤其是在老蜂后和蜂箱里的一半蜜蜂组成新蜂群时。因为蜜蜂有一套自己的规矩和体系，所以事先会派侦察蜂去察看周围的环境。它们带来的反馈必须包括各种要素，并且用舞蹈的形式展现：未来的新家有多大？干不干燥？有没有其他昆虫？有以前的蜂群留下的旧蜂巢吗？入口洞长什么样？到花和水的距离有多远？

对蜜蜂来说，洞穴的大小非常重要。所以仅仅检查墙壁这一项任务，侦察蜂可能都要仔仔细细花上四十分钟才能完成。它会不断检查洞内不同角度之间的变化关系，并记住各个角度之间的距离，在心里描绘出一个蜂巢的横截面，然后用同样的方法测量入口位置。附近水源的位置也很重要，但若需要飞越湖泊才能抵达蜂巢，这一提议会被熟悉当地情况且有评估能力的蜜蜂们集体否决。

因此，在群蜂聚集讨论搬家时，它们所跳的舞和以往传递蜜源信息所跳的完全不同。更重要的是，对地点及其周围环境的描述必须准确。因为外出“侦察”的蜜蜂不止一个，在最后选出合适的筑巢点前，大家会对所有的选址建议进行比较。不过，这也并不完全算是一场竞争，因为所有蜜蜂都可以拉帮结派，相互游说。最后，由获得最高支持率的侦察蜂将整个蜂群带到指定地点。

因此，早在希腊人发明“蜜蜂”这个词之前，蜜蜂就已经有了一套行之有效的民主制度。但并不是人们想象的那样，由蜂后统治着全蜂群，其实蜜蜂社会既不是由某只蜜蜂管控，也不是全员参与决策。实际上，它们的舞蹈交流只是一种对话形式，侦察蜂需要观众的配合，也只有迫在眉睫的问题才值得拿出来讨论。当蜂巢有了所需的一切后，蜜蜂就不再跳舞了。因为对蜜蜂来说，跳舞不是为了娱乐，而是处理生活问题的一种手段。

舞蹈在地球上几乎无处不在，只是意义各有不同。它们既可能是某种交配仪式或宗教仪式的一部分，也可能是群落兴起的基础，或者是一种艺术形式的灵感来源。这些意义在蜜蜂的舞蹈中都有所体现——不仅反映在交配仪式的生育功能上，也反映在宗教仪式中神秘而统一的本质上。一般来说，舞蹈编排往往有明确的步法，但就像民间舞蹈和各地方言一样，每个地方的蜜蜂舞蹈也各有差异。

总的来说，舞蹈这种精妙无比的语言非常适合蜜蜂这个群体，因为它们很擅长调动自己所有的感官来理解舞姿所传递的信息。

纵使翅膀上下扇动的频率高达每秒200次，在我看来尽是一片模糊时，蜜蜂依旧可以分辨得清。如果想拍一部关于蜜蜂的电影，请记住，每秒24帧的速度根本不够捕捉它们的舞蹈细节，恐怕需要每秒240帧才能清晰流畅地展现它们的整个动态过程。

从某种意义上说，蜜蜂属于现实主义者。它们的感官和自然近乎融为一体，所以像三角形和正方形这样的抽象形状对它们来说毫无意义。确实曾有研究人员像做之前的鸽子实验那样，成功教会蜜蜂区分毕加索和莫奈的画作，但说起缘由，蜜蜂辨认的可能并非图案，而是强弱线条之间的差异，因为这正是它们采蜜过程中的关注点。

此外，蜜蜂总是通过触角来感知花的形状和气味，而这两者是紧密相关的。在黑暗的蜂箱中，每当其他蜜蜂蹭过跳舞的蜜蜂时，除了会注意到萦绕的花香，还能捕捉到花的外貌特征以及通向蜜源的路径。在形状方面，因为圆形和棱形的花朵有着不同的气味特征，所以蜜蜂能依稀分辨出圆形物体和棱形物体。就这样，在这个黑暗的世界里，蜜蜂们通过听觉、嗅觉、触觉来欣赏这场灵动的变形舞蹈，捕捉花的讯息。

总之，这是一种载着花香的数学语言，是实地勘察后谱写成的诗歌。说它是数学语言，是因为它传递的一切都那么简洁、抽象而又精准；而说它是诗歌，是因为一切的创作都离不开联觉，离不开暗含深意的“语言”。

无声的交流让表达更有张力，振动也让花朵和蜜蜂之间的联系更加紧密。跳上一支舞，蜜蜂就能自然完整地描述一切，从花的内部情况，到外部风速风向和大致环境，等同于绘制了一幅诗意而又精确的地图，最后准确地传达给其他同类。

这是整个蜜蜂世界的缩影。一只蜜蜂若想发起求助或是寻求鼓励，它可以直接释放特定的气味或信息素，这种即时的呼吁往往是一种语言的开端。那么它最终会走向何方？这种语言是在一定数量的个体中发展起来的，还是源于一个大家庭？或者通过一项它们一块儿完成的任务发展而来，比如采集蜂蜜？难道是某种超现实的东西创造出了这种语言？也许都有可能。不管怎么说，蜜蜂向我们展示了一种华丽而独特的语言。

1973年，蜜蜂语言的发现在各界引起了轰动。弗里希和同僚康拉德·劳伦兹、尼古拉斯·廷伯根（Nikolaas Tinbergen）被共同授予诺贝尔奖。长期以来，生物学研究的重心都放在收录未发现的物种上，但现在对蜜蜂的研究不再仅仅局限于此，它们的舞蹈也成为语言学理论研究的一部分。

对于人类来说，昆虫能进行复杂交流这一发现具有突破性意义，但这是否意味着我们不是唯一的高等物种？这个问题听起来让人十分不安，毕竟，仗着会使用语言，我们人类长期以来自诩比其他生物更优越。

这边弗里希还在埋头研究蜜蜂的语言时，高等物种问题的研究已经失去了原有的纯粹。纳粹主义者将人类划分为高级种族和低级种族，这一举动不仅违背了公序良俗，还对后世产生了严重的影响。不过，不管其他物种的语言有多先进，它们也能发展成高等生物这个事实，还是让人惴惴不安。于是，这个问题就被搁置了。

然而事实上，蜜蜂的处境这才真正开始恶化。它们原本习惯于在田野和沟壑这种小范围内的野花丛中穿梭，但在战后时期，随着小型家庭农场模式逐步转型成为工业化农业，杀虫剂的种类也在不断增多。这种转变往往会带来意想不到的后果——举个例子，一般来说，虽然杀菌剂能使杀虫剂的效果增强好几倍，但害虫能很快对其产生耐药性，而以害虫为食的鸟类却成了受害者，最终被一一毒死。类似的情况也发生在了蜜蜂身上，即使在 DDT 杀虫剂被禁售后，田间土地上依旧有杀虫剂的残留物，甚至在蜜蜂采集的花粉中也能检测到。

人们当然明白蜜蜂的价值所在，于是开始尝试对蜜蜂进行工业化养殖。如今，工厂养殖的蜂群数量多达上百万，就连熊蜂也成了商品。各地温室里的番茄和浆果需要它们帮忙传粉授粉，所以蜜蜂们会被打包成箱，装上拥挤的卡车，穿越大陆送往各个地方。与此同时，这也带来了不少问题。其一，广阔的单一种植区域不能满足蜜蜂的多元化需求，加上新的杀虫剂不断投入使用，导致蜜蜂的抵抗力开始急剧下降。其二，可怕的瓦螨成了蜜蜂肠道寄生虫之一，并在野生蜜蜂群体中传播扩散。其三，蜜蜂的方向感开始变差，在觅食后容易找不到回家的路。更糟的是，目前欧洲蜜蜂和熊蜂的数量下降了75%，美国的熊蜂已经消失了90%。如果授粉蜜蜂全部消失，等待人类的将会是一场灾难。

到底是杀虫剂的错，还是蜜蜂种群文化单一的错？或者是运输费用不足所导致的结果？蜜蜂的方向感是受到移动信号服务塔干扰了吗？是否气候变化也是影响因素之一？……也许各种因素都有影响，但归根结底，还是人类的“大局思维”不利于这种小规模生命的延续。

相较于农村，城市里用的杀虫剂更少一些，所以一些地方的人们在屋顶安上了蜂箱，甚至在一些像巴黎圣母院这样的大教堂上也可以见到蜂箱。但值得注意的是，很多熊蜂和野蜂已逃往郊区的私有土地，牧场上的蜜蜂日益稀少，私有土地上的蜜蜂队伍却日益壮大。在小树林里，它们不仅摆脱了压迫，免于在工厂照射灯下、在流水线上交配，还可以随心所欲地选择采蜜对象。

相似的世界观

没过一会儿，门内的独居蜜蜂就不见了，它们一定是在春日暖阳下嬉戏过后，就各奔东西了。之所以独居蜜蜂不像群居蜜蜂那样拥有自己的语言，多半是因为它们不需要经常与同伴分享信息吧。不过，像所有其他蜜蜂一样，这些独居蜜蜂的内心自然也装满了花朵、蜜粉源和种种记忆。它们似乎对周围的世界很是熟悉，出了门框，它们总是知道自己要飞往何方。同时，它们也是出色的传粉者，即使它们不会告诉同伴蒲公英正在东边盛开。对它们来说，自己知道哪儿有最好的花朵就足够了。

说起熊蜂，它们的第一批幼崽是在5月诞生的。由于食物供给不太充足，它们看起来小得可怜，但它们惊人的体力弥补了外形上的不足。小屋旁一条一米宽的小路一直延伸到门口，杂草丛生。我打开母亲留下来的电动割草机，打算清理清理。孰料还没开始，就见一小队愤怒的“卫兵”从墙边冲了出来。我猜是割草机的声响传到它们窝里，引起了它们的警觉。显然，除了墙体，外面这条小路也是它们的地盘。

当然，它们有大把时间在心里绘制这片领土的地图。那么我能在这幅地图上找到我自己吗？毕竟我们的感觉很不相同。尽管我们欣赏的是同一片花海，我却无法进入它们绘制的或浓或淡的气味风景图中——何况这些气味有时还会和谐地交融在一起。

气味是它们的交流方式之一，所以在朝夕相处的花朵上，它们也会留下自己的气味。

除了对气味的觉知，我们对颜色的识别也有些差异。蜜蜂看不见红色，所以它们眼中的世界略带点蓝，但它们可以看到紫外线。在它们的眼里，紫外线会形成发光的花蜜图案，映射在雏菊上，闪着蓝绿色的微光。

总的来说，尽管它们的身形比我小一千倍，我们却似乎有着相似的世界观。它们甚至可以区分人类个体，这一点让我钦佩不已。而与之形成鲜明对比的是，熊蜂研究人员必须给每个研究对象贴上小小的数字标签，才能准确区分它们。是否某只熊蜂已将我纳入它的大脑地图中？它们的大脑比一粒盐还小，却能保存一公里宽的地图。这张地图由成千上万的神经细胞绘制而成，上面记录了气味、声音和光线最微小的变化。如诗歌一般，收放自如。或者应该反过来，实际上是我在主动寻找熊蜂的视角？我的右眼球上有一个小疤痕，确实好像总感觉眼前有一个小飞侠，扇动着翅膀，盘旋不去。真是这样吗？我被自己这个奇特的想法吸引住了。

熊蜂表面的敏感中其实暗示了它的情绪变化，这一点在实验中得到了证实。事实证明，被困的蜜蜂也会恐惧。如果一直处于被困状态，某些化学物质就会淤积在它们的血液中，最终导致它们因恐慌而死。在另一些实验中，一旦遭遇剧烈摇晃，它们会害怕得一动不敢动。这时，回想它们挤在卡车上箱子里的场景，我能真切地理解为什么这有违它们的本性。此外，研究人员还发现，发生在它们身上的任何变动都可能引发焦虑。

最终，自发现蜜蜂的高级语言半个世纪之后，人类不得不承认一个事实——蜜蜂也有意识。2012年，神经科学和认知研究领域的权威专家们隆重签署了《剑桥意识宣言》（“Cambridge Declaration on Consciousness”），该宣言以一种科学的、实事求是的方式表述：“一系列类似的证据表明，非人类种群动物也具有意识状态的神经解剖学、神经化学和神经生理学基础，以及表现有意识行为的能力。”因此，我们并不是唯一拥有意识的物种，其他生物也同样拥有。

事实上，这一发现比蜜蜂语言的发现更有意义。长期以来，人们一直认为人类是唯一拥有意识的生物，但现在这种假设被完全推翻。为了溯源第一个有意识的生命体，研究人员一直追溯到节肢动物远古时期的共同祖先。它生活在

5.4亿年前，很可能是地球上第一个有意识的生物。

顺理成章地，科学界同时也给出了相应的解释。中枢神经系统必须由大脑来承载，对于脊椎动物和昆虫而言，它们的大脑以扩展式的神经节组合存在，负责处理和协调感觉，从而让它们能够控制自己并从经验中学习。简而言之，主观经验是动物们克服生活难题的关键。从理论上来说，任何拥有神经系统的动物都能体会到恐惧、愤怒、安全感和亲密感。

我从长凳上拿起咖啡杯，几个嗡嗡叫的小邻居刚从那儿飞过，也许那是它们第六次出行，去采第两千朵花。我永远摸不透它们那盐粒大小的脑袋里到底在想什么，但我知道不能小看它们。曾有实验证明，熊蜂相互之间可以快速学习新技能，解决新问题，比如掀开蜜源上的盖子。如果以花蜜作为奖励，它们甚至可以完成远远超出日常所需的壮举，例如朝着一个特定目标滚大球。

我曾读过这样一篇文章，一位研究人员曾对熊蜂做过一个心理测试，结果证明它们的智商与一个天资聪颖的五岁孩子相当。起初，我很赞同这个实验结果，但后来我开始怀疑这个研究人员对蜜蜂的生活究竟了解多少。首先要明白一点，这项测试不是在自然界而是在实验室里进行的。那么，他是否知晓熊蜂具备精确导航的能力？是否了解它们是如何做到在花蜜旺季有计划地拜访各种花朵的？是否知道熊蜂有能力组织一个完整的小社区？是否见识过它们普遍拥有的在高负荷状态下生存的能力？如果这些他都了解的话，那么他实验中提到的和熊蜂智力相当的五岁孩子一定是个天才。我甚至怀疑，如果由熊蜂出题进行智商测试，人类是否能顺利通过。

门外翅声不停

那天晚上我一进房间，就听到南墙边传来嗡嗡嗡的声音。是熊蜂在扇风纳凉，还是其他东西发出的响声？虽然熊蜂不会像蜜蜂那样在巢中跳舞，但它们一样需要交流。如果它们想和同伴分享自己遇到的某个特别花种，它们会直接带些花蜜回家；当巢里的物资不足时，它们会释放信息素、挤挤同伴，或是发出嗡嗡声，号召同伴一起去一些宝地采集物资。

墙里一直很不安生，它们都不休息吗？它们居然聊了一晚上，嗡嗡嗡嗡，那声音一直萦绕在我耳边。我很想加入群聊，因为它们的一切都让我着迷。整个夏天，关于生与死、关于田园诗与灾难的话题汇合成一部微型史诗集，一首接着一首，源源不断。它们建的巢比一般蜂巢要小得多，但里面也有蜂蜜。这种蜂蜜稀如果汁，不易久存——好在它们只需要储存一个夏天。在那之后，几乎整个熊蜂家族都会离开，但还有一些小罐蜂蜜会留在那面墙里。虽然这些蜂蜜不是为我准备的，但我感觉它们就像宝藏一般，等着我去寻觅。

熊蜂还在它们装满美味的储物室里忙碌，我去厨房里吃了个三明治。其实我的橱柜里有一罐现成的蜂蜜。我姐姐是园艺方面的专家，她告诉我把蜂蜜涂在植物断枝的破损面上，可以帮助它们重生，确实值得一试。毕竟，蜂蜜是世界上最有营养的物质之一，汇集了植物世界里的各种营养成分。

我在脆饼上滴上一小滴蜂蜜，它们立刻“兵分多路”，散在各个小饼洞里，看起来像极了蜂巢——又是蜂巢！也许是因为我最近一直在想着蜂巢以及六面体吧。接着，我又联想到了墙壁——就连这间小屋也有六个面，只不过形状像个骰子。

小时候，我的睡前时光常常是在棋盘游戏中度过的。我对游戏的兴趣不大，只是喜欢和家人待在一起的舒适氛围，所以总是很乐于参加。事实上，游戏桌旁坐的都是女性，有我的母亲、她的妹妹、我的姐姐，还有我。除了我，其他人都继承了我祖父对数字游戏近乎狂热的基因，当她们都在聚精会神地思考下一步时，我的思绪则经常游离在游戏之外。比如观察骰子就很有趣，虽然它六个面的数字各不相同，但无论掷到哪一面，都能推动游戏向前发展。如果掷出“1”或“2”，我就会开始思考小事情的意义——只要有耐心，即使迈出的步子很小，也有机会到达终点。当掷出“3”或“4”时，我想到的是平均值——这个结果也许不会带来太多兴奋和刺激，但有助于统计框架的建立，以及对一些普遍现象的说明。“5”意味着可以前进好几步，但倘若掷出的是“6”，则不仅能往前飞一大步，还能获得多掷一次的机会，这时我又联想到了一帆风顺。正是在玩这些的时候，我开始思考人生：你无法控制这一切，因为它随时都有可能发生改变。

人类发现了一个五千年前由动物骨头制成的骰子，可见在我之前，已有很多人开始对它们的构造着迷。骰子的每一面都独一无二，但它们又是相互联系、不可分割的，把相对两面的数值加起来，你总能得到相同的结果：一加六等于七；四加三等于七；五加二等于七。七是一个奇数，反复出现在很多地方：人类航行于七大洋；世界有七大奇迹；彩虹有七种颜色；一周有七天；还有七宗罪、七美德。在自然界中，似乎许多鸟类都能数到七，所以七可能是大脑很容易理解的一个数字。

对于蜜蜂来说，骰子可能会让它们产生更多的视觉联想。骰子上“1”对应的圆点会让它们联想到蜂箱的入口，而“6”对称排列的六个圆点和蜂巢六边形的巢室样貌相似。蜜蜂也能数到六——这是它们一天里记录时间的次数。当然，它们需要记录的远不止于此，或许对于它们来说，这个数字包含了生活的方方面面。一个孤独的蜂后是一切的起点，一个蜜蜂社会正是由她开始慢慢发展而来。对于熊蜂来说，它们有一个夏天的时间用来绽放生命；而到了冬天，蜂巢里有蜂蜜，纵使外面变得寒冷和贫瘠，生命也依旧可以继续。

一些看似简单的东西，比如一个骰子，就足够开启一段交流。我们家玩完桌游后，通常会再加几场玻璃珠游戏，这让一家人又多了一个相聚的理由。除了游戏，音乐、舞蹈和诗歌也容易引起群体共鸣，在我看来，它们也存在于蜂群中。

我拿着蜂蜜脆饼，走到傍晚的灯光下，在那儿，昆虫的翅膀上下摆动，嗡嗡作响，演奏着我捕捉不到的旋律。这些旋律来自不同的地方，来自快到模糊的身影。但它们确实存在，我要做的就是观察和适应不同的音阶。

辑三

墙上的蚂蚁军团

蜜蜂的远亲

其实不难理解为什么人们会将蜜蜂和太阳神联系在一起，因为它们总是飞舞于阳光之下，有花蜜的滋养，飞行时还有翅膀伴乐。它们有一种由舞蹈符号组合而成的语言，将花的内在与基本方位联系起来。利用这一切，它们创造出了一种由数百万秒的光凝聚而成的物质。它们生活中的一切都纯粹而富有诗意。像诗人一样，它们可以独处，也可以适应更广阔的环境。它们清楚地证明了：每一种选择都有其优势。

然而，蜜蜂的远亲——蚂蚁——却过着一种极其世俗的社会生活，没有一丝波澜。它们没有翅膀，没有色彩，没有和花朵对话的能力，也没有花粉可以附着的毛发。它们很少独自外出，踏上漫长冒险的旅途；它们不会飞行或舞蹈，只会列队行进。我也会爱上它们吗？不管怎样，我已经尽最大的努力去了解它们了。

是的，我也注意到了春天的蚂蚁。它们那会儿刚刚苏醒，急需补充能量，显然，桦树的汁液不够它们解渴。于是它们成功地从小屋墙壁的另一边摸到了食品储藏室，爬进了一个敞开的果汁盒里。我当时差点就把它们喝了下去。后来我在一个装糖的金属容器里也发现了蚂蚁。——它们真可谓“无孔不入”。

尽管蚂蚁并不脏，我还是不愿意和它们共用厨房。为了摆脱这队穿过厨房的长途小兵，我把糖倒进一个碗里，放在远离小屋的一个地方。后来那个碗神秘地消失了——当然，这是另一个故事了，也不能直接怪到蚂蚁头上。

为什么我对蚂蚁没有像对熊蜂的那种热情呢？其实它们是同一种食虫黄蜂的后代，却有着截然不同的生活方式。虽然来自同一祖先的蜜蜂已经演变出了各种各样的生命种群，蚂蚁却始终严格保持着一种集体的地面生活方式，甚至带有一些禁欲的特征。若说熊蜂像树上的松鼠一样四处活跃，蚂蚁则像裸鼹鼠一样规规矩矩地群居于地下。

地下生活给蚂蚁提供了极好的保护。但蚂蚁能成功繁衍生息，主要得益于它们庞大的数量和超强的凝聚力。如今已知的蚂蚁品种有一万四千个，当然尚有许多未发现的品种。每个品种都有自己的筑巢风格，能够适应不同的环境；这就解释了为什么蚂蚁能够在地球上每一个温暖的角落安营扎寨。总而言之，自宇宙大爆炸以来，蚂蚁的数量每秒都在增加。

如今，蜜蜂正处于危险的境地，但蚂蚁似乎并没有受到什么影响。我浏览网页时，总在“害虫防治”等标题字样下看到它们；从一些对它们敌意较弱的网站上我得知它们不喜欢肉桂、胡椒、大蒜和小苏打：如果把这些撒在它们途经的地方，可以阻挡它们的去路——或许我应该在厨房里试试。一个更狠的解决方法是设一个害虫防治陷阱，在里面放入美味的毒药，任劳任怨的蚂蚁会天真地把毒药带给蚁后；蚁后吃下后就会一命呜呼，既而整个蚂蚁社会就会分崩离析。我把这个方法记了下来，以备后患。

它们的队伍正不断壮大，这有些似曾相识，真令人恼火。为何我们会有这种感觉？是因为我们人类也在不断扩张，城市生活节奏也在不断加快吗？蜜蜂在乡村生活，整体规模小，而蚂蚁聚集的地方看起来却像个大城市，等比例换算之下，它们的城市甚至比伦敦和纽约还大。我看不到它们在这片土地下的建筑覆盖面积有多广，但可以确定的是，我的脚下活跃着成千上万个鲜活的生命。

它们有组织有纪律，脚踏实地，活力十足，所以我知道，这会儿一定有蚂蚁正在窝里忙东忙西。它们的窝分好几层，内有储藏室、小路、仓库和宿舍，一应俱全。卵和蛹的房间必须安排在顶层，以保持温暖。

当然，没有蚂蚁喜欢寒冷的天气，所以在冬眠之后，它们通常会一个接一个地爬到春日阳光之下，活动活动冻僵的关节，同时也为巢穴带回一些温暖。现在它们都动了起来，准备去征服更多领地。

事实上，在建立卫星社区时，蚂蚁和蜜蜂有一些共通之处。蚂蚁同样会派“侦察兵”去寻找可能的地点，一旦布下气味，它们就会比较成员们提出的不同建议，再做决断。虽然我不清楚这个过程具体是如何发生的，但由此可以推测，蚂蚁社会其实是一个民主社会。

显然，它们很快盯上了新的目标，其中之一是化粪池周围的区域。当我打开化粪池的木舱口时，蚂蚁从水箱周围蜂拥而出，还携带着卵和蛹。情况紧急，舱口和周围的框架都需要涂上一层亚麻籽油。我在那儿站了一会儿，思考如何解决这个问题。与此同时，蚂蚁没有浪费任何时间，快速调动大部队把卵和蛹运走，让它们避开强光。它们齐心协力，成功把整个“托儿所”抬到了木框架顶部，并全部推了进去。不到半个小时，这片区域就一只蚂蚁都见不到了。

这方法真简单。我松了一口气，换了一个新的盖子。但当我再次打开盖子时，发现蚂蚁又占领了整个区域，蛹和卵被整齐地排列在它们的老地方，光线一照射进来，它们又开始集体出逃。

好像每只蚂蚁都是不可分割的一部分，形成一个有机的整体，如此高效的组织能力，真让人大开眼界。然后我突然意识到这两个词其实是有关联的，“有机体”是一个无须借助外力便能自行“组织”起来的系统。

蚂蚁与信息素云

当发现我的写作角也开始沦陷时，我对蚂蚁组织能力的欣赏不禁大打折扣。那个角落很偏僻，我没有立马发现，直到一条细细的“线”引起了我的注意，它像一条涓涓细流，从天花板一直流到地板，不断延伸。从远处看，它就像一个个汉字排列而成——尽管我认为这些仍在“创作”中的小曲线可以用任何一种语言符号系统来作比。我无意掌握所有语言，但对于蚂蚁为何会出现在我希望对语言有所了解的写作角，我竟一时无法解释，这让我十分恼火。尽管我对蜜蜂的舞蹈有一些了解，但此时并没什么用，因为蚂蚁另有一套自己的交流系统。

它们到这里来做什么呢？显然，它们自己似乎也不清楚，只是一个跟着一个。也许对于视力不太好的动物，这一场景更容易理解：蚂蚁只能看清眼前几厘米内的物体，它们更善于分辨动态而不是形状。然而，它们有肌肉记忆，也能自己导航，记得自己是如何从一个地方移到另一个地方的，并且总能利用太阳的位置找到回家的路。它们还会用信息素——它们腺体产生的一种气味物质——来标记路径。

所有生物体都有自己的信息素，正如我们所看到的那样，蜜蜂利用它们来寻求帮助或是给予鼓励。但对于蚂蚁来说，这些化学物质似乎已经发展成了一种类似语言的系统。每种信息素都有其特定的功能，不同的组合可以表达不同的含义。这些信息素会在一定的时间间隔内释放出来，和莫尔斯电码的传递原理十分相似。一位蚂蚁研究人员曾破译了二十多个信息素“单词”，他甚至怀疑其中可能存在某种句法或句子结构。

更重要的是，信息素一旦释放，所传递的信号会基于释放后保留的时间长短，表达不同的时态和强度。有些信号来得快去得也快，而另外一些都是经过特殊加工并会长期存在的信号。探险归来的蚂蚁只有在运着东西时才会留下气味痕迹，反之，没有气味痕迹则说明什么也没发现。

背景的选择和信号强度也能拓展信息素的意义。比如，在靠近巢穴的地方发出警告信号，会被视为一种挑衅，但若是在离巢穴更远的地方发出，则是为了劝降逃跑。发出微弱的信号是为了召唤更多的工蚁，而发出强烈的信号则是警示一场攻击即将来临。如果对信息素的内部分子结构进行调整，最后释放的信号就会变成密码，只有特定群体才能理解其真正的含义。

此外，信息素语言还可以与声音和动作相结合。有些蚂蚁可以通过摩擦腹部突起的那一部分发出吱吱声，另一些蚂蚁则能有节奏地摇摆，还有其他一些蚂蚁通过敲击下颚来发出声音。当需要强调某事时，它们会用触角轻轻推搡其他蚂蚁；当巢穴受到攻击时，它们只需要用头部撞击能共振的东西，就能轻松地发出警报。

而且，不仅仅是传播各种信号的方式，蚂蚁接收信号的方式也相当复杂。在捕获信息素时，蚂蚁触角的不同部分会负责解读不同的气味。第一部分负责感知家的气味，第二部分负责破译气味踪迹，第三部分负责辨别其他蚂蚁的年龄，而第四部分则负责辨别蚁后的气味——蚁后是赋予蚁群每个成员身份的重要角色。家园、新路径、蚂蚁同伴的角色和蚂蚁自己的身份——所有这些就像和弦一样共奏一首曲目。

像蜜蜂一样，蚂蚁的触角兼具嗅探和触摸功能。这两种感觉共同创造了一幅近乎三维的画面，像浮雕一般，由长或短、紧密排列或松散间隔的形状组成。这一点至关重要，因为蚂蚁穿过的地形就像一张巨大的气味地图，上面充斥着各种细菌和真菌的气味，还可能包括捕食者或者猎物的气味。它们还能通过视觉来确定自己的方位。例如，研究人员注意到，年长的蚂蚁会陪着年幼的蚂蚁在路上走走停停，让没有经验的妹妹学习寻找地标，如小松树芽或灌木丛下的阴影。

蚂蚁周围的信息素云可没法用轻飘飘的语言气泡来具体展示，没准这会儿它们正在我身边交换着重要的信息呢。当然，蚂蚁们对一个地方的描述，会与我惯常的描述大不相同——毕竟，一个生物的感官构造决定了它看待世界的整个方式。当我的视线随着蚂蚁队伍爬上墙时，我突然意识到我的语言在很大程度上是由视觉和听觉决定的，所以我只能通过笨拙的联想来捕捉感觉、味觉和嗅觉。比如，我们往往以诱人、优雅或有着新鲜面孔的女性形象来侧面描述香水；而对于葡萄酒，则通过与其他事物进行费力的比较来描述，从削尖的铅笔到马厩，不一而足。

而以上这些，蚂蚁轻而易举就能做到。它们能精准分辨出和我们的香水和葡萄酒种类一样多的香味，因为它们不依赖迂回的语言交流，所以描述得更直接、更准确。当把我的语言和蚂蚁的信息素语言进行比较时，我发现前者似乎是虚构的和抽象的——当然，事实就是如此。

这时，面对蚂蚁复杂的感官语言，我感觉自己有些多余。蚂蚁的前腿或许已经捕捉到了一些并未引人注意的振动信号。事实上，它们的膝盖附近有种听觉器官。这时我想起了失聪的打击乐手伊芙琳·格伦尼（Evelyn Glennie），她在音乐会上赤脚演奏，用脚板来捕捉声波。至于我，自然什么都感觉不到。

味道也许是蚂蚁进行墙上大迁徙的另一个因素。蚂蚁会通过嘴对嘴来相互问候，这样既能分享它们收获的食物，也能交换它们发现的信息，一举两得。在我看来，把这种慷慨大方的嘴对嘴问候称为“（食物或信息）反刍”并不恰当。相反，我认为可以将其与接吻的起源联系起来。有理论称，接吻作为现在的一种亲密行为，是由母亲将预先咀嚼过的食物嘴对嘴喂给婴儿的习惯发展而来的。无论如何，蚂蚁用嘴打招呼既是一种分享方式，也是一种信息传递方式。这种方式在一些蚂蚁中已发展成了约定的身体行为：一只蚂蚁张开下颚前后摇晃，貌似要分享食物，其实是在分享发现的食物信息。

它们互相问候的方式就像人类给婴儿喂食一样，这难道不令人动容吗？这不是刚好说明了它们是如何呵护彼此的吗？有时，在朋友死后，它们甚至还试图照顾它，直至其腐烂发臭，才会将其送往蚁群外围的废物储存区。一位研究人员曾把尸体的气味黏附在活蚂蚁身上，结果发现，尽管这些活蚂蚁进行了激烈的抵抗，仍然很快就被运走了。这种气味代表的就是死亡，不容置疑——因为在蚂蚁的世界里，气味就是一切，气味就是真相。

然而和人类一样，蚂蚁也会撒谎。它们会有意识地利用信息素语言来实施欺骗。比如，狡猾的蚂蚁会潜入其他巢穴，并发出假信号：“快出去，进攻开始了！”等“蚁去巢空”后，“叛徒”就大摇大摆地进来偷走幼虫，然后把它们养大当奴隶使唤。

谎言是一种污秽但复杂的语言使用方式——说谎者可以

预测他人的反应，并以此来操控他人。即使是那些出于利己主义原因而说谎的人，思考的范围也不单单局限于自己。这么看来，蚂蚁会说谎，说明它们有能力理解其他个体的想法。

我对蚂蚁的基本语言思考得越多，就越能看清其多面性。蚂蚁能给出指导、发出警告，能提供有关食物的信息、促进团结，能掌握周边的环境情况，还会进行组织内分工。更不用说它还会撒谎，甚至会对情报进行加密。当非洲行军蚁实施具有破坏性的远征活动时，侦察部队会留下气味痕迹，指示主要部队后退、前进或是包围敌方。似乎还远不止于此，一些研究人员报告说，蚂蚁的语言甚至可以用在数学上，有种蚂蚁似乎能把它们的语言和 π 值结合起来测量物体的表面积。

孤岛邂逅蚂蚁

外面正下着雨，淅淅沥沥的雨滴声中，还夹杂着咚咚咚的敲打声。一个木匠正给我姐姐的卧室钉一些加固木条。他时不时地跟我探讨那些造房子的物料，如板条、舌槽板以及其他一些地面所用的材料，这种感觉很不错。有时，我甚至会在写作间隙花时间清理工具间里的东西，那些都是前主人留下的，多得数不过来。

后来，我根据功能、名称和用途对它们进行分类，按照看着舒服的顺序把凿子、钳子、锉刀、钻头、钉子和各种尺寸的螺丝一一摆放好。做完这些后，我愉快地把坏掉的电线、干枯的油漆罐以及其他打乱我整洁计划的东西，挑出来全都处理掉。其实，我早就想找个机会厘清生活的烦恼，不妨就从清理工具间开始吧。

每个人对生活的描述都大不相同。它们边界模糊，联系广泛，层次多元，所以很难从中提炼出真正稳定不变的东西。然而现在，哲学家们总用抽象的语言来概括生活，这样做其实是在剥离生活本身。当然，要离得远一些才能看得更全面。于我，也是如此，为了让创作内容更有深度，我必须远离社交的干扰，保持独处，这也是我经常到偏僻的角落进行创作的原因。

在我追逐浪漫的青年时期，这种远离喧嚣的冲动感最为强烈。那时的我相信，生活中遇到的所有重要问题，只要一个夏天就可以全部解决。那时，我还自认为是一个热爱岛屿的女性，一直尽己所能寻找最不受外界影响的岛屿。所以当听闻一家旅游公司在瑞典西海岸推出“鲁滨孙漂流记周”时，我毫不犹豫地联系了他们。公司提供一顶帐篷还有补给品，然后用船把你送到一个无人居住的小岛上，接着你就可以独自在岛上度过一个星期。这正是我梦寐以求的：一个坐落在自由地平线上的小岛。

到了船上，我才了解到我是此次“鲁滨孙漂流记周”里唯一的参与者。到目前为止，只有一位前战地记者尝试过这个旅行，但由于无法忍受岛上恶劣的雷雨天气，她最终放弃了。

下船后，我清点了一下留给我的必需品，除了一顶帐篷和一小罐水，还有一个松松垮垮的干粮袋，里面装的大多是罐头食品。清点完物品，我这快乐的一周马上就要开始了。袋子太沉了，我把它留在海滩上，动身先去熟悉这个孤岛。

岛上的情形确实迥异于文明社会，因为它不属于任何人，它就像一个隐士之家一样吸引着我。那些树不像树，更像是蹲伏在风雨中的灌木丛，而那咆哮的海浪中突起的陡峭悬崖和石冢看起来又像蛇窝。水边，鸟骨架像脆弱的笛子，躺在一只弃船的木板中间，已碎裂成翅膀的形状。很多精妙无比的东西似乎都遭到了破坏。这个常年遭受风雨侵蚀的岛上一定发生过一些不可思议的事情。它的中央有一块裂开的岩石，上面有一小撮乌黑的痕迹，像是闪电留下的。我拖着装备走过去，在裂缝中心的小片草地上搭起了帐篷。

接下来该做些什么呢？就此开始思考人生似乎有点抽象，但也没什么别的事可做，于是我开始享用一顿简单的罐头晚餐。干粮袋里有一个野营炉，我把它拿出来放在一个小石堆上。但它很难点着，好不容易成功一次，但那扭曲的火焰几乎在出现的一瞬间就消失了。这时，一股刺鼻的液体顺着岩石流到了我的手上——野营炉漏油了。

我放弃了，起身去海边洗手，却发现自己离海还有老远的距离。海边的一块木板上挤满了海豹，它们像海滩上的人一样，挨得很近。但别看它们一副慵懒的样子，其实它们警觉着呢，身体一直面向着海面，一旦出现危险迹象，就会立刻消失。为了不打扰它们，我悄悄退了回去。

之前到达小岛时，天气尚可，但云层已经很厚了。果然，我刚在岛上转完一圈，雨点就悄悄地打在了岩石上。我爬进帐篷，几滴水珠落下来——糟糕，帐篷漏雨了。

黑压压的乌云笼罩了整个小岛，天很快就黑了。突然间，天又亮了一下，一声霹雳，和着海鸥的尖号声，直冲耳膜。一定是闪电击中了水面。但这仅仅是前奏，很快，狂风的怒吼与接连不断的雷声响成一片。

我以前从来没有害怕过雷雨。事实上，我甚至喜欢站在我朋友那套乡间房子的窗前欣赏雷雨。但这次不同，当闪电划过时，帐篷的拉链像闹钟一样，叮当作响，来回敲打着插在湿草地上的杆子。我的四周都是金属，连我的嘴角都能尝到金属的味道。雨水渗过帆布，滴滴答答，就像水钟的指针，一刻不歇。看样子，雷雨是要横扫全岛。

一个小时过去了，我的嘴边起了冻疮，眼睛也生疼生疼的。生命是什么？小小的电脉冲既可以拯救生命，重振心跳，收缩肌肉，同样也能摧毁生命。我已经冻僵了。我只是想要追寻自由，不料却将自己暴露在凄风冷雨中。

那天晚上，当雷声再次响起时，我的内心涌上阵阵强烈的渴望——渴望回到海滨小社区那些鳞次栉比的房子里。纵观人类历史，相互依靠的群居生活才能给人以安全感。我想象着一群群闪闪发光的鱼在岛上四处游动，它们的身体就像波浪中的水珠一样，紧紧相依；但回到现实中，我却只有一只迷了路、独自闯进帐篷的蚂蚁做伴。

那时我就意识到，即使是昆虫也会感到恐惧，这在后面也得到了证实。失去了蚂蚁群体的保护，这只蚂蚁此刻心里也一定只剩下恐惧。

要和这只小蚂蚁一起互相安慰、抱团取暖，恐怕很难。因为我一般习惯通过声音、语言，或是歌曲、呜呜声、咆哮、嚎叫或嘶嘶声来辨别其他生物，也能用一个眼神、一个表情或一些肢体语言来回应另一个生物的感受。但对于这只蚂蚁来说，这一切都不可能实现，因为它和人类完全不同。就连科幻小说中的外星人都有着与人类相差无几的身体比例和外貌特征，他们不仅有两只胳膊、两条腿、两只眼睛，鼻子和嘴巴两边还各有一只耳朵；他们发出的声音像是某种语言，还能像模像样地模仿我们。然而，蚂蚁这种微小而奇特的地球生物似乎与人类大不一样，因此我们无法与它们建立真正的联系。

蚂蚁的身体真的很奇怪。她那裸露的几丁质外骨骼散发出一种冰冷的、金属般的光芒，她的眼睛不仅很小，而且是由多个小平面组成的，所以我无法与她进行眼神交流。我对蚂蚁仅有的了解都来自书本和课堂。比如，昆虫学家卡尔·林德罗斯（Carl Lindroth）曾写过一本儿童读物，主角是一只名叫艾玛的蚂蚁，全书都是基于蚂蚁的现实生活展开的，我的生物老师曾大声朗读过其中的一部分。在书中，勇敢的艾玛遇到了蚁狮、蓄奴蚁和寄生蜂，最后她迷失了方向，因为她出生时，一只幼蚁不小心把她从茧中拉了出来，导致她的一根触角断了。我帐篷里的蚂蚁经历过类似的事吗？她又是什么感觉？几年后，我看到了蚂蚁大脑的放大版 X 光片，其中不同的区域有不同的颜色，就像教堂的窗户一样闪闪发光。在另一张 X 光片中，我还看到了它们跳动的心脏，看上去和人类的全然不同，但同样充满了活力。

那只蚂蚁就像瘫痪了一样，坐在帐篷的一个角落里，一副百思不得其解的样子。在这暗夜的天空下，我们同样渺小。对我来说，她的存在象征着空虚和孤独。我们其实都处在孤独的困境之中，一起感受着孤独，这反而让我们更团结。与此同时，我焦虑的内心深处发出一个声音：没有人是一座孤岛。我来自一个由岛屿组成的城市，正是桥梁的连接让这座城市成为一个整体。这些桥梁就是生命，它们甚至跨越了物种的界限。

蚂蚁的“婚飞”

对于一个作家来说，将蚂蚁与存在主义联系起来，并不是什么新鲜事。蚂蚁身形渺小，意味着它们只能成为浩瀚宇宙中一粒不堪一击的尘埃；而在它们庞大的种群面前，蚂蚁个体的存在没有什么意义，这一点也很直观。只有依赖负责不断分娩的蚁王的气味，它们才能活下来。这就引出了一个最大的存在主义问题：我们人类也是这样吗？是我们一手创造了主宰我们生活的神吗？

1911年获得诺贝尔奖的比利时作家莫里斯·梅特林克（Maurice Maeterlinck），同样受到这个问题的困扰。我读文学史时，曾将他的戏剧《盲人》（*The Blind*）与塞缪尔·贝克特的《等待戈多》（Samuel Beckett，*Waiting for Godot*）放在一起比较，我发现后者的灵感可能源于前者。这两部剧描述的都是愚民对领袖徒劳而永久的等待，在梅特林克的剧里，领袖的重要性尤为突出，因为等待他的都是盲人，他们不知道领袖其实就坐在他们中间——只是已经死了。

虽然梅特林克因其象征派戏剧而闻名，但他也写了一些相当出彩的生物论文集。作为一名养蜂爱好者，他将第一部论文集献给了蜜蜂。20世纪20年代，他曾受邀撰写一部电影剧本，但令制片人大为震惊的是，他竟试着将一只蜜蜂打造成英雄。不过，在他的书中，他对独居蜜蜂的一些描述却相当贬损。在他看来，独居蜜蜂应该抛弃狭隘的利己主义，上升到兄弟情谊的层面上来。我对梅特林克的用词有点困惑，因为无论是“狭隘的利己主义”还是“兄弟情谊”都不能准确描述蜜蜂，但我明白，他这样写是为了颂扬蜂群团结一致的美德。

比起蜜蜂，蚂蚁才是他更理想的研究对象，1930年他还写了一本关于蚂蚁生活的随笔集。作为一名象征主义者，他能从最简单的蚁丘中看到人类的命运。毕竟，我们对生命的秘密知之甚少，并不比蚂蚁知道得更多。撇开他相对克制的象征主义手法，书中那些引人入胜的事实描述，极大地激发了我对蚂蚁的兴趣。

在书中，他对蚂蚁生活的描写唯美而细致。一切生命都从小到几乎看不见的卵开始，其他蚂蚁会不断地舔舐它们，照顾它们。梅特林克猜想，蚁群之所以会形成这样的组织，大概是因为它们的后代需要不断的照顾。

人类社会和蚂蚁社会有很多共通之处，梅特林克认为，从由卵中孵化出的幼虫，可以看出几分人类的形态。在显微镜下，它们就像表情轻蔑、脾气暴躁的婴儿，有时又像装在梧桐树棺材里的蒙面木乃伊。所有的卵看起来都一模一样——除了即将成为蚁后的那一个。

从茧里出来时，蚁后的身体两侧各附带着一片面纱般的东西——那是她的翅膀。一想到那翅膀是蚁后从有翼祖先那儿遗传下来的，我就觉得很震惊。它们只有一天的时间俯瞰延续了数百万年的地球生命，这一天很关键。在这几分钟的疯狂飞行里，她们会攀升到比日常出行高度更高的空中，每一个蚁后都代表着一个新的起点。

在每年的一个特别的下午，5点到8点之间，这场“飞行秀”都会准时上演。一场雨过后，地面变得松软，阳光再次回归，空气湿度达到70%。至于蚂蚁是如何知道这一切的，至今还是个谜，但这场定期表演从来没有间断过。大约在晚餐时间，蚁丘沸腾着，年轻的蚁后被护送到地面。

尽管它们对天空一无所知，但有了翅膀，它们便能飞向空中。它们并不是单独行动。相反，这片领域的每一个新生蚁后，还有带翅膀的雄蚁王，都会飞向空中，后者将负责为前者授精。就像商量好了一样，各领地的蚁群会相互混杂，同时进行空中交配，从而减少近亲繁殖。

是谁发出了飞行的信号？没有谁，它们仅仅是凭着本能，掐准对的时间和对的天气。成群的飞蚁升上天空，饥饿的鸟儿在上方盘旋。它们就像火焰中冒出来的烟，影影绰绰，一直飞到夜晚。这时蝙蝠会飞来吃掉剩下的飞蚁，成千上万的蚁后中，只有一小部分能存活下来。雄蚁的情况则更糟，交配后，那些成功逃离被鸟类吃掉命运的“幸运儿”，会掉到地上，然后被原先朝夕相处的工蚁杀死——雄蚁已经在这一天——它们生命中最重要的一天——为蚂蚁社会做出了应有的贡献。伴随着交配的兴奋，生命有了被复制千百倍的机会。但就像黑夜紧跟着白天，死亡会紧随新生而来，以防止队伍过于壮大。

我突然明白为什么梅特林克会为这种“婚飞”行为所迷住了。它就像一个具有存在意义的里程碑，将新生与死亡紧密相连。

蜜蜂不像蚂蚁一样成群交配，但它们的空中交配也同样激烈。不同于蚂蚁，为了试探雄蜂，蜂后会更加大胆地升空，远远超出蜜蜂的正常飞行高度，飞出人们的正常视域。这是雄蜂的高光时刻，它们的视觉敏锐度在这一时刻达到顶峰，因为它们绝不能失去对蜂后的追踪，只有跟着蜂后飞到天空最高点，才有资格与她交配。在这个过程当中，雄蜂的内脏会被拉出身体——当蜂后体内充满生命时，雄蜂却坠地而死。

对蚂蚁来说，“婚飞”既是对力量的考验，也与它们不能飞行的日常生活形成了鲜明的对比。梅特林克将这场飞行盛宴描述为一场乡村婚礼，蚁后翅膀脱落时，就像新娘脱掉婚纱一样，看上去十分浪漫。但狂欢之后没有派对，蚁后必须迅速在松软的土壤中挖出一个洞来，拯救自己和她将要孕育的生命。事实上，那是在为自己打造监狱。在接下去的有生之年里，她将一动不动地躺在这片黑暗的土地上。

她先产下一撮卵，再用营养丰富、带有抗生素的唾液舔舐这些卵，悉心照料，使其免受土壤中的细菌感染。她的体力一天天下降，为了继续生存，她必须吃掉一些自己细心呵护过的卵。但她的体内仍储存着数百万个精子，从现在起，终其一生，她将不断产下新鲜的受精卵，就像心跳一样有规律。

她体内储存着数以百万计的精子……我默默地计算着。一只蚁后可以活二十年以上，即使只有一小部分精子能使卵子受精，那也意味着将会有成千上万的新蚂蚁诞生，难怪现在到处都是蚂蚁。99% 参加“婚飞”的蚁后可能会就地死去，但那些存活下来的蚁后会继续繁殖，让蚂蚁社会不受干扰，蓬勃发展。像我们人类一样，它们会全身心地照顾和保护蚁群中最年幼的成员，帮助它们度过危险的童年期，因为对绝大多数物种来说，幼年阶段的死亡率尤其高。

梅特林克很羡慕蚂蚁的母系社会，我们人类从未尝试过建立这种理想共和国，而蚂蚁之所以能成功，是因为它们是真正意义上的姐妹联盟。他认为，受到利他主义的驱动，蚂蚁成为地球上最可敬、最勇敢、最慷慨、最忠诚的生物之一。如果它们中的任何一个拿走了超过自己应得份额的资源，整个蚁群都会受到影响。因此，正是蚂蚁之间的团结与和平统治着整个蚁群。如果遇到其他蚁群，它们也只是进行友好的体育比赛和游戏，不会发生冲突。

我认为在这一点上，梅特林克把蚂蚁理想化了。当然，维护领土内部的和谐至关重要，但当涉及领土之外的纷争时，保卫家园则是底线。梅特林克所认为的游戏和不会造成伤害的体育赛事，在昆虫学家眼里正是宣示领土主权的力量展示。事实上，这种行为太过于仪式化，所以才会被看作是一场比赛。在这场“比赛”中，数百只蚂蚁会尽其所能地给其他蚂蚁留下深刻印象。它们把腿伸展成高跷，然后站在碎石上，以进一步增加高度。但这当然不只是一场比赛，当更大的蚁群遇到更小的蚁群时，后者会赶回巢穴并守卫入口。一旦一方确认自己更为强大，比赛就会立马变成突袭，较弱的一方在其蚁后被杀的那一刻就成了对方的奴隶。

蚂蚁与人类

事实证明，蚂蚁社会和人类社会有很多相似之处。这个事实听起来有点让人不舒服，因为以蚂蚁的小人国世界来映射人类社会，实在令人沮丧。有了喉咙，我们能说话，有了手，我们能使用工具，正是它们帮助我们成功建立起文明社会。然而，既没有喉咙也没有手的蚂蚁，却比我们早数百万年就发展出了有组织的社会。它们可以通过气味、味道和振动进行通畅的交流；它们的下颚夹紧后，能夹起达自身体重二十倍的东西；当其他蚂蚁也加入帮忙时，它们看起来就像是协同工作的手指，十分灵活。蚂蚁比其他任何生物都有资格证明一件事，那就是合作可以为建设先进社会铺平道路。

每种蚂蚁都用自己的方式证明了这一点。比如，织叶蚁会用叶子拼接筑巢。一般来说，一只蚂蚁可以用下颚抓住叶子的一边，用后腿抓住叶子的另一边，自己折叠叶子。

但要把两片叶子拼在一起则需要团队的合作。一只蚂蚁抓住第一片叶子，另一只蚂蚁抓住这只蚂蚁的尾部，第三只蚂蚁抓住第二只蚂蚁的尾巴，以此类推，直到有蚂蚁能碰到第二片叶子。树叶之间是成群的蚂蚁链，有时它们几乎就是把自己“编织”在一起。当叶子的边最后终于对齐后，还要解决一个问题：如何把两片叶子粘在一起呢？这时需要的是一只即将结茧的幼虫——一只蚂蚁用嘴叼着幼虫，像梭子一样在叶子边缘来回移动，幼虫则不断释放出有黏性的茧丝，用以黏合。这个过程中，还未发育完成的蛹就成了一种有生命的工具。一直到整个蚁巢看起来像一个巨大的、丝滑的、闪闪发光的茧，筑巢工作才算真正完成。

蚂蚁还能把自己的身体当作一种建筑材料来使用。比如，火蚁聚集成一团，可以形成防水的筏子；而热带的行军蚁能用身体结成巨大的帐篷，既能保护蚁后，还能调节温度和湿度。此外，蚂蚁还善于利用身边的材料：盘腹蚁能将多孔树叶转变成海绵，用来运输液态食物。——也就是说，蚂蚁已充分证明了自己使用工具的能力。

因此，即使是再渺小的昆虫，也有能力建立先进的社会，而蚂蚁甚至早在人类之前就做到了这一点。大约一万年前，当我们开始耕地的时候，蚂蚁就已拥有5000万年的耕作历史，而且在其他诸多领域也已有所建树。

在得克萨斯州，有一种蚂蚁叫收获蚁，它们以一种特殊的草为生，在培育这种草之前，它们会清除其他植物。

即使再小的草叶，对于蚂蚁来说也无异于参天大树，所以它们一定是了不起的伐木工；而且地面上的每一颗小小的砾石，对于它们都堪称巨石，清理工作之艰巨可想而知。

还有一种蚂蚁叫切叶蚁，它们的日常工作则更复杂。它们以一种真菌为食，但培养这种真菌需要大量的树叶，所以它们必须大规模地收割和加工树叶。每天，成千上万的工蚁前往不同的收获地点采摘树叶，将它们切成更小的叶片。数量众多、组织严密的它们，可以在一天左右的时间里把整棵树的叶子都摘下来，然后由另一群蚂蚁把树叶运到食用菌农场。因为叶片比蚂蚁的个头大，所以当它们运输的时候，看起来就像一串串绿点构成的溪流在地上流动。运送里程往往长达一公里左右，有专职的道路工蚁不断进行清理，以保持路途畅通。有的蚂蚁骑在树叶上，就像孩子坐在干草车上一样，看似调皮，但其实它们是非常严肃的卫士，负责保护货物不受寄生虫的侵害。

一切都像上了发条一样，有序地运转着。回到群落后，蚂蚁会根据树叶碎片的大小和数量，将它们分别带到数百个地下房间里，其规模和数量与工厂相当。由于真菌农场会释放二氧化碳，所以蚂蚁甚至为此建造了一个通风系统。对于负责将叶片咀嚼成供养真菌基质的蚂蚁来说，这是份危险的工作；不过，一旦发现任何树叶上沾有对真菌有害的杀虫剂，收割蚁会立即接到命令，并迅速更换种植地点。地下洞穴里的蚂蚁是观察的好手，它们会定期将外来物种从真菌中清除出去。除了用粪便施肥外，它们还给食用真菌注入生长激素和一种可以预防微生物的抗生素——这两种物质都来自它们自己的身体。流程的最后由年老的工蚁处理垃圾，反正它们也时日无多了。一切的一切，都像工厂流水线一样井然有序。

数百万年来，耕作不是蚂蚁唯一专注的事情。早在我们之前，它们就开始实行一种“牲畜”管理方式，不过管理的对象是一种非常小的动物，名叫蚜虫。蚜虫在吃植物的汁液时，会分泌出一种甜甜的、富含能量的物质，美其名曰“蜜露”。当然，它并不是一种蜂蜜，而是蚜虫的排泄物。为了方便快速地挤出“蜜露”，蚂蚁会频繁地用触角抚摸蚜虫；它们通过这种方式收集到的蜜露之多，足以让人联想到一个奶牛场。

蚂蚁显然把畜牧业当成了一番事业来经营，当瓢虫试图捕食蚜虫时，前者会被蚂蚁当成掠食者，遭到攻击；而当蚜虫长出翅膀时，蚂蚁会像人类剪断家禽的翅膀一样，撕下蚜虫的翅膀。黑园蚁甚至会把蚜虫卵储存在巢里过冬，以便来年春天将它们放置在合适的牧场上养殖。

凤尾蓝蝶的幼虫也会分泌蜜露，所以一些种类的蚂蚁会把它们带回巢穴，并用自己的卵来喂养，以换取甜蜜的分泌物。蚂蚁慷慨地为这些幼虫提供住所，冬天，这些幼虫会在安全的巢穴中化蛹；到了春天，就像骑士保护公主一样，蚂蚁会将新生的蝴蝶护送出去。

为了得到它们想要的蜜露，蚂蚁可谓不遗余力。但实际上它们吃得很少，仅仅靠着土壤中的水分，就可以数月甚至一年都不进食。它们把蚜虫的汁液储存在身体上一个特殊的袋子里，喂给幼虫吃，一个夏天，蚂蚁幼虫就可以吃掉足足十公斤蜜露。除此之外，幼虫还需要蛋白质，所以蚂蚁还会把各种昆虫拖回家。苍蝇、蚊子、蝴蝶、甲虫、蠕虫、蜘蛛或千足虫——它们的幼虫都可以用来喂养蚂蚁幼虫，每个蚁群每年要消耗100万只昆虫。倘若猎物奋力抵抗，蚂蚁会释放一定量的甲酸让它们乖乖就范。甲酸的效果非常好，连养蜂人和鸟类也在使用，但那是用于清除螨虫和其他寄生虫的。就连椋鸟也会扑倒在蚁丘里，好让那儿的蚂蚁把酸性物质喷到它们身上，有时还会衔几只蚂蚁放到羽毛上摩擦止痒。由此可见，蚁穴真是大自然的药房之一。

的确，蚂蚁在各个方面都证明了自己的社会组织精良，它们至今为止达成的所有成就足以让人类感到羞愧。因为在人类出现之前，蚂蚁已经有上百万年的工具使用历史，以及农业、畜牧业、工业发展历史。所以，地球上的第一个文明创造者，不是我们人类，而是蚂蚁。

当然，先进社会的建立也是要付出相应代价的。比如，防御对蚂蚁社会至关重要，所以蚁群中的15%可能都是兵蚁。它们特征明显，一目了然——相比所有其他蚂蚁，兵蚁的体格更强壮，下颚更锋利。但是，当需要围剿敌人时，即使是普通的老工蚁也会参与战斗，虽然它们年龄稍大，但战斗起来堪比勇敢的亚马逊人。古罗马诗人奥维德（Ovid）写道，在希腊神话中，众神将蚂蚁变成了一个好战的种族，即密尔米顿人。在现实中，蚂蚁也精通各种各样的军事战术：渗透术、游击战、封锁、围攻、猛攻、歼灭。事实上，它们甚至有自杀式炸弹手，在关键时刻可以自爆，从而让敌人暴露在毒液中。

这些战术听起来熟悉得令人窒息，我的大脑开始飞速运转。一般来说，蚂蚁之间的地盘之争很少带来持久的安宁。对此，昆虫学家卡尔·林德罗斯跳出战争视域，以更广阔的视角来看待蚂蚁这个种群。也许因为缺少天敌，所以蚂蚁不得不时常进行内斗，以保证它们的种群数量维持在合理范围内。因此从整个种群的角度来看，蚂蚁之间的战争可以视为一种制动机制，用于防止它们的数量过度增长。

我仔细琢磨了一下。毕竟，从社会角度来看，蚂蚁确实是最像我们人类的动物。和蚂蚁一样，我们也不受任何敌人的牵制，因为我们已经消灭了阻止我们统治世界的所有威胁，成为顶级掠食者。难道我们也和蚂蚁一样，是出于某种生物平衡的需要，才不断用杀伤力越来越强的武器灭人灭己吗？

受此启发，美国生物学家爱德华·威尔逊（E.O. Wilson）将蚂蚁和人类的故事交织写进了一部名叫《蚁丘》（*Anthill*）的小说中，并因此获奖。和威尔逊本人一样，小说主人公拉夫从孩提时期的一次独自漫步开始对蚂蚁着迷，后来蚂蚁成了他的研究中心。而威尔逊本人对蚂蚁的兴趣源于一场事故。那时他还是个孩子，不幸被一个鱼钩扎中了眼睛，但因为害怕，他拒绝去看医生，导致远程视力受到了永久性损伤。后来他破茧成蝶，成为世界上首屈一指的蚂蚁研究专家——他就是证明信息素是蚂蚁的交流媒介的第一人。

威尔逊认为沟通交流非常重要，因此作为哈佛大学的著名教授，他并不满足于将自己的研究成果仅仅分享给学术界。相反，他的意愿是向社会大众展示蚂蚁的生活。出于这一目的，他把自己的研究成果改写成了一部荷马史诗般的文学作品，借助主人公拉夫之口，生动讲述了几个蚂蚁王国的兴衰故事。

故事从一个部落蚁后的死亡讲起，这预示着一个蚁群的衰败。这个没有女王的蚁群受到另一个蚁群的挑战，被打败后，它们只能冲进自己的巢穴里避险。在巢穴里，它们被迫吃掉自己的幼虫充饥。然而征服者最终攻破了巢穴，整个部落毁于一旦，就像迦太基被罗马人摧毁一样。少数侥幸逃脱的蚂蚁也只能独自生存数小时或数天，终究难逃一死。

没有永远的王国，也没有永久的胜利者。由于基因突变，附近的另一个蚁群对领地边界的气味不再敏感，就连蚁后的气味也变得如此微弱。于是新的蚁后崛起，开始建立并不断扩大网络。它们无视举行边界竞赛的惯例，毫无节制地扩张并占领了邻近的部落，变成了一个失去控制的超级蚁群，唯一的软肋就是放肆生长的天性。一方面，这些蚂蚁饲养着成群的从植物中吸取营养的蚜虫；另一方面，为了吓跑授粉的昆虫，蚂蚁会吃掉昆虫的幼虫。最后，蚂蚁的数量远远超出栖息地的承受能力，它们已经处于自我毁灭的边缘。

这个时候，从蚂蚁的角度来看，一种更强大的力量从天而降。这种力量能给它们带来礼物，比如野餐剩饭；但也能消灭它们。现在，这种力量选择了后者——用化学杀虫剂毁灭整个超级群落。

书中的每一个细节都来自威尔逊对蚂蚁的深入研究，而这些细节与人类文明的相似之处显而易见。例如，他以主人公拉夫的视角，看到蚂蚁社会的日益复杂化与哈佛大学专家的多元化之间的相似之处；正如我们自己的编年史一样，穿插其间的各个蚂蚁群落的兴衰史也暗示了对人类未来的可怕预测。在序言中，威尔逊称其故事涉及多个层面，表面上它是关于人类和蚂蚁世界的，但它的教训也适用于生物圈和整个地球；其中有一点就是，地球上的每个物种都必须以合理的比例存在。

墙上的蚂蚁军团

蚂蚁军团还在不知疲倦地继续前进，穿过写作角的墙壁。它们总是一起行动，这显得有点奇怪。但这就是它们的生存方式，独自行动就意味着死亡，因为它们只有聚在一起，才成其为一个生命有机体。

事实上，它们真的可以被视为一个有机体吗？梅特林克认为，蚁群确实应该被看作一个个体。事实证明，在其漫长的一生中，一个蚁群也会像一个个体一样经历性格上的变化。年轻的蚁群像青少年一样敏感和冲动，而年长的蚁群则更沉稳。虽然每只蚂蚁的寿命只有一年左右，但这并不重要——因为每只蚂蚁都来自同一个蚁后，所以蚂蚁社会整体反映的是蚁后的年龄。蚂蚁之间相互合作，不只是像忠诚的公民和姐妹，更像人体的细胞。一个蚁群每天可能损失10% 的居民，但这不会有什么影响，因为还有其他数十万只蚂蚁活着；与此同时，新的生命也在不断诞生，以维持群落的正常运行。

我的身体不也是这样吗？每天，数以百万计的细胞不断死亡，而新的细胞也在不断形成。总而言之，我的体内有370亿个细胞，每个细胞都是一个小生命，彼此之间像蚂蚁一样合作着。因此，像蚂蚁一样，这些细胞也必须有一个支撑交流的化学系统并进行分工合作。

其实不难看出，人体细胞与蚁群存在某种共通之处。免疫细胞对应“蚁兵”，它们负责击退所有的外来入侵者；而内分泌系统则相当于“蚁后”，它组织细胞分裂、营养吸收和血液循环。内分泌系统不会有意识地做任何决定，只是组织细胞的工作，并为未来持续提供营养。

我来到写作角的镜子前，眼前是一大群相互联系的社会细胞，是它们创造了我的感官和大脑，让我能够融入周围的环境，并学会自我思考。即使每天有一千个脑细胞死亡，随之而去的还有它们之间的所有联系，但我还是那个我。所以我是在尝试用语言来描述一个确定不变的我吗？

在我的身体里，有太多我不知道的事情在发生着，一切都以一种与我肉眼所见大不相同的形式运作着。各路血液流经我细小的血管，汇集在一起，可以到达全身各处；在我的大脑中，每当交流的神经元狂热地搜寻世界上的各种图式时，就会掀起一阵微电子风暴。在所有这些看不见的微观生命中，有一种似是而非的浩瀚，这让我想到了外太空。就像银河系里的星星一样，无数神经元把各种印象、冲动和观念编织在一起。它们之间也发生着千丝万缕的联系，形成一个由我所听到、感觉到和看到的一切组成的网络（“我”？）。每个单独的脑细胞都和邻近的脑细胞一样能力有限，但它们一个紧挨着一个连成一个网络后，所触及的地方可以远远超出它们各自的管辖范围。

每个器官中的细胞都是如此。我只要一睁开眼，一场全新的、大规模的音乐会就开始了。每过一秒钟，我视网膜上的1.25亿个感光细胞就会向我的大脑发送新的脉冲，100亿个脑细胞会在脑内先构建一个图像，然后再把脉冲传送给我的640块肌肉。

放到任何一个部位，这些都是天文数字。那么这些难以理解的数字背后，到底隐藏着什么深意呢？一定有什么目的。还要考虑到的是，因为细胞是由原子构成，所以这些微小的粒子其实是由更小的物质组成的。然而，最不可思议的是，其中大多数组成部分其实是虚无的，就像外太空一样，看不见摸不着。所以倘若我身体里所有细胞的电子被压实，那么剩余部分就只有一只蚂蚁那么大。

那么问题来了，这些数不清的、容量巨大但又渺小的部分是如何描绘出世界的模样的？我们能从蚂蚁那儿获得一点提示吗？看着蚂蚁们仿佛永无休止地爬上墙，我掂了掂手中的U盘，里面有几本书的手稿，以及大量的事实。所以，既然微芯片可以储存如此多的信息，蚂蚁的大脑为什么不可以？

当然，它们之间有一些很重要的区别。首先，与计算机世界不同，而与所有生命一样，蚂蚁的机体是以碳为基础的。此外，蚂蚁之间的合作也不是由外部指令控制的，而是源于蚂蚁自身的天性，以及它们与其他生命形式的联系。

尽管如此，计算机研究人员已经开始以群居昆虫为模型来研究和组建自组织系统。毕竟，在数据处理器中，看似无关紧要的“1”和“0”，通过不同的组合就能快速传递复杂的信息。

这一切都可以归结于预先编程的决策节点或算法。类似的事情也可能发生在我的大脑里，发生在蚁群里。无论是在人类社会，还是在蚂蚁社会，每个个体都有可能在尚未了解问题全貌的情况下，做出一些简单的决定。这种判断通常基于周围个体的行为，例如，如果有很多蚂蚁涌向一个食物来源，那么大家就会认定这里食物充足。当许多小范围内、局部性的意见汇集到一起时，其力量可能远远大于个体的作用。事实上，限制每只蚂蚁单独做决策也有好处——如果某只蚂蚁能自发行动，其所在的群体可能会面临威胁。

所以在这种智能模式下，蚁群不需要中央决策者。就像细胞一样，蚂蚁向我们展示了一个复杂的整体是如何从较小部分的相互作用中产生的。正如千人胜于十几，群体本身就具有内在价值，把所有个体相加就能诞生一个统计模式。

达尔文的表弟，弗朗西斯·高尔顿（Francis Galton）也是研究类似现象的学者之一。他喜欢综合来自人类学和统计学等不同学科的信息，从中发现一些有趣的联系。1906年，他提出一个案例，800名市场观众一起成功猜中了一头牛的重量：尽管有些人猜得太高，有些人猜得太低，没有一个人能接近实际数字，但在他们之间存在一个平均值，提供了正确答案。倘若参与者没有这么多，这种方法是行不通的。

那么，在经过多次的尝试和多人的铺垫后，有没有可能达成质变呢？这可能有点难以理解。一方面，我崇尚个人主义，曾花了大量时间去研究文艺复兴时期的先驱人物；另一方面，我也围绕创造力条件写过一些书，所以我知道，如果没有前人迈出的无数小步，后来的人就不可能有新的收获。事实上，很多时候，正是那些默默无闻者的贡献让新的发现成为可能。这大概就是我的脑细胞一起工作，描绘出世界图像的方式：当拼图碎片的数量收集到足够多时，整个图案的线索就会自然显现。质变似乎总是突然发生的，就好像在艺术和科学领域，荣誉总是授给第一个发现者；但是，无数不知名的个人都曾为这一突破贡献一份力量，最终聚沙成塔，集腋成裘，迎来新事物的降临。

当然，这一提法并不新鲜。亚里士多德很早就发现了简单结构或行为是如何通过相互作用而形成一个复杂模式的。如今，这种现象被称为“涌现”。这似乎是生命形成的基本规律——原子聚在一起形成分子；蛋白质分子以某种方式排列形成活细胞；细胞以某种方式组织起来构成器官；器官被组织起来形成有机体；有机体自身组织起来又形成社会。以此类推，这一规律适用于所有的生命领域，所有的部分都相互契合，并不断创造出新的图式。它们是自下而上或由内而外建造的，而非自上而下。

蚂蚁驱逐行动

外屋传来的敲击声不见了，工匠们在一天前已经离开了。而我只感到疲惫不堪，因为我一直想弄明白蚂蚁们要告诉我的东西，又或许是因为我的细胞正在体验一场集体饥荒——我有些饿了。不管怎样，已经下午5点多了，该吃饭了。当我走出写作角时，发现暖阳依旧，雨后的空气依然清新，心想也许我可以坐在外面吃饭？

我在厨房里刚做好一份沙拉，就看见窗玻璃上有一只带翅生物。哦，是一只蚂蚁女王！我想起梅特林克对“婚飞”的有爱描述，便小心翼翼地把她放了出去。但随后另一只蚁后出现了，在帮她飞出去的时候，我又发现了第三只。真奇怪，她们是怎么进来的？我环顾四周，最后发现西墙上有许多蚂蚁在爬。它们似乎是从墙壁和天花板交界处的一条黑乎乎的边线里爬进来的。我快步走近一看，不禁倒吸一口凉气。哪有什么黑乎乎的边线？那就是一群正在爬行的蚂蚁！它们根本不是意外闯进了屋子里——恰恰相反，它们只是要出去。这画面简直就像墙里的内脏正在涌出一样，令人反胃。

确认了这一点后，我像被雷劈了一样。眼前的蚂蚁们摇身一变，成了身着闪亮盔甲的军队，正在侵犯城墙的边界，这激起了我保卫领土的本能。来不及思考了，我决定立刻采取行动。有什么武器？对了，真空吸尘器！当我把吸尘器的开口伸到黑漆漆的墙边时，引起了蚂蚁们的一阵骚动。它们开始四散逃逸，寻找避险的路径——于它们而言，这堪称灭族之灾啊。无情的我发了疯似的在每个角落搜寻蚂蚁，一心想把它们统统吸进吸尘器黑乎乎的肚子里。

但随后，我感到一阵恐惧。一大群蚂蚁涌进屋里来，这与独居蜜蜂和熊蜂藏身屋外完全是两码事——前者显然是一次明目张胆的入侵。这些蚂蚁怎么会生活在墙里？它们难道不需要土壤中的水分吗？还是说墙里有湿气供它们生存？想到这儿，我愈发担忧起来。

我拉过一把椅子，重重地坐下来，试图想办法控制住局面。虽然很多蚂蚁死在了吸尘器里，但明年会有新的蚁后诞生并进行又一轮“婚飞”，如此循环往复。它们不断繁殖，数量稳定，所以我永远无法忽视这些早期生物的存在。墙本是将屋内与屋外隔绝开来的一条边界，但如果它自身有了生命的存在，那么这边界也就形同虚设了。

我完全没有胃口，但还是勉强吃了点沙拉。在蚂蚁出现的那面墙上，挂着一幅描绘19世纪末早餐场景的画作复制品：夏日的光透过窗，反射在瓷器和玻璃器皿上，背景是一堵树叶墙。我把餐桌挪到屋子外面，以便真正接近大自然——尽管我知道，现在在室内也一样可以亲近大自然。突然间，厨房的外墙看起来就像艺术海报一样不堪一击；我相信，它背后的景象要比画作本身生动得多。

这时我想起了在哈里·马丁森（Harry Martinson）的一篇自然散文中读到的一句话："曾经，人们常常将整个蚁冢挂在房子的墙壁上，因为蚁冢中干燥的沙质土壤和常青树针叶的混合物是非常廉价的隔热材料，而且人们认为它还能防治害虫。"以前，一个大农舍里可能有整整二十座蚁丘。住在满墙都是蚁冢的房子里，会是什么感觉？当然，人们只是把它当作一种隔热材料，绝无他想；但马丁森则不一样，他对蚁冢里生命的感受远不止于此。作为一个诗人，他想象着一根根针叶是如何被一只只小蚂蚁搬运到特定的位置上的。他还将每个蚁冢都看作一个独立的王国，延续着不变的传统。在蚂蚁的漫长年表中，某个蚁冢可能是第16000个系列中的第1059个王国，每个系列涵盖2000次迭代。在蚂蚁的世界里，时间的计量方式是如此的不同，一方面因为它们很小，另一方面因为它们很古老。面对跨越时空流传下来、渺小而又众多的蚁冢，马丁森就如看到满天繁星，心生无限敬畏。

我开始感到羞愧，一时激动竟把局面弄得不可收拾了。

事实上，小小的黑蚂蚁是不会对我造成什么伤害的——不像木蚁，它们并不能破坏木头。马丁森曾经提到，它们的社会已经在这片土地上存在了很长时间，并不是突然出现的。是的，它们体形很小，但这丝毫不影响它们的存在价值。毕竟，它们的个头是地球生物中最常见的。

而且，大小的概念也是相对的。梅特林克和马丁森都指出，蚂蚁的身体是由原子组成的，其原子中的轨道电子与恒星周围的行星没有什么不同。从这个角度来看，蚂蚁和人类一样，其存在介乎难以理解的微小与巨大之间。就像那次我在荒岛上与一只蚂蚁共享脆弱的心境时一样，我们与蚂蚁在地球上的处境并无二致。

想到那只蚂蚁，我激动的心绪稍微平复了些。她一定是在雷雨来临时和她的姐妹们走散了，当时它们大概正在为筑新巢收集材料。当然，没有她，其他蚂蚁照常能应付；但没有蚂蚁家族，她绝对活不下去。她只是赋予她生命以意义的大背景上微不足道的一个点。“小蚂蚁。”我喃喃地说道。

突然想到，我自己也曾被人这样叫过。我能清楚地回忆起当时的情景，因为这个外号曾经对我很重要。诺贝尔图书馆的研究室很昏暗，我曾在那里从事创作很多年。它的装潢已经过时了，中世纪的拱门总给我一种厚重的年代感，而我仿佛是那个年代正在消失的某个宏大东西的一部分。在我的头顶上方，生命按着自己的节奏各自延续着，尽管我听不见；窗外，形形色色的腿匆匆迈过，去往别的地方。

通常，会有许多女性坐在那里，尽管我们彼此并不交谈，关系却像并肩作战的同事，因为每个人都在努力研究着某个话题。我经常一头扎进外语书堆里，一字一句啃着那些冗长难懂的论证和密密麻麻的脚注。透过厚厚的眼镜，我在共同构成句子的单词之间和共同描绘语境的句子之间，寻找着相通之处。当我嗅到一条有趣的线索时，我知道，真正的工作才刚刚开始，而在这儿，坚持到底是一种美德。

白天晚些时候，西班牙服务员可能会推着咔嗒咔嗒的手推车，载着一箱一箱的书走过。他知道我会一点西班牙语，所以有时会与我交谈几句。因为注意到我常常留到最后，他开始叫我“小蚂蚁”（hormiguita，西班牙语）。“你走的时候能把灯关掉吗，小蚂蚁？”然后他继续摆放着他的书。就像蚂蚁把稻草拉到蚁丘上一样，我们每个人能做的，就是以各自的方式做好分内之事——因为正如生活中的大多数事情一样，我们的工作也需要多方面的配合。也许其他人的努力并不总是显而易见的，但我们确实相互依赖。

小屋厨房里的蚂蚁已经消失了，但我知道它们肯定还在墙内辛勤地工作着，就像它们一直以来一样，只是我以前没有注意到它们。看不见的生活无疑是最常见的一种，因为生活幕后总有数以百万计的生命在默默奉献着，几乎涵盖一切领域，包括推动社会发展和出版图书。捎带说一句，有的人可能会被亲切地称为“小蚂蚁”，现在回头再看这个称呼，更像是对人的一种褒扬。

辑四

海景阳台

水与生命

任由蚂蚁在墙上爬来爬去，似乎有些奇怪，好在夏天一到，大部分事情都已经安排妥当了，尽在掌握之中。墙面的漆还没刷完，但可以推到假期之后再说；与此同时，我终于可以把工匠送走，请家人入住了。

突然间，屋子里俨然换了一番景象，满是欢声笑语。我姐姐的那些孙儿们好奇心爆棚，一来就开始探索各种新玩法。第一天，他们想去海湾钓鱼，之后我们一起美美地享用了一条小鱼。这就像个仪式，拉开了孩子们小屋生活的帷幕。

“总算安定下来了。”当我们穿过屋子时，我的一个外甥咕哝道。“安定”……这个词在我的脑海里打着转。我们曾一起生活过，有很多关于在海边出租屋度假的美好回忆。有一次，我们甚至在一座岛上租了间屋子，那时我们只能划着船去取淡水。姐姐最近背部受伤了，但我猜她仍然憧憬着这样的海滨景点。事实上，因为我们的英国血统，我们的血液里一直流淌着一种对浪漫海景的向往。我们的祖父是由一位海洋生物学家抚养长大的，祖母则由一位海军军官抚养长大。他们两人在大西洋上相遇，当时祖父是船上的一名医生。

也许正是他们的海上初见经历，为后代留下了关于海的遗传印记。就我而言，我尝试过许多海上交通工具，小到小艇，大到纵帆船，什么都有。但我后来逐渐意识到，自己并没有做水手的天赋；在荒岛上遇到的雷雨天气，也消减了我对大海的热爱。所以虽然我仍然对水着迷，但现在更喜欢以一种宁静的方式去探索它。

我正在写河流。随着时间的推移，我发现写河流比航海更适合我，虽然河流奔腾不息，终将汇入大海，但旅程中它们要穿过草地、树林和城市。沿着蜿蜒曲折的路线，它们孕育了文明，灌溉了庄稼，推动了发展，划定了边界——简而言之，它们塑造了历史，所以研究它们也需要时间。因此，假期我重新出发，踏上江轮探险之旅。

当我回到陆地上的时候，夏天已经过去了，度假的家人也离开了小屋。我打算在原地多停留一会儿，等工匠们刷完漆，再回到小屋，写下河流之旅中的所见所闻。但计划总是赶不上变化——这次变化和水有关。漆墙工作刚刚开始，工人就给我打来电话，他的声音很紧张，显然是有坏消息要告诉我。

他们准备刷北墙——也就是面向海峡的那一面墙时，发现它已遭到严重的水蚀，腐烂得厉害，不得不拆掉。

水，流淌在河里倒还好，但如果出现在房子的墙上，就意味着灾难了。比起干腐菌的破坏力，墙上的蚂蚁只能算是小巫见大巫了。就连工人们也吓了一跳，因为他们六个月前曾在屋顶施工，完全不知道屋顶之下的支撑体已经如此不堪一击。那堵烂墙必须拆掉，这没有商量的余地。事实上，最妥善的处理是，等他们找到完全干燥的木材，再进行拆除工作。“显然你等不了。”工人补充道。

为了更好地了解情况，我赶回了小屋。等我到的时候，工人们已经走了，但消失的不仅仅是他们。北墙已经被拆除了，残骸就堆在小屋旁。也许它没有做过多的抵抗，就屈服了。

走进只有三面墙的房间，我发现双层床已经被拖了出来。原来那面墙的位置，现在变成了一块海蓝色的防水布。我有点难以接受。只有三面墙的房子，就不再是房子了，它更像一个公交候车亭，或者一个露天仓库。不管怎么说，这都算不上一个住处。

厨房里有一瓶外甥之前带来的干邑白兰地，我倒了一杯，一手端着它，一手拿了一把椅子，进了房间。

多讽刺啊！本来打算在这里研究水，现在小屋的一面却都是水——或者说曾经都是水，直到那面腐烂的墙被推倒。拉开防水布，我看到了外面的海峡，波光天真地闪现着，完全没有意识到，正是它那带雨的海风把湿气带到了小屋里。把防水布掀到一边，我闷闷地坐下来欣赏眼前的景色。

喝完一杯白兰地，我的沮丧情绪总算开始一点点消散，这个房间里里外外的样子让我想到了阳台。矛盾的是，凝视海峡时，我的内心已相当平静——甚至是舒适。在为河流之行做准备时，我曾读到一本关于水是如何进入生命哲学的书。在印度，河流是神圣的，而中国哲学则把流水比作滋养生命的"道"（Tao）。古希腊的自然哲学家泰勒斯认为水是生命之源，确实如此。每一滴水在地球上出现生命之初就存在于世。在超过30亿年的时间里，这些水珠穿过海洋、云层和基岩，然后穿过植物和动物，永无休止地循环着，直到流经植物生命的水变得与地球上河流中的水一样多。

一艘帆船慢慢地驶过海峡，使我想起年轻时在船上度过的那些日子。我只在几个夏天乘船出游过，但我感觉与水的亲密接触贯穿了我的整个青年时期。记忆里都是那种稍大一些的帆船，一想起它们，我立马感受到大海的无垠和站在甲板上的安定感。

我记得最清楚的，是在一艘破旧的、有双桅的纵帆船上值班，正是这次经历让我开始接触航海技术。过了一夜，黎明破晓，船上的钟敲了七下。等到8点的钟声敲响，沙漏开始转动时，就轮到左舷小队换班休息了，因为我们是四小时轮班制。在我下方，右舷的队员们横七竖八酣睡在船铺上；头顶则是满天繁星。

海上光影闪烁，浪沫漂浮。与地球磁场相通着的罗盘架，指着大概的方位。在我的油布衣下，是一件渔夫毛衣，腰间挂着一把鱼刀，是我从一根满是柏油气味的绳子上剪下来的。有其他人在操纵风帆，于是我就一直盯着大海，望着星星。

大海的大小由它自己决定，它就像水彩画一样，边界模糊。闪亮的或哑光的，浅色的或深色的，颜色的变化，预示着风和天气的变化。洋流从遥远的海岸带来了温暖，太阳可能会像岩浆岛一样从地平线上升起，也可能像金色的亚特兰蒂斯沉入海底。潮汐与月的盈亏相呼应，因为月球很可能是在地球与另一个天体的碰撞中从地球上撕裂下来的，现在正绕着我们热切地公转着。从远处看，海水仍然同月球上那干涸的熔岩海相通。

海浪也会和风交谈。有时，海水是如此的汹涌，以致那张摆满了食物和陶器的饭桌像钟摆一样摇晃着，竭力保持水平。如此一来，船上的许多人都失去了食欲，一块几乎没有动过的烤肉被吊上了桅杆，新吹来的微风可以让它保持凉爽。

岸上，海浪从遥远的地方带来了礼物。一次，我对岛屿展开搜寻时，捡到了各种颜色的石头，表面都十分光滑。它们讲述了数百万年来，海水如何侵蚀悬崖和斜坡，如何使遭受水流冲击和沙子打磨的岩石松动。在同样的历程中，最锋利的玻璃碎片最后也变成了椭圆状，泛着柔和的光。

沙粒是石头们的兄弟姐妹，它们也与大海有着很深的渊源。大海不断地把山磨成岩石，把岩石磨成沙子，所以每秒钟都有数十亿新的沙粒诞生。它们一层叠一层，共同描述着已经消失的风景；每一层都是独特的，各自形成于与水相伴的旅途之中。17世纪，安东尼·范·列文虎克（Antonie van Leeuwenhoek）将一粒沙子放在他全新的显微镜下，观察到了一个奇异的形状。他的眼中呈现的是一座寺庙的废墟，里面还有跪着的人像。后来，当人们把沙子放大100倍再看时，却发现这些颗粒更像是地形复杂的行星。

甚至沙粒的大小也会影响它们自身的命运。最精细的沙粒被放入计时的沙漏中，或用来吸干旧手稿上的墨水。其他粗一些的沙粒则由西藏僧侣塑成神圣的曼荼罗，然后沉入通往大海的河流中。沙滩上，孩子们则用更结实的沙粒建造他们的城堡。

沙子不正是用来展示生命广度的完美介质吗？哲人赫拉克利特把时间比作一条河流，把历史想象成一个孩子在堆沙堡。每一个沙堡都需要水来黏合。而天文学家呢，他们曾把地球比作太空中的一粒沙子。根据这个比例，太阳的直径为10厘米，离我们的距离为11米；除了太阳，最近的恒星距离地球3000公里，而太空中的恒星数量可能比地球上所有海滩和沙漠中的沙粒总和还要多——而且新的恒星还在不断产生。地球上所有的物质和水都来自这个不可思议的宇宙。

大海的声音

地球实际上是一个水球，所以海上生活引发了我的许多关于生命的思考。我们都知道地球三分之二的土地被海洋覆盖，但如果把深度也考虑进去，这个比例其实是98%。那么，为什么对于我们这些居住在这2% 的陆地上的人来说，海洋好像属于另外一个世界呢？那里有海星、浮游生物和飞鱼，几乎就像一个完全独立的空间。

大海里的一切都处在不断运动中。鸟儿在春天迁徙，它们会飞越海洋，投在海面上的倒影就像银色的鱼群。鲑鱼和鳗鱼漂洋过海，只为回到童年的小溪里嬉戏。它们借助地球磁场、信息素和水流的特殊味道为自己导航，路途中也能敏锐感知温度和压力的微小变化。同样不知疲倦的还有海龟，它们在世界环游，驶向它们出生的海岸——那也是它们青睐的产卵宝地。它们像原始生物一样，在记忆的指引下抵达终点。

然而，海洋生物并不只是空中生物的映照。海洋中的环境不同，对生物感官的要求也就不同。例如，光在水中传播时，其速度要慢于在空气中传播，并且会迅速地散射开来。因此，深海中的许多鱼能自行发光，为自己照明。声音在水中传播得更快更远，尽管我们在水面上完全听不见——水面就像一堵无形的墙，将水上和水下两个世界分隔开来。若想欣赏水下的声音，你必须把桨垂直插入水中，再将耳朵贴到桨杆上仔细听。历史上，南海和西非的渔民就是这样做的，15世纪时，达·芬奇也发现了这一方法。但直到20世纪40年代，研究者们才开始尝试聆听大海的声音，结果他们震惊了。他们几乎不知道该如何描述那些五花八门的声音。水下有嘎吱嘎吱声，有咯咯声，有噼里啪啦声，有嘎嘎声，有鼓点一样的咚咚声，还有咕嘟咕嘟的冒泡声、嚎叫声、叽叽喳喳声、哀鸣声、口哨声和扑通声。有的声音像是烧烤牛排时发出的滋滋声，有的像震耳欲聋的锯子声或沉重的链条发出的沙沙声。这些声音都来自哪儿？原来，是一些鱼的下巴在一张一合，发出吧嗒吧嗒的声音；一些鱼在吐泡泡；还有一些鱼的鱼鳔在特定肌群的作用下，梆梆作响。鲱鱼群能发出非常奇特的声音，瑞典海军就曾追踪过它们，满心以为那是一艘潜艇。

我曾听过一些鱼声录音，非常惊人。其中一些声音使我想起了钟声的回响，一些声音听上去就像是在用银勺搅拌小玻璃杯中的东西，还有一些声音像是旋转的陀螺发出的嗡嗡声。这些声音似乎来自一个既遥远又与我们息息相关的世界。即便最小的虾也不例外，每一个生物似乎都在相互传递信息。甚至连它们的音调也可能暗藏玄机，因为年长的大鱼的音调要高于那些年幼的小鱼。害“相思病”时，银鳕鱼会发出低吼声，而黑线鳕发出的是持续的隆隆声。

亚里士多德曾猜想，鱼儿间可以相互交谈。事实似乎也的确如此。例如，一名研究员曾学会了解读鱼类用来表达“恼怒”“警告”和“战斗警报”等的各种声音。此外，鱼类的身体语言也很丰富，例如通过将鱼鳍置于不同的位置，改变身体的颜色或图案等传达不同的信息。一些鱼甚至可以通过电场向其潜在的配偶表明自己的品种、年龄、性成熟度以及个性。

因此，事实证明，人类完全忽视了地球上另外98%的生命的交流方式。薄薄的一层水将我们与这个世界隔绝开来：水面之下是一个庞大的声波网络，这些声波囊括了所有的类型，从独唱到二重唱再到大合唱。同鸟儿们一样，在黎明和黄昏时分，雄性鱼儿也喜欢为雌性歌唱；而幼年鳕鱼赖以为食的虾虎鱼，甚至只有在为雌鱼一展歌喉后才能与之交配。不幸的是，这些歌声常为娱乐性船只的喧闹所掩盖，因此，也许我们不能将鳕鱼的绝迹仅仅归咎于过度捕捞。

在我的旧教学船上时，我的兴趣都集中在鲸鱼的歌声上了。白鲸明快的叫声可以穿透船体，直达双耳，因此它们也被称为“海上金丝雀”。相比之下，座头鲸的歌声要沉闷得多，但它们的“圣歌”能持续数小时，其间还夹杂着一些重复的段落，就像是副歌。如今，人们认为它们的记忆得到了某种近似韵律的东西的帮助，因为即便一首歌中包含数百种元素，每只座头鲸仍能在去往繁殖地的途中记住它。不过，随着时间的推移，一些新的部分被不断添加进来，节奏也更快了。等到8年过去，整首乐曲都被重新谱写了一遍，永远保持新鲜感。

我认为，利用鲸鱼之歌的变换来计时是一种很有趣的方式。在船上，每当沙漏翻转之时，钟声都会响起；随着航行里程的增加，船员们也会相互换班，轮流放松。鲸鱼的一首歌曲持续的时间大约和两次钟声之间的间隔一样长，周而复始。

和鸟类一样，鲸鱼似乎也是通过歌声来进行表达和交流的。那么，凭什么认为海里的生物就不能创造美呢？在海底，人们看到一只小河豚用它的鳍在沙子上画出美丽的花朵图案。最后，它还用嘴衔来贝壳，装饰在这朵大沙花上。这一艺术品的完工，可能会吸引一只雌河豚前来。当然，鲸鱼也有着同样的创造欲。

抹香鲸的声音干巴巴的，还伴有一些咔嗒咔嗒声，在方圆几英里内都能听得见。这声音在人类的耳朵听来，只是一种单调的嘎吱声，但鲸鱼们自己一定能分辨出其中最细微的变化，因为它可能是一种标识身份的信号、一种集合的号角或是一种警告。它还可能是一种回声定位，即便是在一千米深的海中，也能帮助鲸鱼找到正确的方向。

在所有的地球生物中，抹香鲸的大脑是最大的。那么，它们用大脑来做什么？它们在想些什么呢？没人知道答案。在所有的鲸类中，人类只尝试过与人工驯养的海豚进行交流，但也并非为了增进对它们的了解。相反，驯兽师们试着教海豚学说人话，尽管它们并没有喉咙。不过，在教海豚手语时，它们能看懂约60个代表名词和动词的手势，并在这些手势的帮助下，理解约1000个句子。其中大部分句子都与“用你的尾巴触碰飞盘，然后跳过去”这句话的结构相似。

我曾在海豚馆目睹了这一切，事后感到相当压抑。人类是如此的自私自利、头脑简单。毕竟，这些把戏怎可与海豚在野外生存时所需的智慧相比？当然了，海豚与人类的交流系统也大不相同，是根据其自身需求量身打造的。因此，我们永远无法掌握它们的语言。一只海豚每秒能发出700次咔嗒声，并能根据回声返还的信息，构建出100米外物体的形象。凭借这种能力，海豚不仅能够区分不同的材料，例如铜和铝，还能辨别出某物是否是活物，以及如果是活物，那么它是友善的还是有攻击性的。

在群体中，海豚是通过口哨声来进行交流的。每一只海豚似乎都有自己的专属信号音，就如同名字一般。一名研究者曾描述了186种不同的口哨声，并根据不同的动作将其分成20类。这似乎的确是它们自己的语言。

近距离交流时，海豚会用姿势或触碰来替代口哨声，这种交流方式甚至也适用于其他物种，因为海豚的社交圈子并不局限于同类。亚里士多德曾描述过一些小男孩骑在海豚身上的情景，而我自己也曾在一次希腊之旅中，亲眼看到它们在我们的船头前欢快地跳跃，就像是在为我们拉船一般。它们与我们嬉戏，并很快就摸清了我们的航线，就好像它们早就知道了一样。希腊水手曾欣然对此做了如下解释：据说，太阳神阿波罗在前往大陆为自己建造神庙时，曾化身成为一只海豚，这也正是神庙所在地被称为“德尔斐”（Delphi，希腊语“海豚”。——编者注）的原因。

在海豚的大脑里，是否真的还留存着一些与人类的亲缘关系的古老记忆？虽然系谱图在后来发生了某些复杂的分化，但我们的确源于共同的祖先。5000万年前，鲸鱼还是生活在海岸上的两栖类动物，同偶蹄目动物有着千丝万缕的联系。那么，为何后来鲸鱼回归了大海呢？是出于对大海的忠诚，还是说它们预见到了什么？

聪明的海洋生物

说到这儿，我自己又为何会被大海吸引呢？为何我会透过那堵倒塌的墙壁，凝望着不远处的海峡呢？我不是唯一痴迷于海的人——大海也吸引了许多作家。诗人欣然将其视为一种象征，小说家则用奇思妙想将它填满。而在19世纪，鲸鱼却遭到大肆捕杀，被迫为工业机器提供鲸油，并在旧地图上被描述成“海怪”。

说到对捕鲸的经典描述，就不得不提到麦尔维尔的《白鲸》(Melville, *Moby-Dick*)一书。教学船的架子上正好有一本，我一页页地翻阅着它，试图唤醒自己有关船上生活的记忆。基于他在各种捕鲸船上的丰富经历，麦尔维尔有能力区辨流水与生命本身的相似之处。他读了所有他能找到的介绍鲸的生理习性的书籍，并受到一个真实故事的启发，从而创作了这部经典之作。

在《白鲸》问世前大概三十年，一头抹香鲸在目睹家人被捕鲸叉捕获后，愤怒地撞向捕鲸船“艾塞克斯号”。起初，它用尾巴撞击船身，接着用头，最后用上了重达五十吨的整个身子。在大船沉没前，船员们试着抢救出了一些航海仪器和给养，跳上两三条捕鲸用的划艇。然而，置身于这些小船中，他们很快就和那些刚被捕获的鲸鱼一样无助。情况也许还要更糟，因为他们发现自己陷入了完全不同以往的困境。15米高的巨浪击打在小船上，后来海水浸透了压缩饼干，船员们越发口渴难耐。人类被海水包围，但哺乳动物赖以生存的淡水却只占地球水资源的百分之一。

除此之外，他们还担心遇到其他人类。如果最近的岛屿上有食人族，他们无疑就是自投罗网。最终，船员们发现了一个荒岛，还好担心的事情没有发生，他们暂时得救了。然而，在贪婪地将岛上所有能吃的东西一扫而空后，船员们不得不再次出海。最后，他们在海上开始了同类相食。

当然，人们对于《白鲸》一书的兴趣不在于捕鲸的种种细节，而在于其中的象征意义。书中的亚哈船长先前在与白鲸的一次交锋中失去了一条腿，对他来说，这种生物就和《圣经·旧约》中的利维坦一样邪恶。但麦尔维尔本人似乎并不这么认为。事实上，一些解读者认为亚哈船长象征着无情的逐利者，而对利益的无情追逐终将导致人类的堕落。

19世纪时，还有一批作家也曾以海洋为主题写过一些小说，不过他们本身却没有出海经验。在那个年代，有关海洋的传奇故事风靡一时，由于对各类海洋生物知之甚少，人们可以自由自在地对它们加以想象。在小说《海上劳工》（Victor Hugo，*Toilers of the Sea*）中，雨果将一只极具攻击性的章鱼描述为一个超级怪物；而在《海底两万里》（Jules Verne，*Twenty Thousand Leagues Under the Seas*）一书中，凡尔纳对一只章鱼攻击尼莫船长的潜艇这一情节的呈现，让人感觉这种生物似乎正是为此书的科幻主题量身定制的一般。

不过说来也奇怪，生物学家们的事实报告指出，相比其他海洋生物，章鱼等头足类动物更能激发人们的想象力。它们在书中似乎真的代表了另一个世界，这让我深深地着迷，因为这些不同寻常的事物总能带来一些新奇的视角。此外，头足类动物甚至还展示了某些触及生命历史的东西。

头足类动物的种类多达数百种，而每一种又各有其特点。最大的头足类动物是大王乌贼，可达14米长；而最古老的头足类动物小鹦鹉螺已经存在了五亿年，且基本上没有什么改变，它们调整自身浮力的方式就和古老的潜艇一样。有些头足类动物还能突然变成比目鱼、蛇或者珊瑚的形状，好与周围的环境融为一体。

然而，在所有的头足类动物中，最引人注目的还是八爪章鱼。它们有三颗心脏、高贵的蓝色血液、九个大脑和八条用于侦察的腕足——如果你乐意的话，也可以称其为六条腕和两条所谓的腿。从某种意义上说，章鱼的每条腕足都自成一个独立的小世界，都有视觉细胞、触觉感受器，有敏锐的嗅觉和味觉，并能维持短期记忆。因此，章鱼极大地挑战了人类对个体这一概念的认知。

不可否认，章鱼们十分多才多艺。在水族馆里，只要它们不好奇地打量掉落下来的物品，就能灵活地用腕足猜谜语、开罐子和拔瓶塞。章鱼们善于观察，能迅速地从其他同伴那儿学来解决问题的办法；它们记性也很好，会清楚地记得哪些人不够友好，哪些人给过它们食物。章鱼能察觉到来自人类的目光，很容易被观赏它们的游客激怒。因此，一些章鱼会将石板作为小型路障挡在自己身前，而另一些则随身携带椰子壳，需要时藏身其中。有一些章鱼发现，如果朝着水池上方的聚光灯喷水，灯就会短路，从而带来一段美妙的黑暗时光。一只章鱼朝水族箱的玻璃扔石头，另一只则凭借敏捷的头脑和灵活的身体溜之大吉。它会缩起它那无骨的身子，从水族箱盖子的缝隙中挤出去，然后爬到地板上，再通过一个排水管回到大海里。很快，另一些“八臂越狱王”也出动了。每天夜里，一些章鱼都会爬出自己的水箱，穿过房间，溜进满是螃蟹的水族箱里。饱餐一顿后，它们再尽职尽责地回到自己的展位。——若不是一个隐藏的摄像头记录下整场闹剧，工作人员们根本不知道馆内发生了什么。

由此可见，章鱼们能结合自己的记忆、有效的计划和复杂的行动，摆脱困境。我觉得，这一过程比任何一部恐怖电影都要紧张刺激，因为这展现了它们的非凡智慧。

不过，我们的智力理论根本不适用于章鱼，因为这些理论更多基于人类自身的天资。在许多情况下，我们对鲸鱼的了解尚能支撑这些理论，但章鱼毫不留情地推翻了它们。通常来说，智力产生的先决条件是幼年时得到的持续照料、长期的社会生活和适应各种环境的能力。然而八爪章鱼完全不具备这些条件。它们的寿命很短，在悉心照料成千上万的章鱼卵时就可能因饥饿而死，所以它们基本活不到给后代传授知识的那一天。它们也不爱社交，每一种章鱼都各自固守在其自然生态环境之中。然而，最令人尴尬的是，这些聪明的生物竟然属于软体动物门。据说，相比与章鱼，我们与海参的联系要更加紧密一些。显然，在进化过程中，智力会沿着几条不同的路径发展，并最终以不同的方式呈现在不同的物种身上。比如，海豚和蝙蝠都会使用回声定位，而章鱼也和乌鸦一样聪明。因此，生物进化没有确切的目标，也没有特定的终点，有的只是如章鱼腕足一般的各种分支，指引着我们探寻生命的本质。

生命的起源

突然，一阵微风吹来，小屋的蓝色防水布被轻轻掀动，发出轻微的响声。那声音让我想起教学船上的众人迅速收拢船帆时的情景，那张帆摊开时就和甲板一样大，而教学船的大小也堪比海上最庞大的动物。海水的浮力不仅撑得起巨大的船只，也容得下体积庞大的水生动物，因此才有了蓝鲸这种有史以来最大的生物的存在。

我也曾对这一庞然大物着迷，但我有些怀疑人类是否对其体积给予了过多的关注。一只蓝鲸的体重可高达150吨，但它的庞大是靠进食最微小的海洋生物来实现的。尽管这些微小生物看上去可能不如鲸鱼那般魅力十足，可若离了它们，大海就会陷入一片死寂。换句话说，在大海里，微型生物与最庞大的生物之间能实现一种平衡，它们扮演着同等重要的角色。

蓝鲸以随波逐流的浮游生物为食。这些生物包括仔稚鱼、螃蟹、蚌类、海星和藤壶，但其中最常见的还是磷虾。一只蓝鲸每天能轻松吃掉400万只磷虾，这就需要地球上有大量的磷虾。实际上，磷虾群能绵延数英里，那规模比世界上任何一种鸟群和昆虫群的规模都要大。《吉尼斯世界纪录大全》称它们为“世界上最大的动物群体”，因为人们甚至在太空中都能看到它们。一个磷虾群所包含的个体数量和我体内的细胞数量一样多。

这些磷虾群可以被视为一种超个体吗？我们总是以复数形式提到磷虾，因为我们很难从它们紧密的群体中分辨出具体的个体。当它们一起在海上漂流时，它们小小的泳足保持着相同的节奏，就像在呼吸一样。然而，一名研究者在研究它们时，突见一个小东西游出了虾群，打量着他。它只有几厘米长，但它黑黑的小眼珠子和前倾的触须里满是好奇。四目相对中，两个来自不同种群的个体都对对方充满了好奇。那一刻，两者并无大小的差别。

我对磷虾的了解来源于吃。卖磷虾的渔民说，它们吃起来有点像草虾，其中还夹杂着一丝螃蟹的味道。不过，最令我记忆深刻的并不是它们的味道。夜里，当我们在漆黑的房间里生吃这种食物时，它们发出的生物荧光会使人感觉如同置身深海一般。

事实上，磷虾在漆黑的深海里是最安全的。在那里，死去的海洋生物的碎片就像下雪般轻柔地飘洒下来。只有到了黄昏时分，它们才会冒险浮到海面上，享用它们的晚餐。

晚餐是一些体积更小的浮游生物，小到有时需要几百万只才能装满一汤匙。它们的名字叫“浮游藻类”，源于希腊语中一个意为“植物”的词，但它们没有根和叶。所以，它们其实是藻类大家庭的一分子。它们也生活在属于自己的世界里。

提起藻类，它们也有一些了不得的东西。尽管世间的藻类有成千上万种，但绝大多数还未被人类发现，且不同的藻类之间也存在着千差万别。一些藻类十分微小，需要借助显微镜才观察得到，而另一些藻类却足足有60米长；一些藻类会发出海火般的光芒，而另一些藻类，比如墨角藻，会在6月月圆之时散播卵子和精子；一些藻类将自身的红色色素转移到贝类和珊瑚上，另一些藻类为鱼儿提供欧米伽-3脂肪酸，还有一些藻类则会在自身腐烂时释放出毒素。在大海之外的许多地方，无论是在潮湿的陆地上，还是在泉水和湖泊中，也都生存着许多藻类。

我曾与一名精通淡水藻类的生物学家一起待过一段时间，有时会随他一道前去湖上寻找藻类。湖面上一片宁静祥和，与捕鲸的场面或大海的浪漫截然不同。你可以划着小船，平稳地穿过镜子般的湖面，沿着鲜花盛开的岸边寻找绿藻，它们的绿是生命的底色。越过小鱼，我能瞥见湖底，当闪闪发光的水珠从桨上滑落时，会在水中激起一圈圈涟漪。时间仿佛静止了。每当这位生物学家伏在船头，拿着望远镜仔细搜寻时，就得由我执桨划船。每当捞网捞上些什么时，我都可以从他那弯弯的背影中看出他的满心期待，就像找到宝藏一般。渐渐地，船舷上的小瓶子里已装满了样品。随后，我们把这些样品置于显微镜下观察，发现许多藻类的确如宝石一般美丽。

这是最早的一些水生生物的样子吗？毕竟，藻类不只是海洋食物链的基础，还是地球上最古老的生物。数百万年里，它们除了静静地从阳光中吸取养分，还将二氧化碳转化成碳和氧，进而形成如今我们赖以生存的空气。

大约40亿年前，地球上诞生了第一个生命，但直到今天，我们仍然无法清晰描绘出事件发生的始末。一种可能性是，雷击产生的能量将氢、氨和甲烷转化成了相互反应的有机元素，但也有可能是海底的火山喷发造成的。无论如何，大多数人都相信生命或起源于大海，或起源于海底的温泉，或起源于温暖的湖泊。总之，水在这个过程中必不可少。

古代的水钟通过滴水来计时，我认为用它来形容生命的诞生十分恰当。随着时间的推移，这些水滴能侵蚀岩石，也能填满整个大海。当微生物膜将能量和水分捕获之时，水滴又为生命的到来布下了背景。于是，在某种微弱电力的作用下，细胞——所有生物最基本的组成部分——诞生了。

尽管这些细胞的大小只有千分之几毫米，却支撑起了生命必需的全部活动——新陈代谢、运动和交流。看起来可太熟悉了，这不正是家家户户生活的真实写照吗？人们通过进食来补充营养，四处奔走执行各种任务，相互交流或凝视窗外。这些当然也是我们在小屋里一直在做的事。突然，我看到了我们的小屋和细胞之间的相似之处，这既不可思议，又令人振奋。细胞就像一个个带有多孔壁的单室小屋，事实上，这些多孔壁的渗透性又为接下来的一个关键性进展铺平了道路。一个不同的、结构更为简单的细胞——从外表上看是一种细菌——钻进了这些孔壁。细菌最终成为一名合格的房客，为细胞的动力供应做出贡献，直至细胞最终得以扩展它的小空间。

类似上述的事情不大可能发生在真实的小屋里。因为在细胞的世界中，这种转变经历了相当长的时间才得以实现。当细胞壁最终被渗透，它们便自行翻开一个广阔的生命新篇章，于是植物出现了。

但细胞也会以其他的方式相结合，其中，有一种方式仍存在于海底的多孔海绵生物中——它们在死后常常会变成我们的家用海绵。如果我们挤压活体海绵，让它们穿过滤网，它们就会变成一堆碎屑；但如果再将这些碎屑放回水中，它们又会重组成一个新的海绵，和刚刚被捣碎的那个一模一样。那些小碎屑是真的想黏在一起。甚至是那些被撕下的小碎块，也能合成新的海绵体。因此，它们体内一定存在着某种自组织系统。

就这样，生命的画卷在神秘中徐徐展开。研究表明，细胞和蚂蚁一样富有社会性。它们可以通过细胞膜交换物质，并在蛋白质的帮助下进行交流。这种交流深深地影响了我，因为正是它赋予了我生命。和所有的生物一样，我也是由细胞构成的。细胞间有一种刻在水中的语言，由世间所有的生物所共享。正因如此，我们体内与生俱来，都包含了某种与生命起源息息相关的东西。

沙丁鱼与鲱鱼

阳台上开始有了丝丝凉意，我去厨房沏了一杯茶。看着蒸汽从炖锅中徐徐升起，我想到水是如何顺利地从海里转移到云上，又是如何从雨变成冰的。水存在于一切活着的生物之中，也存在于所有的食物当中——是的，包括干得不能再干的饼干和薄脆饼。如果有什么东西可以称得上生命的根基的话，那一定是水了。

我端着茶杯走出厨房，来到位于角落的写字台，然后关上门，不让冷空气进来。房间的四面墙包围着我，活像一个细胞，难道不是吗？生命是由细胞写就的。但我们又该如何去描述生命本身呢？这可不是一个简单的故事。通常情况下，人们讲故事时会避免从多个角度切入，以免造成过多的分支，但那正是生命的本来面目。细胞能进行全方位的交流，组合出最多样的符号系统。其中，一个符号系统中含有107个符号，分别代表着不同的化学元素；另一个符号系统包含了细胞中所有的染色体；还有一个符号系统描绘了构成DNA螺旋无尽组合的四个碱基。在我们人类字母表的线性序列中，我可从未发觉如此广阔的可能性。

不过，我还是想要了解一下生命所写就的故事。比如说，生命开始于我出生的30亿或40亿年前。在那之后，生命经历了很多个时期的变化，每个时期都长达数百万年。鉴于其中的某些时期要比其他的更加曲折多变，我在脑海里搜寻一番后，将思绪停留在约5.4亿年前的寒武纪时期。

那时候，在大陆板块运动的作用下，我现在所处的地方变成了一个温暖的地下水塘，塘中还有珊瑚点缀，它们就是那些花朵状的小小刺胞生物的外骨骼。这些生物与海藻建立了共生关系，并从中获取色素和能量。在一年一度的某个满月时分，它们会排出许多精子和卵子，之后新生幼虫的外骨骼便进一步扩大了珊瑚礁。在其他一些地方，这样的珊瑚礁已经成为地球上最大的“建筑群”，以及海洋中四分之一生物的栖身之所。

在某种程度上，三叶虫是一种与潮虫类似的史前生物，它们留下了同样宝贵的遗产。尽管对于整个世界而言，三叶虫也许并不起眼，但它们可能是第一个看到世界的物种——眼睛在当时可是个新鲜事物。三叶虫的眼睛与后来有些昆虫进化出的复眼相似，由六个面组成，这些晶体是方解石棱镜状的，有些昆虫将这种形态保留至今。

但这并不是说三叶虫是最早发现水的生物。若要探清事实，就得展开比较，拉开思考的时间距离。不过，在由千千万万种三叶虫统治海洋的三亿年间，它们在水中的弥漫性全景视角始终占据着主导地位。与此同时，像所有的个体一样，它们也会死去，它们的尸体（带着那富含钙的眼睛）飘向海底，成为螺类和珊瑚虫的美餐。几百万年间，它们被尽数尘封在石灰岩中；接着，在仅相当于整部地球历史中一秒钟的时间里，这些石灰岩成了金字塔、大教堂、道路、肥料和牙膏的一分子，沉淀着生命最早期的眼睛形态。

我将茶杯放在窗台上，那儿有一碗化石，同时承载着海洋的历史和盛夏的记忆。在珊瑚化石和腕足动物化石边上有一些螺类化石，后者的年代更近，螺壳上边还有一些纹路。这些装饰性的纹路记载了它们的寿命。我小时候曾痴迷于其中的一个塔形贝壳，它的形状与大理石中的螺旋状物相似，见证了远古的时间变化。不过大理石中的螺旋状物是直角石目生物的遗骸——一种生活在四亿年前的头足类动物。

大概就是在那个时候，大海里开始满是鱼类。同样地，鱼儿们也拥有了一种重要的新装备：它们进化出了脊柱，以保护大脑和身体间敏感的神经纤维。所有的爬行动物、鸟类和哺乳动物都是从鱼类进化而来的。几千年前，希腊自然哲学家阿那克西曼德在研究各种化石时，就曾猜测其中存在着某种联系。而我在思考生命时，眼前也有一块化石。在我的书桌旁挂着一条小鱼，它已被尘封于岩石之中，却仍显得生机勃勃。它是我众多祖先中的一位。

结果那天下午，鱼类还缓解了我的饥饿。在急匆匆地出门前往那面烂墙时，我忘了带上合适的食物，不过好在厨房的食品储藏室里还有一点常见的主食——一罐所谓的“大师级”沙丁鱼和一罐鲱鱼。这些就足够了。沙丁鱼和鲱鱼都是我的最爱。我知道，许多人都和我有着同样的偏好，因为这两种鱼都是我们历史文化的一部分。

一千多年来，无论是在陆地上还是在海上，腌鲱鱼都是北欧人民的主食。腌制鲱鱼对维京人而言是一种补给品，后来又成为维系汉萨同盟的一种重要商品——重要到在鲱鱼群迁徙到其他海岸后，该同盟就彻底瓦解了。而到了现代，鲱鱼群在近几十年里也变得越来越稀少了，不过这次的罪魁祸首大概是捕鱼业吧——海里的鲱鱼几乎被捕光了。因此，也许我应该选择那罐“大师级”沙丁鱼。

沙丁鱼，甚至包括它们的包装，都是南欧历史文化的一部分。古时候，人们用双耳陶罐来储存腌好的沙丁鱼，而在罗马帝国覆灭后，双耳陶罐就被坚固的木桶取而代之了。再后来，拿破仑发动了许多战争，为了满足他的数十万士兵对一些便于运输的野外物资的需要，木桶又被替换成了罐子。起初，人们曾试着先将鱼装入玻璃罐子，再将罐子放到沸水中煮煮。后来，又换成带铅盖的铁罐子。但铁罐子太沉，又不易打开，所以它们很快便被带有小开关的锡罐子替代了——这可是个巨大的成功。所有船员都带着沙丁鱼罐头，甚至在环游世界时也不例外。因此，沙丁鱼成了所有鱼类中走得最远的那一个。

与此同时，英国在七大洋的统治地位日益稳固，船员们以捕获鲱鱼为食。看起来，拿破仑战争似乎全靠这些小鱼才得以顺利推进。不过，沙丁鱼和鲱鱼十分相似。16世纪，康拉德·格斯纳在描述它们之间的区别时曾遇到了相当大的困难，因为沙丁鱼其实属于鲱鱼科。据我所知，在瑞典语中，波罗的海中的小鲱鱼和北海中的大鲱鱼有着不同的名字——分别是strömming和sill——但今天，这两种鱼已经混居在了以上两个海域中。而在气候变化的影响下，沙丁鱼也向北迁徙到北海。如此一来，各种类型的鲱鱼似乎都混居在了一起。我仔细看了看那罐“大师级”沙丁鱼罐头的罐身，确定了它标注的成分实际上是skarpsill，或者叫European sprat——是沙丁鱼和鲱鱼的另一个亲戚。我在鲱鱼和沙丁鱼之间的选择困难被自动解决了。

在我将罐子里的鲱鱼－沙丁鱼取出，放到一片薄脆饼上时，我试着去想象它们活着时的样子。从体型上看，它们介于磷虾和较大的鱼之间，但在水中时，它们会聚集在一起，形成一个翻腾着的银色椭圆体，看上去就像是某种长达一千米的生物。它们也几乎与大海融为了一体，因为每一条鱼的数千张鳞片都能映照大海。如果它们朝着某一个方向转动，就会反射来自海面的光线；如果它们再朝另一个方向扭动身躯，又可能折返来自深海的黑暗。一旦鱼群边缘靠近食物和天敌，它们便会轮流游到鱼群的最外边。它们还会互相帮忙寻找浮游生物，警戒来自鲸鱼、海豹、海鸟和其他大鱼的威胁。鲱鱼群中的每一个成员都心连着心，因此，如果鱼群中有几条鱼不幸被捕，邻近成员的心率就会加快，仿佛能感同身受一般。一万条鱼中，也许只有一条能活到成年；但另一方面，那些顺利成年的鱼能活到15岁——甚至还有鲱鱼活到25岁的例子。因此，即便是同一个罐头盒里的沙丁鱼，也很可能各自有着不同的命运。

在我冲洗盘子上的沙丁鱼油时，水流过我的手，触动了我内心深处的某个点。毕竟，和鱼一样，我的身体有65%都是水。鉴于我需要不断地补充体内的水分，庄园里的那口井的确至关重要。不过，我体内的水分实际上和海水是一样的。这种“一样”体现在我的泪水、汗水和黏液的盐分中，而且，就连我生命伊始所依赖的羊水也是咸的。

那时的我似乎很喜欢待在羊水中。临出生前，胎儿的头应该转向子宫颈，而我却十分固执地侧卧着。就像是听筒架上的老式听筒一般，我躺在那儿，倾听着外面的声音。那些声音比我早已习惯了的小小原始海洋中的声音要尖锐一些。我又大又沉，最终我和我的母亲一起冲过了那个破败的码头。很显然，是大海控制着我。

可是，一暴露到空气中，我就感到失去了被水包围的安全感。直到我想要出海，需要一本游泳证时，我才从游泳班里毕了业。那时，我将水与某种程度的恐惧联系在了一起。潜水是考试的必经环节之一。我抓着那弹性十足的跳板，感到头晕目眩，放开跳板就和我当初离开羊水时一样具有挑战性。像我这样的哺乳动物是会淹死的。当我的身子最终穿过水面时，那感觉就像是经历了一次生死考验。那是一场与生的邂逅，也是一场与死的交锋。

共同的生命旅程

我们的鱼类祖先在冒险进入一个陌生的环境前也曾犹豫过良久。当它们还在海里安居时，其他的一些生命已爬上了陆地。藻类便是最先到达陆地的生物之一，并渐渐为地球带来了一片充满希望、绿意盎然的景象。接着到了泥盆纪时期，蕨类和石松类植物的出现增加了空气中的氧含量。与此同时，那些喜好食硬物的真菌——它们甚至可以摧毁石头——也改善了土壤。它们用菌酸将石头表面分解，然后用线根吸食其中的矿物质。

和海里的珊瑚一样，陆地上的真菌与藻类结成同盟，共享太阳能。于是，一种新的植物——地衣——诞生了。地衣也是利用软化酸，最终创造出可供它们生长的土壤。大地开始变得更宜居了。在小螨虫和蛛形纲动物的陪伴下，总鳍鱼和肺鱼也开始慢慢离开大海，爬上了陆地。

随之而来的是数百万年的气候变化，在这期间，海平面或是上升，或是下降，起伏不定。在石炭纪时期，除了新出现的针叶树、大蜻蜓和长达一米的千足虫，还出现了一些满是腐烂植被的沼泽地。

接着，在二叠纪的干旱期和地震期，发生了一场大规模的生物灭绝，其中90%的海洋生物都消失了——三叶虫便是其中之一；而一些表皮厚实的爬行动物则存活了下来——哺乳动物的祖先就是由其中一种演化而来的。同时，还有一些爬行动物进化成了恐龙，它们将主宰地球长达1.5亿年之久——和三叶虫统治海洋的时间一样长。在此期间，我们哺乳动物的祖先只有地鼠一般大，胆子也很小，只敢在夜间趁着恐龙睡觉时出来活动。

这一切的转折点出现在6500万年前。那时，一颗小行星撞击了地球。撞击产生的碎片遮挡阳光达数月之久，一半以上的物种都因此而灭绝了——其中就包括恐龙。但有一种带羽毛的生物活了下来，我们地鼠样的祖先也活了下来——它们终于敢从洞里出来了。

厨房的窗户上，一只源自泥盆纪的蜘蛛正在结网。外头，一只鸟儿（恐龙的后裔）正在树上啁啾。我出了门，在那些久经风霜的老松树、蕨类和地衣间漫步。在它们下面是海洋沉积物和消逝已久的山脉的碎片。地衣上缓缓爬过微小的水熊虫，它们就像是一些看不见的八腿“米其林先生”。由于水熊虫对脱水、极端温度、真空、高压和辐射的环境都有着极强的耐受力，它们得以在先后五次生物大灭绝中存活下来。在死亡和毁灭之间，总有一股顽强不息的生命力。

这股生命力又来自何方？它是通过某种比水熊虫还要小得多的东西传递的——就藏身于DNA分子之中。DNA分子双螺旋结构展开后可长达两米，是一部记载了生命演变历程的编年史，记忆和未来就在其中相互交织。从一开始，该分子中最微小的部分就留存于世。

这一切都得从微观层面上来探讨。例如，大自然将我生命的底稿尽数装入那仅一毫米宽的受精卵中，但若要用文字记载其中的信息，我就得从屋里成堆的参考书中腾出25立方米的空间，以安置最终的结果；而我的写作角连其中的三分之一都放不下。之后，每一个新细胞都分到了独属于自己的副本。一些细胞会形成我的心脏，一些细胞要构成我的大脑，还有一些细胞即将成为我脊柱的一分子。在它们内部，发生着成千上万的化学反应，每个细胞都以某种不可思议的方式各司其职。好在每个细胞的表面都略有不同，就像是一块块拼图，而且所有的基因都已包含在细胞核的染色体中了，这些都使得细胞间的分工合作变得更为简单。尽管基因在每一次复制过程中都会发生一点小变化，我始终是这个传承了五亿年的古老生命故事的一部分。

胚胎时期的我迅速朝前演化着。受精卵一旦开始分裂，就会如一个旋转的万花筒般闪烁不停。很快，我看上去就像一个新芽了，然后又像是一只蝌蚪。接着，我的尾巴消失了，我的鳃变成了中耳、喉和部分下巴。在整个过程中，细胞一直在增殖或删除不同的部分。我的手起初看起来就像是长有五条分支的贝壳，其间有蹼生成，尔后又迅速萎缩，至此，我的手掌才得以成型。我的身体各处都是这样形成的。由于彼此间协调一致，每个细胞都知晓何时该生长、分裂或是死亡。最后，在我的胎儿期，约90%的细胞都死亡了，只为塑造一个完整的我。只有那些梦想着永生的癌细胞罔顾其他细胞，继续着自己永无止境的分裂。因此，对于所有死去的细胞，我都深怀感激。正是它们的遗赠和消亡成就了今天的我。

生命的过往是如此的亲切，令人着迷。因此，当写作角的电话铃声突然响起时，我被吓了一大跳。打电话来的是工头，他对我说他们现在得收工了，但明天还会过来。就这样，我突然间被拉回到现实。毕竟，我来小屋是为了商讨墙的问题。

不过，我还是很高兴能独自过完这一天，它给了我一个机会，让我能从纯粹实际以外的另一个视角来看待整个局面。宽阔的时间视角能带来一种分寸感，帮助我们正确地审视人类的各种琐事。困扰地球的那些大灾难与一堵烂墙当然不在一个量级上，但它们一样常常为新生事物的到来铺平道路，只是需要时间。在《圣经》中，有一场洪水为人们所熟知，而按照地质学家的说法，就连带来那场洪水的大雨也可能早已持续了数百万年之久。

总的来说，生命的历史是如此的广阔，我们不妨将其压缩至一个星期，以对其做一个大致的梳理。假设地球这个燃烧着的大团块是在周日晚上形成的，那么地球上的第一批生命将在周二诞生。这些生命就是蓝藻，直到周六海洋动物出现之前，它们都将独占这个星球。不过第二个星期天可是个紧张忙碌的日子。早上，第一批植物爬上了陆地，几个小时后，两栖动物和昆虫加入了它们。下午，庞大的爬行动物接管了地球。而半个小时后，哺乳动物也出现了——尽管它们将有四个小时活在恐龙的阴影之下。鸟类在晚餐时分到达。午夜12点前，猿猴爬上了树。而直到这最后一天午夜的钟声敲响前的三十秒，早期的原始人类才开始直立行走。至于整个人类历史，则仅仅发生在不到一秒钟的时间里。

因此，我们是在最后一刻才加入了这场共同的生命旅程，它并不完全属于我们。在那其中充斥着数不尽的故事，或是关乎种群，或是关乎家庭和个体。如果离了这些故事，人类的历史将会大不相同，因为其他的物种也为它做出了贡献。

大洪水就要来了

猎取野牛的过程充满挑战，但自从八千年前人类将这种强健的动物驯服后，它们的后代就成了我们的奶牛和耕畜。起初，它们是我们第一批田地上的劳作者。后来，随着农场劳动力的日益富足，人们可以将时间花在寻找食物以外的工作上了。人口与日俱增，随之而来的是对一个有组织的社会的需求。苏美尔人太依赖那些珍贵的动植物了，因此他们专门发明了一套书面语言来将它们一一列下。马儿可以用来传递消息和征战沙场，羊毛贸易催生了市场经济——在市场经济下，鲱鱼、鲸油、紫贝、蚕丝和象牙都能带来财富。

在化石燃料替代马力的时候，最戏剧性的变化出现了。在这些化石燃料之中，埋藏着地球早期生命的记忆，因为煤来自石炭纪时期的腐败植被，而原油来自数以亿计被压在古代海底下的藻类、浮游生物和动物。当它们熊熊燃烧时，自它们的时代以来的数百万年时间似乎被压缩进了一场大爆炸中，并在顷刻间改变了世界。随着人们从农业社会进入工业社会，集装箱船和邮轮取代了纵帆船，就连驱动这一切的石油也得从更深的地方才能抽上来。有时候，成千上万吨的石油还会被泄漏入海，回到一切开始的地方。

我和几位旧时船友就曾近距离目睹过类似的事件。一艘油轮在波罗的海上发生了漏油，由于泄漏的石油量过大，油污清理工作需要额外的人手，而我们也想助上一臂之力，于是我们坐上军用直升机，等待着它将我们送到外群岛，准备像士兵一样去战斗。透过窗户，我们可以看到，在下方的海面上飘浮着一些孔雀羽毛色的物体，与我们平时看到的浪花色调大不相同。

直升机最终降落在一个小岛上，那儿的礁石上也覆有一层漆黑的油污。我们想将其铲进袋子里，但无论我们怎么用力刮，它还是牢牢地黏附在岩石表面。这些油污已经渗入石头的缝隙，附着在花朵之上。我们知道，在此筑巢的海鸟，哪怕羽毛沾上一丁点油污，也会因此而丧命。

这件事发生在20世纪80年代，那时，对于我们所处的地质时代，人们刚刚提出了一个新术语。它最初叫“全新世”（the Holocene），源自一个表示“完整性”的希腊词语；后来有人提议改为“人类世”（the Anthropocene），取自一个意为“人类”的希腊词语。该命名并不是为了表达某种敬意。在此之前，地球上的灾难都是由这个星球本身的震动或者外力（比方说毁灭性的小行星）造成的；然而现如今，我们人类却成了加速地球剧变的幕后之手，给生态系统、气候等一切带来了灾难性的后果。

我站在黑黢黢的礁石上，满眼都是阴影笼罩下的未来。当大海在我的诗歌中出现时，我想表达的依然是对创造生命的水滴的敬畏，和对受到某种神秘邀约，前往马尾藻赴会的鱼儿的惊叹。但如今，潜伏在海平面之下的是核潜艇，隐藏在海床上的则是废弃的核燃料——其辐射在十万年内一直都将是致命的。广阔的时间视角最终因人类癌症般的扩张而消亡了。

不可否认的是，从我站在黑黢黢的砾石中的那天算起，在往后的几十年里，我们曾被告诫过的一切都一一应验了。当腐朽的生物体被从漆黑的死亡之域中抽出时，地球的历史似乎发生了逆转。自打人类利用石油制成塑料后，每分钟就有15吨的塑料流入大海，并在那儿夺走数百万只海鸟和数以千计的鲸鱼、海龟和海豹的生命——因为塑料的碎片会通过鱼类在食物链中蜿蜒而上。而自打石油成为能源后，每分钟就有1000万升的石油在燃烧，二氧化碳在大气中越积越多，温室效应越来越显著，一切都在变得越来越热。突然间，有报道称，全世界三分之一的人口正面临着水资源短缺的问题。与此同时，冰川融化，海平面不断上升，威胁着其他的海岸。我们还得知，如今物种灭绝的速度比以往快了一千倍，地球正在第六次大灭绝的路上向前迈进。作为地球上的优势种群，我们可以看到普罗米修斯之火正离我们远去。孕育着人类文明的河岸指明了我们正前往何方。我们得到警告称，大洪水就要来了。

天渐渐黑了，海湾里的船只都点上了灯笼。在庄园里漫步时，我看到一个光点在天空中移动。那可能是如今的一颗卫星，正围绕着地球的轨道运行，它可以用来监测地球，传输声音和图像。一些乘客曾被迫登上这些卫星，比如那只待在酷热的太空舱里的狗狗宇航员莱卡。后来，成千上万的动物都乘坐卫星上了天——它们中有蛇、甲虫、蝴蝶、蟋蟀，有黄蜂、蜘蛛、苍蝇、鱼，还有青蛙、乌龟、老鼠、猿猴以及猫。研究者们想要知道，一旦地球不再适合居住，所有这些生物将如何在太空中生存。

我在厨房里找了个手电筒来照明。那个曾陪伴我出海和上岸的睡袋应该是在仓库的某个架子上。噢，原来它在仓库最里边的一个板条箱里。而当我眼角的余光瞥见有什么东西匆匆而过时，我庆幸自己打开了手电筒。那应该是某种只有等到人类安睡后才出来活动的夜间动物。

外头起风了，在那个只有三堵墙的房子里，蓝色的防水布开始随风飘动，就好像要扬帆起航一般。在我回到写作角，钻进睡袋时，我又一次想起了那艘旧教学船。这感觉就像我仍在出海途中，而在某种程度上，我也确实这么认为。从一个更宽广的视角上看，每个生命都像一条小溪，永远介于过去和未来之间。

然而，在狭窄的睡袋里翻了个身后，我的思绪还是回到了现实。我必须得这样，因为明天早上，工匠们还要上门。等到那堵倒塌的墙被换掉后，是否代表屋子实现了某种进化？毕竟，生物的进化正是经由一堵“墙”——多孔细胞壁来实现的。

也许白天的思考让我看问题的视角得到了扩展，现在我可以在脑海中将这个问题翻转过来，用另一种略微不同的方式来看待这栋房子了。这栋小旧屋与厨房的扩建部分构成了一个夹角。鉴于该夹角已有两面墙，若再加上一面墙和一个屋顶的话，它们就能构成一个新房间了。虽然新房间将只有三面墙，那也足够了。

因为我们不是正好缺少一个能看到海景的阳台吗？这样一来，相比于墙内的狭小视角，小屋将获得一个更开阔的视野。大海是其他有着不同感官、唱着不同歌曲的生物的家。那些生物与我们不同，但它们同样精彩地活着——以自己的方式。在它们之下，数以亿计的沙粒见证了消失的风景，如果说生命的历史就如马里亚纳海沟一样深，那么我们人类的历史就只是那浮在海面上的泡沫。然而，基于我们已对地球生命造成了如此巨大的威胁，我们必须尽快驶向一个新时代。难道说我们永远只有等到灾难降临，才会改变自己的行为方式吗？

在闹钟的滴答声中，我听到了风在呼啸。这呜呜的风声在诉说着关于大海里那翻腾的浪花的故事，我来自海洋，现在也依旧携带着大海的基因。

辑五

荒野的力量

与狼一般的狐狸四目相对

更换那堵烂墙需要一些时间。很显然，由于房子的各个面都是相互连接的，我们还得拆掉一块地板。此外，我们也需要在地下为新墙的插座铺设电缆。一旦电工们开始工作，他们同时可能还会将这里的线路连接到各个外屋。

刚开始时，电工们只能在一个又黑又窄的地方干活儿。在钻进地板下的狭小空隙后，他们只得俯卧着工作，他们在下面的谈话声也变得模糊不清。在这些高个儿男孩终于从板下爬出来后，他们还得爬进一米多高的泵房，为外屋安装保险丝盒。他们可能想要将电线穿过整个庄园，但这却成了整项活计中最棘手的一部分。考虑到地形因素，必须手动挖开森林里那些贫瘠的土壤，但电工小伙子们干不来这活儿。因此，他们只得勉强同意通过导管在地面铺设电缆。但后边又该由谁来把这些导管埋起来呢？我问的第一个人，在看到这块土地的那一刻就断然拒绝了。看来，这项工作在短期内是完不成了。

但是电是现代社会的标志，最终也会通到周围的小建筑中。夜晚在庄园里点上一个小灯笼是个不错的选择，因为黑暗总会使人想起某种文明之外的未知土地的遗迹。因此，附近的许多人家整夜都会留着灯，尽管那灯光遮蔽了星星。显然，人们更喜欢住在灯光明亮柔和的乡间。

我也是如此吗？这并不一定是我所向往的荒野。当谈及我与荒野的关系时，我也有些拿不定主意。作为一名作家，我追求的是使用准确和富有阐释性的文字，但我知道，发自内心的冲动会让我的文字贴近生活，这像极了卡尔·乔纳斯·洛夫·阿尔姆奎斯特（Carl Jonas Love Almquist）的故事《奥姆斯和阿里曼》（*Ormus and Ariman*）中的情节。奥姆斯是一位做事有条不紊的神，每天都在编排一切。而阿里曼则变幻莫测，每天晚上都会改变奥姆斯安排好的东西。结果一切都变得混乱、古怪却又异常美好。

即便只是作为一个概念，“荒野”一词也是模棱两可的。在人们的描述中，它有时代表着自由或荒凉，有时又与野性或暴力联系在一起。在其他语言中，还存在着一些别的联想，比如法语单词“sauvage”既可指野生动物，也可以指隐居者——鉴于野生动物通常也过着独立的生活，二者之间也许有着某种联系。

当梭罗在瓦尔登湖的岸边建造他独居的林间小屋时，他所寻求的也许正是这种距离感。那儿几乎称不上是野外，因为距离最近的城市步行即可到达，但它依然不属于社区的范围。在那儿，他可以在寂静中凝神思考，即使那时的他与野生动物没什么两样。他在那儿所发现的一切，都是通过一个他参与制作的工具记录下来的——一支专为他父亲的铅笔厂所研制的铅笔。那里的每一个人都对他离开一个蒸蒸日上的公司，而到森林里混日子感到惊讶。但实际上，与所有他花时间与之共处的动物一样，他极少虚度光阴。和小动物们一样，他每天都在独自寻找灵感，这得耗上他全部的精力。这是一种多么典型的作家生活啊。

在一位挖掘机工人含含糊糊地答应会来之后，我带着我的手稿在小屋里待了一段时间。日子一天天过去了，他一直没有来，也许是出了点状况。对于那些不可预测之事，我深有感触，因为我本人在写作时就时常会为它们所扰。实际上，有时候，这些未知的变量似乎正是导致这种复杂局面的核心原因。

和在小屋里一样，意外似乎也频频出现在园子周围。春日里，我曾在外头放了一个糖碗，用来引出厨房的蚂蚁。但某天晚上，那个糖碗神秘地消失了。我放在门外的一只陶瓷鸟和一双鞋也遭遇了同样的命运。是谁拿走了它们？虽然这地方四周没有围栏，但即使是未经界定的地方也应该得到尊重呀。之后，即便我在独处时，也总觉得好像有人在屋外走动。

一天，我看到一个陌生男子从小石丘上走过。“你好啊！”我朝他喊道，然后快步走了过去。他有些尴尬地解释说他是来拜访我的邻居的，但他不知道庄园间的地界在哪儿。他给我指了一条动物走的小径，表示他就是沿着这条小道朝前走的。“是它们先来的，”他补充道，“你，或者你的先辈，是在它们的小径上建造的这个庄园。”

当然，他说的没错。与人为划出来的地界相比，一块领地的历史更悠久，且有着完全不同的性质。在这里，空间和时间相交汇，就连地形也被打上了记忆的烙印。野生动物才是这个地方真正的主人，它们能感知这儿的每一个细节，并以此为生。

它们还是这儿的守护者。要想忽视鸟儿们宣示领地主权的嘹亮鸣声是不可能的，而且因为各具特色的鸟鸣声此起彼伏，我想这片土地应该“分属”不同的小鸟。五子雀就像活生生的运动传感器，对一切运动中的事物都有所反应，因此它们的叫声非常频繁。当然，这里也有一些四足动物。例如，我曾见过一头公鹿追着一头母鹿越过山丘。

而且，我知道我的松鼠邻居的领地感也很强。一天晚上，她曾警告我有什么东西悄悄溜过去了。当时我正坐在半完工的阳台上写作，她突然开始在附近的一棵桦树上生气地“吱吱”大叫，还甩动着尾巴。她面朝北，所以我也顺着那个方向望去，正好瞧见一条红棕色的尾巴消失在了公共用地的方向。那是一只狐狸的毛茸尾巴。

突然间，我知道是谁偷走我庄园里的东西了。狐狸自然不会区分“你的”和“我的”，它只会觉得一切有用的东西都属于它，这和我们人类的行事方式多少有些相似。进一步说，这个庄园显然是这只狐狸领地的一部分，因此我们还是邻居。

看到这一幕后，我开始满脑子都是这只狐狸。很快，我的好奇心似乎得到了回报。小屋周围的树桩和石头上出现了一些狐狸的领地标记，就像一颗颗蓝莓镶嵌其中，狐狸们似乎离这儿更近了。

由于铺电缆的人一直没来，我收拾好东西便准备离开了。在小屋度过的最后一晚，天气很暖和，我又一次坐在阳台屋檐下写作。正当我的思绪渐行渐远时，眼角的余光瞥见了某个悄悄靠近的东西。我抬头一看，笔掉到了地上。那只狐狸正穿过草地而来。它的个头很大，毛色以灰白为主，就像一匹狼，在我们四目相对时，它又朝我迈进了一步。我想，我从它半张开的嘴上看到了微笑。

那一秒，我觉得我的血压都升高了。通常情况下，野生动物不会靠近人类，相反，它们会选择避开我们。困惑之中，我抬起手想要喝退它，它却慢慢地转身走了。

凌晨时分，我终于爬上了床，这时我听到了楼下公共用地传来的狐狸叫声。这叫声既原始，又狂野。第二天早上，我在门边发现了狐狸造访的印记。

在狐狸到访过后，我更迫切地想知道什么是“荒野”了。它不仅存在于大自然中。在孩提时代，我还会将其与大西部有关的游戏联系在一起，尽管当时我并不知道为什么印第安人和白种人间会相互争斗，也不知道什么是苏族人。25年后，我与我当时的伙伴行走在拜访他们的路上——我们想写一本有关美国印第安人的纪实故事集。

自从19世纪美国进入殖民时期以来，许多事情都发生了变化。那时，密西西比河以西的土地还叫作大西部。在该地区被并入美国的版图之前，大批的移民涌入，将其视为有待征服的大荒原。而当这块土地在19世纪90年代成为美国的一部分后，西部大开发时代结束了。该时代终结的标志就是美国军队在伤膝河对印第安人的大屠杀。

印第安人认为土地就像空气，是属于所有人的——不能被任何人据为己有。长期以来，苏族的奥格拉拉部族在大草原上自由地穿梭，那里有大群的野牛为他们提供食物和制帐篷与衣物用的牛皮。因此，野牛被他们认为是世界的一个重要组成部分。然而，19世纪时，一条条边界线和铁路出现在了大草原上，将印第安人生活的土地拆得四分五裂。在短短几年内，600万头野牛死于士兵、铁路工人和白人猎户之手。印第安人不再被允许居住在宽广的大草原上，相反，政府将他们安置在那些难以耕种的土壤贫瘠区。后来，在人们发现这些地区出产矿石后，关于这些地区作为他们的保留地的规定又不作数了。

美国印第安人保留地背后的故事并非个例。自哥伦布时代以来，白人殖民者征服了各种土著文明，类似的事情在世界各地轮番上演，瑞典的萨米人就有过相似的遭遇。不同的是，这在当地没有成为一种主流。

20世纪70年代时，美国新一代的印第安人开始反抗——他们所抗议的是印第安人在历史上所遭遇的不公和腐朽的印第安事务局。示威过程中，奥格拉拉人占领了伤膝河，也就是当年印第安人大屠杀的发生地，后来他们又转移到了松树岭印第安人保留地。那正是我和我的作家伙伴所要前往的地方。

我们在当地巴士的终点站下了车。正当我们准备走着去保留地时，巴士司机警告我们说："小心点。那些印第安人不喜欢外来者，在保护地的边缘就发生过枪战。"我们放下背包，疑惑地对视了一眼：这会是一场大西部的复兴吗？不过那些违法行为似乎大多发生在保留地之外，因此我们选择继续前进。

我们到达的时候，正值奥格拉拉人要召开全体大会，那些接待我们的人都满脸狐疑：我们是谁？人类学家吗？接受入境检查时，我们还受到了一段持续时间较长的、探究般的注视。接着我们就被放行了。我们甚至赢得了他们的友谊，随着友谊逐步加深，一天晚上我们还被邀请去参加他们的宗教仪式。

举行仪式的地点与那些装饰华丽的教堂形成了鲜明的对比。那是一个普普通通的房间，只是百叶窗被拉下了，因为当时印第安人的宗教仍然遭到许多反对。每个人都围着一盘沙子坐在地板上。沙盘代表着地球。沙盘里放着一包包用带子系起来的烟草，带子的颜色代表着几个主要方向——东西南北、天空和大地。祭坛上本应还有神圣的野牛肉，但人们不得不用草原狗肉来代替。

房间狭小，但这并不重要，因为地球上所有的生命都是在黑暗中相连的。灯光熄灭后，萨满的鼓声响了几分钟，接着传来了吟唱的声音。他们为“所有的关系”而祈祷，并不特指哪一个部落。奥格拉拉人的祖先以野牛、驼鹿和鹰为名，因为他们早在达尔文之前就已参悟了他们与地球上其他生物的关系。祈祷者们带着同样的敬意，盘点着他们日常所食的动物。时间仿佛慢了下来，屋内的墙仿佛在慢慢延伸，直至足以容下这个大家庭，草原又一次宽广而开阔了起来。很快，我的腿就失去了知觉，而我却感觉在一个完整而无垠的世界里漫游。因为在黑暗中，我意识到了像“完整”和“神圣”这样的词有着共同的根源。我产生了一个绝妙的想法：世间万物都是紧密相连的，且都有着同样的价值。

接着，鼠尾草的香气在空气中弥漫开来，一盆“圣水”在人们中间传递，每个人都要喝上一点。然后到了该抽“圣烟”的时候。圣烟斗也传到了我这里，我接过它。烟雾缭绕中，我想象着这个烟嘴是如何在黑暗中被所有祈祷者的唇一一触碰的。我现在也成了他们中的一员，我们是在为所有生命而祈祷吗?

在很长的一段时间内，奥格拉拉人的这场仪式都在我的心里挥之不去。它是某种比异域记忆更深刻的东西，源于一种由许多印第安文化所共有的精神。例如，在加利福尼亚皮特河的印第安人中流传着一个故事，说的是在一次长途迁徙中，父亲贝尔、母亲安特洛普、儿子福克斯和女儿奎尔遇见了一个又一个来自他们大家庭的人，这些人也以动物为名。其中一位是老巫医考约特爷爷，他在淘气的福克斯身上看到了接班人的影子。

在印第安人的传说中，考约特通常是一位魔术师，游离在规则世界之外。他就像是纸牌游戏中的大小王一样，能出其不意地改变生活的规则，但他并不邪恶。在印第安神话中，世界不是由任何威严、复仇心盛的神明创造的，而是由那些体现了野外神秘特质的动物创造的。在那里，狐狸也可被视为魔术师，而在一些部落里，狐狸还是人们崇拜的对象。梭罗就深知这一点。在他看来，狐狸就和美国的原住民一样，代表着一种比白人社会更自然的生活方式。同时，这也很好地证明了狐狸还保留着那种不被驯化的自由。

雪地上的串串足迹

那年秋天，我离开了我的庄园，任其自然发展。第二年1月，当一股寒流袭来时，我突然想知道我的小屋和那些动物邻居们怎么样了。于是，我带上一袋鸟食，踏上了回去的路。

在庄园里，我看到了雪地上绣着的一串串足迹。在小松鼠轻盈的足迹中混杂着的是狐狸的脚印和狍子张开的蹄印。像鸟兽的粪便和它们啃过的树枝一样，它们留下的印迹也是我们可以解读的标记，因此，现在我对某段不远的过去充满了好奇。我曾读到过，当狍子们突然改变行进路线时，它们的偶蹄会产生一种分泌物。这是狍子在发现某物时警告同类的一种方式。在地上这些相互混杂的足迹中，是否隐藏着一些气味信息呢？

当然，尽管我在下雪前并没看见它们，但这庄园里肯定一年四季到处都有它们的足迹。老鼠们一定在地下挖了许多地道，其中显然还有一条通往我的小屋，因为我在水槽下发现了颗颗老鼠粪便。这些粪便被集中在一个角落，旁边可能是一块被老鼠当作床垫的破布，可见它们的厕所和床铺整齐地分开了。要是老鼠们在厨房的旧海绵旁找到了什么食物，我相信它们也会在那儿安营扎寨。在我第一位长期合作的伙伴的家里，就曾有老鼠将糖块收集在沙发里。有一次，我在储藏室里遇见了一只眼睛大大的老鼠，它刚刚享用完一小块戈贡佐拉干酪，准备开始一天的运糖工作。它十分可爱，但打那之后，厨房里就多了一个“仁慈”的捕鼠器。

由于老鼠必须不停地进食，它们需要附近总有食物。这也正是它们会被储备充足的房子和粮仓吸引的原因，尽管这种习惯导致它们并不受人类待见。我想到一个故事，讲述了七万只老鼠是如何在一天之内被杀死在一个粮仓中的——这很好地印证了人类对老鼠的态度。

然而，我们哺乳动物的祖先就曾是一些类似于老鼠的生物。此外，我们还有80%的基因和某些特征与老鼠相同。例如，老鼠极其喜欢社交，除了用超声波进行交流，它们还能熟练地通过表情和气味来读懂彼此的感受。在一场可怕的实验中，当一群小鼠看到另一群小鼠遭受痛苦时，它们明显表露出了一种同情。

当然，我们人类既感知不到这些超声波，也察觉不了它们微妙的表情变化，但是据说当老鼠的声音频率被降低到人耳可以听到的范围时，听起来就像是鸟叫声。和鸟儿一样，雄鼠也会通过歌声来打动雌鼠，且据说一对老鼠可以一起唱出较为复杂的二重奏。显然，这种歌唱能力是与生俱来的，因为它是由一种叫作“Foxp2”的基因控制的，而这种基因也藏于鸟类和人类之中。当这种语言基因发生突变时，雄鼠所唱的歌曲就会简单得多，完全吸引不了雌鼠。

曾经我就住在这样一个小世界附近。小时候我和姐姐一起养了一对日本华尔兹小鼠。我们几乎把它们当作家人，为了确保它们过得舒适自在，一个熟人帮我们用硬纸板给它们做了一个小鼠屋。要是将小鼠屋的屋顶移开，你就会发现里边是多么井井有条，所有的报纸都被它们咬成了我们无法理解的象形文字的形状。同样，我相信它们也搞不懂我们。也许在它们眼里，我们就是一群可怕的主人，随时都可能伸手将它们从仓鼠轮子上拉下来。不过，我还是试着用食指轻抚它们的软毛，以传递我的温情。

我印象最深的是，有一天，当我想像往常一样瞧瞧鼠屋内的情况时，却发现屋顶很难移开，无论我怎么使劲，都好像被什么东西挡住了。原来，是一只老鼠的脖子卡在了硬纸板墙和屋顶之间。当我把这只奄奄一息的小鼠放在手心里时，它的皮毛上陆续出现了一些火山口状的小坑，看上去就像是梵高在生命后期画的那些旋转的星星——那是我滴落的泪珠使它的鼠毛打了几个旋儿。老鼠和人类之间总有着一种复杂的关系。

当然，日本华尔兹小鼠与田鼠的命运截然不同。华尔兹小鼠既可能成为孩子的宠物，也可能变成研究人员的实验动物。田鼠则过着自由自在的生活；但另一方面，田鼠也可能被像狐狸这样的天敌吃掉，因此它们的生活也是危机四伏的。我在桦树上装了一个种子喂食器，种子会从机器中溢出来并撒落在地，我想小鼠们值得这样的奖赏。

小屋里很冷，我熬了一点汤喝下之后，便钻进了被窝。读了一会儿书后，我关了灯，聆听着寂静，或者也许只是我认为的寂静。外面的世界可能正热闹呢，而我都与它们擦肩而过了。

午夜时分，我被一声尖叫吵醒了。声音似乎来自公共用地，听起来狂野极了。接着又是一阵阵呜咽声。我从床上坐起来：外头的黑暗中发生了什么？很显然，一些好戏正在上演，而其中的一出戏中，不同的生命纠缠在了一起，生死攸关。这次又是谁和谁起了冲突？狐狸大概也在其中吧，但还有谁呢？待一切重归寂静后，一种不确定感笼罩了我，我的想象力大增，脑海里涌现出一幕幕骇人的画面。

狐狸的生存智慧

回到斯德哥尔摩后，我开始阅读更多有关狐狸的书籍。如果我能更好地了解它们，也许我还能窥见野外的某些隐秘。然而，实际上，在阅读过程中，最先触动我的是我们人类看待它们的方式。无论是在各种童话、寓言和神话中，还是在《圣经》的《雅歌》里，狐狸都遭到了诽谤，这就促使人们去捕捉它们，捕捉那些破坏了葡萄园的坏蛋。人们常常用“狡猾”一词来形容狐狸，就连原本赞赏智慧的亚里士多德也不例外。这是为什么呢？“狡猾”一词里暗含着些许偷偷摸摸的意味，可狐狸从未试图掩盖它们是为食物而来的事实呀！显然，人类最鄙弃的是它们那种不受控制的、桀骜不驯的精神。

当然，狐狸需要用智慧来战胜我们，不然它们如何生存下来？人类无数次的猎狐行动教会了它们给自己的巢穴设置多个出口，以及通过走回头路或跳入水中来迷惑追捕者。

人类的追捕也许还锻炼了它们寻找逃生路线的能力。无论如何，从贫瘠的沙漠到高高的山顶，如今世界上到处都有它们的踪迹。

在很多情况下，狐狸的体型都是一种优势。在面对各式障碍物时，它们既可以钻个洞从地底下通行，也可以直接从上方爬过去；而在崎岖不平的地形上，它们爪子上的须又可以作为传感器。在狩猎过程中，它们狭长的身子使它们既能跑得又快又远，又能匍匐前进以给猎物突然一击。它们经常运用一种被称为“鼠扑”的动作来捕捉啮齿类动物，即先俯卧在地，聆听几秒周围的动静，接着跃起一米高到半空中——借助尾巴这个方向舵，它们差不多总能落到猎物身上。如果狐狸面朝北，它们似乎还能运用地球的磁场绘制出一条精确的路线。

不过，狐狸最大的优势似乎在于它们的灵活性。它们的日常饮食被人们贴上了“投机取巧”的标签。这听上去也是靠不住的。为什么不将这看成一种适应各种变化的创造性活动呢？狐狸们当然垂涎着肥美的母鸡，但母鸡可不是它们的日常食物。狐狸必须自己把握好机会，并将多余的食物贮藏起来，以备日后所需。实际上，狐狸的主要食物来源是小型啮齿类动物，而当这类动物稀缺时，地上总有蠕虫、昆虫、各类尸体、蛋、地栖鸟类、蓝莓和黑莓供它们食用。在紧急情况下，就连蘑菇、树根和某些草类也可供它们果腹，因为狐狸有着杂食类动物的牙齿。

狐狸们极强的适应能力为它们带来了诸多好处。狼需要广阔的领地来组队狩猎，当人类的定居点侵占了它们的地盘时，它们便只能离开了。对于狐狸而言，这是一种双重胜利，因为它们不仅摆脱了先到此处的狼，还在人类的房屋间找到了许多机会。一般来说，好几平方千米的松树林才能为一只狐狸提供充足的食物，但在城市居民区，它们能轻松过上奢华的生活。由于人类会扔掉大把大把的食物，对它们而言，一个个垃圾桶就宛如一座座金矿。在郊区的小院里还有各种堆肥、水果和浆果，且那里的杀虫剂可比乡下的要少。还有一个额外的好处，人口密集区是严禁打猎的，而且城里的居民也不像乡下人那般厌恶狐狸。

在20世纪30年代的城市化进程中，人们注意到一些狐狸开始迁入英国的一些城市。到了20世纪末，已经有数十万只狐狸在欧洲的城市里安了家。由于到处都是人类活动的地方，只有零星的荒野之地可供它们生存，许多野生动物学会了在人类聚居地的阴暗角落中求生存。在城市的郊区里，狍子、野兔、驼鹿、海狸和野猪越来越常见，以至北半球一半的野生物种在人口密集区都能被发现。

这并不是说这些动物正在挤走我们。一千年前，在地球上所有哺乳动物中，我们人类和我们的家畜只占了2%，但这一比例最终被逆转了。由于人口数量每隔一段时间就翻一番，现如今，这一比例已经超过了90%。除了人类之外，数十亿头牛和猪，以及五亿条狗和五亿只猫占了其中的大头。

但另一方面，兽中之王狮子的数量已不到两万头了——在很短的时间内，几乎一半的野生动物都消失了。

因此，在世界野生动物基金会的支持下，有人发起了一场名为“再野生化”的运动，希望帮助欧洲的部分地区再度野生化。鱼儿要更加自在地在我们的水道中漫游，而野生动物能在先前的农业用地上开疆拓土。实际上，每平方千米的城市用地都应配有一个比其大一百倍的自然区域，以供人们种植粮食和处理垃圾。因此，为自然预留更多的空间，符合每个人的利益。

这些我都懂。可我个人要如何给野生生物腾出空间呢？狐狸可以被看成一种更自由的狗吗？只要能在自己的领地上平静地生活，它们真的别无所求了。也许它们还能成为一种向导？因为它们一定对自己自如生活的自然环境非常熟悉，而且在它们抓住每一个生存机会之前，似乎就已预见到了机会的存在。

4月里，我又回到了小屋。这一次，我的心里隐隐有一股躁动，一股独属于春日的、最好能由大自然来疗愈的躁动。挖掘机工人也有可能会来。我打算边等他，边去露天仓库里干点活儿，整理整理我母亲和小屋前主人留下的物品。

当然，我也看到了三面墙与四面墙的房子之间的区别。在这个库房里，许多生物似乎都觉得自己颇受欢迎。在一个橱柜的顶上有一个鸟巢，里头已经被洗劫一空了，而妈妈的旧沙发扶手里的填充物也被抓了出来。我怀疑这两件事都是猫干的。但当我把倚在墙上的相框移开时，我在它后面发现了六颗小粪便。这就是猫对整洁的理解吗？

为了防止沙发遭到进一步破坏，我在上面放了个折叠式太阳椅，作为我对领地的愤怒宣告。然而，第二天我回来时，不可思议的一幕映入了我的眼帘——在那张太阳椅上出现了另一个领地标记，代表了一种同样愤怒的回应。它很臭，而且是棕色的。

我盯着这坨小小的黄铜色粪便，目瞪口呆。这实在是太过分了！不过这意味着什么呢？这是一只狐狸的领地标记。这间库房是要被一只猫和一只狐狸“瓜分”了吗？

一番思索过后，我发现，狐狸和猫之间的确存在着某些共同点。它们都是独立行动的夜间猎手，都有着敏感的胡须、粗糙的舌头和能在微弱的光线下看清东西的垂直瞳孔。它们都能踮起脚尖潜行，都能弓起背。在坐着或者睡觉时，它们都喜欢蜷在尾巴里。它们也都会用爪子抓鱼，玩弄抓到的老鼠。同样，它们都擅长攀爬——灰狐甚至能像猫一样缩回自己的爪子，以保持它们的锋利。尽管狐狸是犬科动物，但它们已经适应了一个和猫相似的生态位。

然而，狐狸和猫的生活境遇却完全不同。猫是最早被人类因寻求消遣而接纳的动物。虽然猫会抓老鼠，但它们却不能像狗那样狩猎、看门或者牧羊，且它们总保留着一些野性。在室内，它们可能会扯出家具里的填充物，而到了室外，它们则会杀死数以万计的鸟儿。可即便如此，我们还是会欣然原谅猫所做的一切。在夜间狩猎结束后，它们还能在枕头上或是在我们的大腿上放松，并享用各种美味佳肴。

虽然狐狸也抓老鼠，但它们所受的待遇可就截然不同了。英国那些专门为猎狐行动训练的犬就说明了这对狐狸来说是多么不公平。我憎恶所有的狩猎活动。它们是扇在英国支持弱者的优良传统上的一记耳光。如果狐狸是弱者，我将会支持它们。

但这只狐狸真的是在考验我的耐心。从仓库里出来时，我看到了某样先前被我忽略了的东西。在木工棚和小山之间长着一棵老松树，在严寒的冬季，它不得不平行于地面生长。在它水平的树干上长有一些青苔，甚至还有一棵小云杉。在这异常奇特的组合之下，松树的根部交错在一起。而在根部的中间，我发现了一个大洞。

这是一个典型的狐狸窝。通常情况下，狐狸们都会选择生长在斜坡上的树下打洞，更何况在这里，木工棚底下的槽隙还为它们额外提供了一个备用出口。此外，仓库里的所有宝贝就在附近，所以这个位置一定为这只狐狸带来了诸多好处。

但对我来说，狐狸在这儿打洞是再糟糕不过了。这个巢穴不仅会动摇松树的根基，而且就在木工棚的门口，没人希望在进出木工棚、用着各种称手工具时，有野生动物出现在脚边。的确，我一直期待着一台挖掘机的到来，但绝不是这样一台“挖掘机”！当然，我的庄园并不是不允许狐狸造访，但它就不能待得稍微远一点吗？现在，我得趁着那只狐狸晚上外出觅食时，将这个洞口堵住。考虑到洞里还有别的出口，所以它没有被困在里面的危险。

等我回来计划这场驱逐行动时，天已经黑了下来。远远地，我瞧见仓库周围有什么东西在动。那是猫还是狐狸呢？但当我靠近时，我看到的只是两个朝着相反方向奔去的小黑团。它们一个消失在棚屋角落，一个窜进了窝里。原来，它们是两只狐狸幼崽。

这次相遇引发了它们两种不同的反应。一只幼崽好奇地从窝里往外张望，而另一只则焦急地待在它的藏身之所。我自己也向小屋退去，因为我刚刚的反应就和狐狸一样疯狂。

被驯服的过程

在故事《小王子》中，作者安东尼·德·圣–埃克苏佩里借由一只狐狸阐明了友谊的诞生。首先任何一方都不能发号施令，然后慢慢地，他们将赢得彼此的信任。如果王子每天都坐得更近一点，那么狐狸就会慢慢被驯服。

很显然，人类和狐狸之间的友谊并非闻所未闻。21世纪初，有人在中东发现了一座一万六千年前的古墓，墓主就躺在一只狐狸的旁边。对此，考古学家们大吃一惊。这比那些人狗合葬的坟墓还要早四千年。在那之前，狐狸对人类就已如此重要了吗？重要到足以成为人类死后的伙伴？这会不会是因为那时的我们就和狐狸一样野蛮，还过着狩猎和采集的生活？

我对驯化小屋里的狐狸毫无兴趣。在我发现一些邻居会给它喂食后，我终于明白它为什么不怕人了，但我还是不想给它投喂，也不想给它起名字。我感兴趣的是狐狸的独立性。它从来不想为自己寻找主人，它只是想遵循自己的意愿以及生命的法则而生活。

几百万年前，犬科动物分化成了类似狼的犬属动物和类似狐的狐属动物。人类驯养的狗就起源于犬属动物。当一些狼被人类居住地附近吃剩的东西吸引时，驯化可能就开始了。那些胆大的狼得到了更多的食物，并因此产下了更多的幼崽。与此同时，它们开始视人类为一种资源，这也为它们的后代被驯化埋下了伏笔。由于狼是群居动物，遵循着头狼永远不会受到挑战的严格等级制度，所以即便是人类也可以成为一匹狼的领袖。这样一来，各种类型的犬科动物品种便接连出现了。每一个品种，无论是圣伯纳德犬、贵宾犬、猎犬，或是看门犬、侦探犬、牧羊犬，还是体型最小的哈巴狗，都有着狼的基因。

另一方面，狐狸则主要靠小型啮齿类动物生存，这些动物无法被成群捕猎，所以即便是一只细心的狐狸，所能找到的丁点食物也根本养不活一个大家庭。这是否意味着狐狸不能被驯服？20世纪50年代，俄罗斯研究员德米特里·贝利亚耶夫（Dmitry Belyayev）提出了这个问题，并在随后进行了一项实验。他想知道，对狼的驯化是否适用于西伯利亚银狐。

这项实验是在一个毛皮兽场中进行的，在那儿，数千只银狐被关在金属畜棚的笼子中，棚中回响不绝。毫无疑问，这些动物都充满了攻击性；人类若想接近它们，就得先戴上一厘米厚的防护手套。贝利亚耶夫的计划是让他的助手卢德米拉·特鲁特（Lyudmila Trut）先帮助那些攻击性最弱的狐狸相互繁殖，再从它们的后代中选出最温和的个体，进行新一轮繁殖。由于这种交配是为了筛选出有驯养狗的某些特征的狐狸，变化很快就出现了。

在极短的时间内，银狐们的心理就发生了变化。在繁衍了六代后，幼狐们每次见到卢德米拉都会摇动尾巴，甚至会舔她的手，或是躺下任她抓挠。繁衍到第八代时，它们不仅会像小狗一样信任人类，和人类嬉笑玩闹，还拥有了一些狗的外部特征。它们的鼻子变钝了，耳朵有些下垂，就连尾巴也有了弧度。

在激素水平上，狐狸间也存在着差异。用于实验的狐狸，其血液中的血清素水平要高于那些对照组中未经驯化的狐狸，这表明前者的攻击性有所降低。后来，一个令人略感不适的实验证明，这些变化存在于遗传层面。在该实验中，一批温顺的母狐的腹中胎儿被移入另一批富有攻击性的母狐腹中。而幼崽们一出生就会去寻找人类，尽管它们的“养母”会因此而惩罚它们。

接着，研究者们想知道，那些最温和的幼崽们能否适应与卢德米拉在一起的生活。这可比培养狐狸的信任感更进一步。如果实验成功的话，就表明人类在真正意义上驯化了它们［“驯化”（demestication）一词来源于拉丁文 domus，意思是“房子”，只适用于那些被人类圈养于屋中或栅栏内的动物］。起初，那只被带到卢德米拉家中的狐崽并不想过上被圈养的生活。与兄弟姊妹们分开后，它被关进了一间房子，这令它失去了生存的欲望，并拒绝进食。但最终它还是屈服了，还跑到女主人的床上去做窝。

就这样，人类通过选择性繁殖将银狐驯服了。后来，它们被以每只1000美元的高价出售，因为很多人认为能养上这么一只特别的宠物是件很刺激的事。狐狸们被训练得在听到指令后会坐起来，愿意接受沐浴并被吹风机吹干毛发。它们也学会了一边躺下任人抓挠，一边呜呜叫唤和摇动尾巴。但它们与被驯服的狗之间仍有一些不同。它们依然是那么独立，独立到人类有点难以驾驭它们。

家养的狐狸是否比它们的祖先更快乐呢？由于它们可以永远过着小狗般的生活，再也不需要肩负起生活的重任了，那些因自由而带来的危险也不复存在了。但或许它们也失去了一些别的东西。

我曾见过一只狐狸径直穿过一个广场。一路上它都拖着身子，匍匐前进，试图避开所有好奇的目光。它还保留着那种野外生存时的羞怯。我也曾看过一部电影，在片中，家狐们在客厅里相互追逐，好似一群多动的孩子，显然自由并不是生活在室内的它们唯一缺少的东西。在室内，它们既失去了各种挑战，又失去了在森林生存时所面临的各色刺激。人类可以通过运动、游戏和其他一些安全的活动来丰富生活，但无聊的感觉对野生动物而言是陌生的，因为它们的生活总是危机四伏，它们会为了生存而拼尽全力。与此同时，人们花在为宠物买抗抑郁药物上的钱也越来越多了。

狐狸耐心养育幼崽

在与两只幼狐相遇后，我立即改变了对木工棚旁的狐狸洞的看法。现在，展现在我眼前的是一部家族传奇的高潮部分。狐狸们会在冬天交配，这样它们的幼崽们就可能在春日里诞生。即便是早已结对的狐狸夫妇，也会以玩闹似的邀约来取悦配偶。雌狐会通过躺在地上，或用屁股轻推雄狐来挑逗雄狐，但片刻之后又假装不让他接近。待她最终做好准备后，两只狐狸将在很长一段时间内形影不离。它们交配时的叫声实在太大，大到人类还以为它们是在发动袭击。因此我在1月那晚所听到的实际上是狐狸交配时的狂野叫声，当我的脑海里还上演着一部恐怖剧时，它们可能已经甜蜜地缩成了一团。

幼狐出生后，狐狸夫妇需要外出狩猎并分担育儿的责任，但即便如此，它们也还是会黏在一起。雌狐需要准备一个小窝，在那里产下幼崽，然后陪伴着它们，因为小狐狸们的生活里满是危险。由于狐狸幼崽得依靠母亲的奶水、温暖和保护来生存，所以雄狐还得为雌狐猎来食物，但她却不允许他进入窝中。要是他出现得晚了，雌狐还可能会对他大喊大叫，所以他的日子也不好过。

换句话说，狐狸一家需要它们的小窝，所以我不会再赶它们走了。它们也将暂时不被打扰，因为挖掘机工人仍然不会来——但这次我心存感激。而我也将回斯德哥尔摩待上一阵子，离我下次回庄园还有一段时间。

但我要尽可能地小心行事。据说，狐狸能在30米外听到时钟的滴答声，因此晚上我一直透过窗户来观察狐狸一家。在柔和的春光中，松树间的泥炭藓散发出淡淡的光芒，一种催人冥想的氛围笼罩着我。我一只狐狸也没瞧见，但它们生活的自然环境却深深地印在了我的心头。难道说，一睹自然的风貌就和读诗一般，都会将自己置于某种意外之喜中吗？想着想着，我渐渐地进入了梦乡。

黎明时分，我在一阵“砰砰”声中醒来。我向窗外望去，只见一只狍子正在撕扯红醋栗灌木上的叶子，弄得枝桠直往墙上撞。我偷偷地溜到了屋外的台阶上，突然浑身一僵——在我面前立着的是一只狐狸，它正在桦树上寻找鸟儿，并没有注意到我和狍子。

这一幕让人完全摸不着头脑。自然，飞行中的鸟儿可不会轻易被抓到，况且我还以为狐狸是一种灰白色的大型生物。而这只狐狸又小又红。在通常情况下，公狐的体型要比母狐大，但它居然还是只公狐，这完全颠覆了我的想象。如果说有什么生物挑战了人类对规整分类的渴望，那一定就是狐狸了。它们有时像猫，有时又像狗，总是令人捉摸不透。

现在事实证明，它们会在某些意想不到的时刻出现，以喂饱众多嗷嗷待哺的幼崽。果然，下午时分，我看到母狐狸在山上打猎。她的精神高度集中，这使我有理由相信她是位成功的猎手——她的每一个动作都完美地衔接在一起，就好像对眼前的一切都能手到擒来。我曾在马路边目睹过类似的情形，那时一只狍子高高跃起，从铁栅栏拉紧的铁丝上跨过。它在瞬间就算出了身子所需跨越的距离。在野外，每一个瞬间的背后似乎都包含了千千万万个世界。

是的，狐狸幼崽们要学习的东西很多，而且它们也可能早就以自己的方式开始了。一天，我溜进木工棚，想拿一把螺丝刀，却听见它们在槽隙里吵吵嚷嚷，并四处拖动着什么。站在摆放整齐的各色工具之间，我的脚下正开展着一种别样的生活。在嬉闹之中，它们探索着这个世界的诸多可能性。

这间露天仓库似乎也变成了它们的游戏室，因为里头的几根绳子似乎成了它们拔河的工具——除非这几只幼崽只是想看看它们到底有多长。很快，它们又跑到离巢穴更远的地方探险去了。直到某天晚上，我才在小屋下方的槽隙里再次听到它们的声音。在那之后不久，我又看见它们在窗户外边玩耍。

起初，那儿只有两只幼崽。人们认为，一窝狐崽的数量是与来年春天田鼠的数量相匹配的，尽管我并不知道狐狸如何预测这一切。不过，或许今年狐狸对田鼠数量的预期并不是太糟，因为第三只幼崽很快就出现了。兄弟姊妹们一起对着甲虫练习扑鼠，一起在草地上四下搜寻，就好像有宝藏在什么地方等着它们一般。它们有时会用鼻子嗅闻某物，有时又在吃着什么。我想，那是蠕虫吧。据说，狐狸幼崽在多雨的地区生长得最快，因为那儿经常有蚯蚓从地底下钻出来。

但它们的活动并不限于用嘴吃东西，或是相互之间的抓咬，它们还会向彼此张开大嘴，就好像要说些什么——或许这也正是它们说话的方式。除了放平耳朵和弯曲尾巴，半张着嘴据说也是狐狸发出游戏邀请的一种信号。

狐狸间的等级制度可能与它们的性格特征有关。喜欢待在窝里的可能是一只小雌狐，因为小雌狐们有时会和母亲待在一起，帮忙照顾新生的弟弟妹妹；以后它们就可以自己接管这片领地了。不过眼前的情形是，狐狸爸爸通常会在远处看着幼崽们玩耍，而狐狸妈妈外出觅食。她在这个家里是一个更娴熟的猎手吗？下一次我再瞧见这一家子时，她正在给幼崽们上狩猎课。首先，她领着它们到堆肥处玩耍，幼崽们就紧紧地跟在她身后。她一停下来，一只幼崽就向她跳了过去，她再一转身，便把它转到了自己的背上。

这一切是如此可爱！然而，最独立的幼崽想要独自探索这个世界，所以我很好奇这堂狩猎课将要如何进行。

狐狸妈妈非常有耐心，或许她对幼崽们的教导也是令它们信服的。在生物学家辨别出的40种狐声中，有几种声音独属于狐狸妈妈：在狐窝中，狐狸们会柔声细语地相互交谈，并发出一种“咕噜咕噜”的声音；母狐们还会轻柔地“咪咪”叫唤，将幼崽们从洞里唤出来；但若她们发出的是一种低沉的咳嗽声，就是在表达某种警告了，狐崽们听见了就会连忙跑回洞里。人们还发现，狐狸们对不同个体的呼唤也有所不同，就像它们各有各的名字一样，被叫的狐狸也会做出相应的回应。

所以，狐狸的语言听上去像什么呢？就和人类的语言一样难以描述。狐狸有时会像狍子一样吠叫，有时会像猫头鹰一样鸣叫，有时又会像田鸫一样“喳喳”叫，而它们幼崽的叫声则像海鸟的“唧唧”声。狐狸的语言似乎集齐了所有野外的声音，超出任何单一言语的描述。

喜欢独处、胆小又勇敢的獾

不过，我与狐狸一家的“邻里情”并没有持续下去。我请了一位年轻的园丁到庄园来种些东西，他也英勇地承担起了铺电缆的任务。于是，狐狸一家搬去了另一个更清静的地方。它们的新家很可能就在山的另一头，因为后来我在那儿瞧见了幼崽们嬉戏的身影。不过，直到某天晚上，我看到狐狸妈妈叼着一只松鼠崽子匆匆而过时，我才意识到这个庄园依旧是她的猎场。在那之后，我用一些结实的原木将原来的狐狸洞口堵住了。

但那个被堵住了的洞口还在吸引着新的生命。一天，我发现那些堵在洞口的木头被分成块状，扔在了一边，而松树的四周也散落着洞里的某种东西。它们又软又白。这是那只新手狐狸妈妈从她的腹部拔下来的一些毛，曾用来铺在洞中垫着她的乳头和幼崽。现在捡起这些毛时，我仍能感觉到其中包含的种种柔情。一般而言，地洞里的土壤又潮湿又阴冷，但这儿却在绒毛的覆盖下变得暖意十足。也许，洞里除了狐狸毛这一天然保温材料外，还混杂着一些仓库里垫子的填充物。

在狐狸搬走后，这儿都发生了些什么？洞里的绒毛里夹杂着许多昆虫残肢，它们似乎来自蜜蜂。所以很显然，这个洞穴曾被熊蜂占领过，它们似乎很喜欢那些绒毛。但又是谁把那些木头撬出来，又把洞里的东西挖了出来呢？一定是有谁想要接近那个熊蜂巢吧！是谁既喜欢蜂蜜，又能忍受熊蜂防卫时的蜇咬呢？是的，是獾。

我应该一早就认出这些迹象的。在地里安了家、留下一堆吃剩的蜗牛壳的并不是狐狸。当然，狐狸和獾都以地下生物为食，但它们却有着截然不同的个性和习性。獾不似狐狸那般身手敏捷，所以它们得靠细致来弥补。它们会像挖洞一般去掘出啮齿类动物；夜间觅食时，它们会把眼睛凑近来仔细搜寻，而它们的鼻子则像金属探测器一般来回嗅闻。它们啜食蠕虫时快乐的样子像极了人类在吃意大利面。但它们也会吃其他各色食物，包括黏稠的蜗牛、有毒的蟾蜍，还有暴躁的黄蜂和熊蜂。

从书上提到的信息来看，我对獾的生活方式隐隐有些熟悉。作为某个夏季广播节目的演讲嘉宾，我甚至还播放过它们交配时的欢快声音。獾和狐狸一样，也是运用各式声音来进行交流的——它们能根据不同的场合，发出“咯咯”声、“咕噜”声、“吱吱”声、吼叫声、低吠声、响鼻声、“嘶嘶”

声、尖叫声或呜咽声。它们还能像猫一样对自己的孩子发出“呼噜”声，像鸣禽一样啁啾，或是像鸽子一般“咕咕”叫。一只受到惊吓或是受了伤的獾还会“吱吱”尖叫、大声嚎叫，或是发出悲惨的哀号。

尽管獾的表达方式丰富多样，但它们的天性是爱独处。与狐狸一样，獾也喜欢独自寻找食物。若是几只獾不慎相遇了，它们通常要么不理对方，要么发点牢骚。然后优势个体之间很快就会爆发冲突，雄獾会相互撕咬对方的屁股，而雌獾则冲着对方的脸而去。但它们还是倔强地生活在一起，毕竟，共用一个洞穴还是有诸多好处的。

我知道本地的獾窝在哪儿。它就在公路旁的一堆落石里。在那附近的野玫瑰丛里，我曾听到过一种咆哮般的“嘶嘶”声——这可不是我们平时会在玫瑰丛听到的声音。但那声音似乎表明，它们并不欢迎我前去查探。

据说，在这个巢穴（或者叫獾穴）里住着八只獾，所以它是一个中等大小的巢穴。一些獾穴的历史可以长达数百年，里头拥有多达四十个地下室，各个地下室之间通过隧道相连。只有到了需要相互取暖的冬眠时节，它们才会共享居所。而在其他更为暖和的时候，它们只想拥有一点私人空间——就像在多户住宅中一样。与狐狸的简易巢穴相比，獾穴的巢穴可谓宏伟壮观。

肯尼斯·格雷厄姆（Kenneth Grahame）在《柳林风声》（*The Wind in the Willows*）中所描绘的那个富裕的獾穴肯定是

个舒适的家。善良的獾先生可以邀请它的朋友老鼠和鼹鼠享用丰盛的晚餐，并为它们提供舒适的客床。若是沿着屋内的一条走廊走下去，它们还能到达一间生着舒适炉火的客厅。但实际上，这本儿童读物中所描述的獾们所过的田园生活与它们在野外的真实生活并不十分相符。

诚然，獾穴里具备一定的舒适度是必要的，因为獾一生中有四分之三的时间都将在那儿度过。不过，洞里并没有舒适的炉火，取而代之的是一些铺在冰冷穴壁上的苔藓和叶子。据说它们有时还会用捡来的麻袋做墙纸。由于土壤容易滋生细菌，所以每隔一段时间，它们都要更换卧室和床铺用草。冬季结束时，它们还会进行一场大扫除，地位最高的獾负责卷起几公斤的草，而其余的獾则需要清理洞里的食物残渣。接着，它们会用新鲜的草类和蕨类把地板铺好，要是还有点芳香的木蒜就更好了，因为木蒜能帮它们控制害虫的数量。如果某只獾在冬日里不幸去世了，它的同伴们就会迅速在其周围立起一道土墙，作为它的坟墓。至于公共厕所，位置得离獾穴稍微远一点，最好是在它们领地边缘的附近，这样一来，獾群里成员的讯息就能借助厕所里的那股霉臭传达给外来者了。

不得不说，獾喜好整洁，却无法彻底摆脱那些钻入它们毛发里的地下寄生虫，所以它们生活中的一个重要环节就是给自己挠痒痒。由于獾相互之间不会帮忙，它们不得不在夜间出行前做上一些杂技般的动作，但这也帮助它们放松了四肢。这样看来，即便是那些不受獾们欢迎的小床伴，也有了它们存在的意义。

这些獾朴实无华，但它们身上的某样东西却唤起了我心中的柔情。林奈曾认为它们是熊，后来人们又觉得它们与臭鼬更相近。但它们实际上是鼬科动物的一种。它们虽没有黄鼠狼般的轻巧，也不像水獭过着水生生活，但若是形势需要，它们也能攀爬和游泳。不过，它们真正的家还是在地下。就像鸟儿要在空中翱翔，鱼儿要在水中畅游一样，大地就是獾们赖以生存的自然环境。在它们的窝内，植物的根茎就如断了的电线般悬挂着，因为对它们而言，黑暗就是最好的保护。随着人类活动的持续扩张，荒野的面积在不断减少，而动物们也纷纷匿入夜色之中。无论是加利福尼亚州的郊狼、阿拉斯加州的棕熊，还是加蓬的豹子和坦桑尼亚的狮子，都开始在夜间出来活动。后来，就连夜视能力很差的肯尼亚大象也加入了这一行列。夜晚成了它们最后的据点。

充斥在夜里的是可怕的谜团。当夜幕降临时，我们便会打开灯，关上门，不让外头的东西进来——在阴暗处微微发亮的是猎食者的眼睛，它们会发出各种我们无法理解的声音。长相原始的蝙蝠运用回声定位来观察隐藏的世界，用鳃呼吸的木虱也爬了出来，将枯萎之物化为土壤。在人类避之不及的黑暗中，它们全都过得轻松自在。不过，既然它们也是地球生命的一分子，我们迟早都将与它们相遇。

当然，夏季的夜晚也富有诗意。待大地凉意渐盛后，罗马蜗牛就出动了，它们或是去寻觅绿叶，或是去寻得佳偶，轻柔地来上一场交配。气味流连在徐徐的微风中，拂过蛾子的触角。黄昏之后，迎来的是欧夜鹰飞行时“嗡嗡”的声音，和夜莺歌喉里层次分明的音符。在外面度过一些这样的夜晚真可谓一件乐事。

园丁方才把电线给埋好了，这样电就能沿着电缆在地下传输了。我自己则带着稿子躲进了小屋，好欣赏这如诗的初夏。我的内心深处一定是与那荒野有了共鸣，因为在一片喧嚣之中，我的感官却愈加敏锐。在写作时，我似乎还能听见翅膀振动的声音和低沉的“沙沙”声。我从我的稿子中抬起头来，外头怎么样了？

一道柔和的光芒将我引了出来。在台阶上，我看到一轮杏黄色的月亮。接着，我注意到脚边有什么东西在闪闪发亮。我弯下腰，将它拾起来放在手心里，才发现是一只雌性萤火虫。她才刚刚亮起她那翠绿色的尾灯，想要引来一只雄萤。

在月光和萤火的照耀下，今晚显得格外迷人。就连石头都好像活了过来，因为蓝莓树丛后面就有一块石头在缓缓移动着，等等——那不是石头，是一种看起来像是非洲巫师面具的东西。

我的好奇心战胜了对它的恐惧。那明暗相间的光束使我想起了每日昼行与夜行动物交接时的片刻时光。现在，我和这只獾大概就处在这样的时刻吧。

对于獾脸上的条纹，一些人将其解读为它们为了融入自然的一种伪装；而另一些人则认为，那是它们表达恐吓的一种方式，因为它们在表示顺从时会将脸埋起来。在面对不同的情景，诸如危险、防御、邀请或攻击时，獾们会有十几种不同的姿势加以应对。为此，生物学家们还专门进行过分类。不过，我面前的这只獾既没有炸毛，也没有蹲下，在四目相对中，它的眼底平静如常。

在我面前的是一只多么不同寻常的生物啊。虽然人类一直在捕猎獾，但对于它们，我们依然有许多不了解的地方。它们的双色皮毛本身就反映了它们矛盾的本性。它们生性独立，却又是群居动物；它们胆子很小，却又会勇敢地保护自己和家人；它们是夜行动物，却偏偏视力很差，因此我们在路旁看到的獾身上大多都带有淤血斑块。不过，此刻的我却与拥有这样一双鲜活眼睛的生命共享着这个夜晚。

与野生动物对视实则是对它们的一种挑衅。但当我们的目光相遇时，显然我们的眼里都只有好奇。或许在它看来，月光下的我也是一道神秘的景致；又或许我的姿态表明，我并没有被吓到，我只是感到惊奇罢了。只有在双方都放弃对局势的掌控时，这样的情况才会出现，而这一次，我和獾都做到了。直到我动了动，那只獾才小心翼翼地退回到岩石和蓝莓树丛中去。那沉重的、摇摇摆摆的动作也是对生命的一种展示。

但这种相遇迟早都是不可避免的：我突然意识到，从蓝莓树丛中穿过的那条条小径都是獾们开辟的。作为一种习惯导向型生物，它们总是沿着自己常走的道路前行，其中的一条甚至还通向我的写作角，并与那儿的地下槽隙相连。在不知不觉中，我们共享了这条道路，白天它属于我，而到了夜里，它又是獾们的了。

然而，一天深夜，正当我醉心写作时，时间的界线又一次交织在了一块。那时，我还沉浸在自己的思绪中，刚准备离开写作角，却发现两只獾崽子突然出现在眼前。由于之前我们的视线都被建筑一角和蓝莓树丛挡住了，所以对于这场相遇，我们都毫无准备。

在面对突如其来的状况时，我们往往是手足无措的。惊喜也许会释放出一些冲动的小火花，就像狐狸幼崽初遇我时一样。而现在，同样的事情发生了。一只獾崽在狭窄的道路上笨拙地后退着，它胖乎乎的身子已经拼尽全力了；但另一只近视的獾崽却满怀兴趣地凑了上来。很显然，后者既没意识到生活中的危险，也不具备獾的好斗本性。而我则小心翼翼地退回写作角，并告诉自己，我是出于某种考虑才这样做的。我在白天已经侵占了它们的道路，况且这附近也许还有一只可能会误解整件事的獾妈妈。如果我想继续前行的话，只需跺跺脚就行了，但我还是关上了门，让夜晚归于平静。

两只蛾子在我的窗前倔强地飞舞着，撞击着窗玻璃。它们满眼都是我的台灯，所以一会儿过后，我便关掉了台灯，躺在了床上。外头，獾们可能正四处翻找着地下生物，但自从我们所处的半球由昼转夜后，几乎所有的生物都睡着了。松鼠在树上打着盹儿，鱼儿也在声响中沉沉入睡。就像在那场我曾有幸参与的印第安人仪式中一样，在黑暗中，许多生命彼此相连了。

梦境能创造出最丰富多样的内心情景，使熟睡的果蝇和狗的腿轻轻抖动。有研究员曾见到一只章鱼在熟睡时变了色，并相信它是在梦里抓螃蟹。毕竟，在夜晚，即便是在我们的脑回路之间，不同的世界也会相互碰撞。当感觉输入迟缓时，大脑就可以不受干扰地整理白天的活动痕迹了，并展开一些有趣的图像。这些移动着的图像能在三维层面上——而非只是在由 A 到 B 的有理数数列中——建立自己的联系。我就时常在白天遇到一些问题，却在夜里找到它们的解决方案。

现在，我想深入探究一下语言以外的其他方式，因为我累了，我厌倦了用言语思考，那使我无法入睡。我的梦境在哪儿？我要如何沉入梦中？在黑暗中，我想我听到了一点脚步声，但那是我的脉搏在夜里跳动的声音。

最后我睡着了一会儿，直到“砰”的一声闷响将我吵醒。它既不源于我的内心，也不是由哪只吃叶子的狍子制造的——是那群獾崽子。它们正在墙边用一场摔跤比赛来结束今晚的夜游。当我往窗外望去时，它们便停了下来，一只獾崽子还转头开始嗅我的门垫。

我暗自笑了笑。一个底下藏有黑漆漆的獾穴的写作角，是一种太过明显的精神分析符号。但我想探索的从来都不是我的精神，相反，我感兴趣的是我与他人的共同点。是的，甚至是与獾的共同点。尽管我的生活里满是言语，但与外头的野生动物一样，我的大脑也是由某些无声的进程所引导的。人们有时将这种潜意识下的表现称为直觉或者本能，但它远不是什么条件反射。它产生于生命伊始，如今也依然能带来一些新的事物。

也许，从本质上看，一个具有创造力的生命与夜行动物确实有着一些共同点。要像狐狸般包容万千可能，要有一双机敏的耳朵，不漏掉每一瞬间细微的差别，尽管这也意味着得像獾一样去探寻。荒野是多面的，既羞怯又大胆，独立而又爱玩，也对那些探寻它的人类有所回应，毕竟，我们都是地球的孩子。

辑六

守护树

植物给予种子父母般的关怀

最终我明白了一件事：这座庄园的恬静表象是带有某种欺骗性的。生命和交流常伴我左右，尽管于我而言，它们中的大多数都只是匆匆过客。每当我沉浸于独处时，我总能在小屋周围遇到一些动物。而等我活跃的家人们一回来，它们就会小心翼翼地与我们保持距离，匿入背景音中。

植物则与动物大不相同。它们总与我们同在，正是它们的枝叶为我们增添了许多假日活力。树木撑起我们的秋千，花儿在餐桌上陪伴着我们，而我们也会为它们的繁衍而感到高兴。在铺电缆之前，我的园丁便种好了各类植物，现在它们已初现生机了。在北面的陡坡旁起防护作用的是委陵菜和丁香花丛，而在南面攀援而上的是一些金银花。在我栽培的覆盆子丛日渐枯萎时，甜美的野生覆盆子却在公共用地上蔓延开来。小草们大概也是如此，它们想要占领那没有灵魂的砾石地。那些不情愿地探出头来的草叶上还混杂着苔藓、山柳菊、剪秋罗和小片小片的景天，这些植物可以自我繁殖，已经适应了这片土地。

和植物一样，动物们也显露出了自己的意志。也许是为了显示自己的独立，松鼠们忽视了我们为其设置的喂食器。而我们安装在朝南的那面墙上的小蜂房也受到了同样的冷遇。野蜂们颇有主见地从那儿飞过，却选择将门框上的蜂巢扩建到窗框上。它们对草木也有着自己的想法，毫无疑问，它们对单一栽培的草坪不屑一顾，却对紫景天倾心不已，熊蜂就为景天的快速繁衍立下了汗马功劳。

事实上，单调乏味的草坪也不合我的口味。18世纪时，它们是宫殿门前地位的象征，但如今，每家每户的房子周围都是这样的草坪。在美国，草坪所占的面积是全国玉米地面积总和的三倍之多。为了维护它们，人们耗费了数十亿美元、数百万公斤的杀虫剂和大半的淡水。

我的庄园能够自我调整，这实际上是一种解放。自从亚当和夏娃被赶出伊甸园后，他们的后代就一直梦想着能有一座自己的乐园，在其中汗流浃背地劳作。尽管我知道打理花园的背后可能藏有许多乐趣，但我从未特别喜欢过除草。事实上，我姐姐正是因为她家里新建的花园，而在一个新的国家扎下了根。

在庄园的林地里，果树很难茁壮生长，但那儿还有松树、刺柏、橡树和桦树。其中，最繁茂的桦树就长在小屋的两侧，一棵在门前，而另一棵在东北角。角落里的那棵桦树与小屋离得如此近，近到它的一根枝条都快要将屋子揽入怀中了，而它的树根也已将几块石板顶了起来。等到了秋天，园丁可能还得将它修剪一下。

树木和房子之间总是显得那么亲密无间。用于建造小屋墙壁、地板和天花板的木材承载着树木的记忆，而木材也能使房间变得又舒服又暖和。在过去，瑞典的一项传统是在房子旁种上一棵“守护树”，这样树根就会吸走地基的水分，就像树木的灵魂在守护着房子一般。也许这棵白桦树也把自己当成了一棵守护树?

由于这棵树就在阳台边上，所以很多时候我们总是聚集在它周围。待到天气晴暖之时，在阳台屋檐的树荫下坐坐，是件再惬意不过的事了，况且那儿的空间还足以摆下一张大桌子。每当我姐姐带着她最小的一群孩子和一帮孙儿来到这里时，我们三代人都会挤在那儿。而且，由于阳台只有三面墙，所以大自然也加入了进来。

有时候，大自然甚至会轻柔地加入我们所做的事中。先前，那群孩子中年纪稍大的几个一直在玩蜗牛。现在，孩子们又发现了一只蚱蜢，在给它取名为“费迪南德”后，他们将它暂时安置在一个长有青苔的碗里。这时，我想起了我姐姐曾讲过的一些故事，里面的主人公就是一只叫费迪南德的蚂蚁。她的一个儿子也继承了她编故事的能力。我最喜欢的故事与一只山怪有关，它的行动十分缓慢，看上去笨笨的，但只要它将手放在苔藓上，它就能得出任何问题的答案，因为自生命初始，苔藓便存在于地球上了。我想它是一只很聪明的山怪，懂得植物可以告诉我们许多道理。

在阳台上，我回想起了许多事。每当夜幕降临时，大家便会开始做游戏，就同我与我姐姐小时候一样。在玩一种记忆游戏时，我突然有了一种似曾相识的感觉，一切都在新的一代中以新的版本重新开始着，就像树木在抽出新芽时也会生出年轮那样。

每年春天，树木都会重施魔法，将阳光和水变成叶子，而我每次都会感到震惊。等到连古老的松树都春意盎然之时，它们便要在各处撒播花粉了。我曾听闻，一平方米的空间里能容纳上亿颗花粉，对此我毫不怀疑。即使是那些落在屋顶和窗沿上的粉末里也闪耀着对未来的信念。

但在我看来，春日里最躁动的要数那些桦树。我终于明白为何人们会将它们与斯堪的纳维亚的生育女神芙蕾雅联系在一起了，因为据说桦树的枝叶里富含能量，而在仲夏时节，它们的叶子还会被用于一些古老的仪式，以宣告春末狂欢的结束和祈求来年的丰收。起初，桦树的叶子就像是一块块小小的亮片，但等到黑刺李的花朵呈现出船儿尾波那样的泡沫状时，这些叶子便展现出包含现在和过去的双重景色：既有现在的样子，又有以前某个时刻的样子。很快，桦树叶子的颜色就在阳光的照耀下渐渐变深了。

植物们深谙时间的相对性和永恒性。它们可以将时间装入小小的种子里，让时间永恒。在长达一亿年的时间里，它们不断地枯萎，又不断地重生，如今，它们依旧占据着地球上生物总量的99%。这个比例使我陷入了沉思。这意味着我们人类连同其他所有的生物都只占据地球生命的一小部分。毫无疑问，我们的星球首先是个植物王国。

植物也是我们身边最常见的事物之一，无论它们最终是变成了墙壁，还是热量、衣服纤维，或是工具、药品、油漆——最重要的是，人类一切吃喝的背后都藏着它们的身影，因为肉食动物也是以植物或者食草动物为生的。此外，我们吸入的每一口空气里也满是它们制造的氧气。如果有什么东西是我们应该试着去了解的，那一定就是植物了。

起初，我在植物的名字中去探寻它们的个性与形状。即便是在草中，我也发现了一个丰富多样的世界。草类是脆弱的，但又是坚韧的，一株紫羊茅可以活上千年。对蚂蚁而言，它们一定就像片片森林：簇生的草儿是松树，凌风草是颤杨，而剪股颖则是它们的桦树。

同样待在地上的还有一些种子，它们是春日里花粉与雌蕊交会的产物。令我深感触动的是，植物给予了它们父母般的关怀——在来到这个世界前，小小的种子们就已获得了养分，还“听取”了如何应对各种情况的教导。生物学家托尔·汉森（Thor Hanson）曾写过一本书，里头尽是那些蓄势待发的种子们的历险故事。

当然，植物给种子们提供的养分是许多动物垂涎已久的，但这也是计划的一部分。一些种子，比方说坚果，有着坚硬的外壳，而另一些种子要么味道令人作呕，要么含有毒素。所有的种子还都必须拥有“旅行”的能力。一些种子嵌在甜美的浆果或其他水果中，以更好地在动物的肚子里运输，然后落到一坨肥沃的粪便里。另一些种子则带有一些小钩子，可以搭上动物皮毛或鸟羽的便车。但大多数种子自己就有翅膀、螺旋桨或降落伞。这样一来，树木们一生中至少都有过一次飞行的记忆。

虽然大多数种子都不会离它们的亲本植株太远，但风和水流还是能将一些种子带到很远的地方。例如，人们曾在喜马拉雅山脉的林木线之上发现过一些种子；而在那些被水流冲走的种子当中，就有一些棉花种子一路“随波逐流”，横渡大西洋，最后还长出了一团团蓬松的棉花。

接着是飞行的反面：沉静，和等待的能力。一粒种子不正是一艘通往未来的舰艇吗？“二战”期间，在大英博物馆惨遭轰炸时，大雨从天花板上倾泻而下。突然间，一些三百年前的种子在标本页上发了芽。虽然它们的母本都生活在不同的时代，来自不同的地区，但种子本身就蕴藏着一些新的可能性。对种子而言，漫长的几个世纪也可能只是一瞬间。它们甚至在埃及墓里待上几千年后依然能发芽。

它们在“睡美人”的阶段，也并非对周围一无所知。它们只是在等待着一些信号，告诉它们外面情况良好。它们在自己的小小世界里，似乎还能分辨出季节，因为它们能在大火中醒来，就像是对春天般的温暖做出回应一样。

种子的身上似乎笼罩着许多谜团。它们是如何感知光明与黑暗、热量与湿度的？如何知道这么多关乎地球、关乎时间的事的？它们又是如何知道它们的胚芽和胚根在什么时候该做些什么的？真令人难以置信，数百万年的经验是如何被装进这小小的种子里的呢？

豌豆实验揭开的生命奥秘

严格说来，多亏了种子的等待能力，我们才能坐在小屋里吃面包。种子使我们的祖先得以成为规划作物、安家落户的农民。当年，在我们的祖先还过着采集生活时，他们只能勉强糊口度日，后来，他们渐渐地安定了下来，但还是会香甜地吃掉所寻得的一切。在早期叙利亚人的定居点中，他们的食谱里有多达250种不同的植物，因为他们就生活在一个广阔的绿色食品储藏室中。如今，这个储藏室依旧在，等着人们前来探寻。某年暑假期间，在找到一本觅食者食谱后，我找机会同我姐姐试了试。带着好奇，我做了奶油景天、羊腿藜馅饼，以及在面糊里混入了蓬子菜的薄煎饼。在家门口就能找到食材实在是太方便了！我的外甥们在恐惧与好奇中吃完了这些东西，并用怀疑的眼光偷偷瞥了我几眼：这些东西真的能吃吗？当我告诉他们通心粉和小麦面包也是由一种草制成的时候，他们的疑虑更深了。接着，我又告诉他们，糖果实际上来源于那些足有三米之高的甘蔗，但他们觉得我是在吹牛。

毫无疑问，古时农民的饮食以某些特定的草类为主，这也使得一些植物发生了改变，它们和人类定居者一样，在某些地方扎下了根。至此，人们开始划分土地，并在上面种上了新的作物。与此同时，人类所食用的植物种类开始减少，到了最后，餐桌上剩下的主要都是些谷类、鹰嘴豆和扁豆。

奇怪的是，不同的文明之间却出现了相同的模式。一万年前，在中东的新月沃土上，人们开始种植大麦、小麦和黑麦。几乎就在同一时期，中国人种起了水稻，美洲人种起了玉米，而高粱和小米则在非洲大陆风靡一时。最后，70% 的耕地都被用来种植像水稻、大麦、玉米和小麦这样的作物了。转基因小麦为我们带来了更好的收成，尽管它们在生长过程中需要更多的杀虫剂和化肥。

但种子们并不全都变成了我们所食用的谷物，还有一些成了香料和药材。它们浓郁的味道和强烈的毒素本是用于抵御昆虫的，最终却成了人类竞相追逐的对象，因为它们的数量占比决定一切。在印度，香料既可作为食物，又是阿育吠陀医学中的药材；而在美索不达米亚平原和中国，香料也同样受到珍视。接着，它们继续在胜利中向欧洲进军。在古希腊，黑胡椒可以用来抵税；而在罗马帝国，肉豆蔻则成为一种货币。随着新时代的到来，一支支船队开始在世界各地搜寻更多的香料。哥伦布（Columbus）横渡大西洋，只为了寻找获取它们的新路径；而达·伽马（Vasco da Gama）则开辟了一条更好地通往遍地是香料的印度的道路。人们所寻求的不仅是芳香的种子，还有藏红花、兰花的香草荚和肉桂树的树皮。荷兰的东印度公司从香料贸易中攫取了大量的利润，在当时，香料贸易的规模足以与现今的石油工业相提并论。尽管最初人们对土豆、草莓、番茄和玉米满腹狐疑，但最终，即便是那些在南美洲新发现的作物，也要比印度境内的黄金更有价值。

很快，珍稀的花卉也受到了同样的追捧，在热捧之中，人们对土耳其郁金香的投机热潮就曾导致荷兰股票市场的崩溃。在某些地方，种植外来植物也日益与利润丰厚的奴隶贸易联系在一起。在殖民者口中，非洲人就是野蛮人，可以随意处置他们而不受惩罚。就这样，奴隶和作物都被运送到大洋彼岸的种植园中去了。甘蔗虽然长着锋利的叶片，最终却成为世界上最受欢迎的作物。同样深受欢迎的作物还有棉花，这种植物实际上与木槿相关。在墨西哥和南美地区，阿兹特克人和印加人早已种植了棉花；在欧洲，亚历山大大帝从印度带回的棉花也被种植在了地中海沿岸。但对于北美南部各州而言，棉花是一种新事物，在奴隶的被迫劳动下，它才成为世界上第一种大规模生产的原材料。

坐在阳台上，我们依然可以清晰地看到这次植物大迁徙的余波。附近，土耳其丁香在茁壮地成长着，而棉花纤维不仅存在于我们的衣物中，还存在于冰激凌、人造奶油、口香糖和化妆品里。全球数十亿人每天都会享用的咖啡也成了当今国际市场上的一种主要商品。同茶叶、巧克力和烟草一样，咖啡所带来的财富也是在种植地之外积累的。另外，咖啡在生产过程中需要大量的水，仅制作一杯咖啡就要消耗掉140升水。

植物与历史和文化也有着某些特殊的联系。由于咖啡因能加快我们大脑中神经元的反应速度，所以据说咖啡还曾为启蒙运动铺平了道路。伏尔泰和狄德罗每天都至少要在咖啡馆里喝上四十杯咖啡，并在那儿进行一些清醒又热烈的讨论。如今，瑞典的每一位雇主都非常乐意在工作场所里提供一些咖啡。

实际上，咖啡因是植物用于抵御昆虫的一种物质，一只蜘蛛如果落在咖啡杯里，可能会结出奇形怪状的网。但凡事都不是绝对的，即便是咖啡树丛也需要授粉者，因此小剂量的咖啡因能吸引某些蜜蜂，而不会吓跑它们。我想，这大概是因为蜜蜂们在辛勤劳作后也需要提提神吧。

在外来植物中，和我相处最久的是那些室内植物。它们就像一些安静的宠物，偶尔会向我们展示它们在家乡的生活。例如，来自非洲的天竺葵喜好干旱，而巴西的蟹爪兰多少会像它们在老家时那样开花。条纹竹芋来自巴西，每当巴西夜幕降临时，它就会合上它那漂亮的叶子。

不过，我们的树大多都来自国内，它们似乎常常给我们一种归属感。就像卡尔·林奈的名字源于他家庭农场里的一棵菩提树一样，森林中其他树木的名字也出现在了瑞典人的姓氏当中。我们有姓比约克、埃克、林德和哈格的，有姓伦步罗姆、伦步罗德、哈瑟尔格伦和阿尔姆奎斯特的，还有姓阿尔斯特伦、阿斯普伦、富兰德和格兰奎斯特的。这些姓氏分别对应着桦树、橡树、菩提树和稠李，花楸花、枫叶、榛树枝和榆树枝，以及赤杨溪、白杨树林、松林地和云杉枝。也许，以一棵树为名也是安顿自己的一种方式。在守护树的背后，是否也隐藏着一个相似的目的？

当然，我自己的大家族则有着更为深厚的渊源。尽管我们家族的成员已四散在外，但能与他们共享家族的记忆和特征实属愉快。我曾试着为家族中最年轻的小辈们绘制一份家谱图，但结果相当有限，因为其中的许多分支很快就缠结在了一起。由于家谱中的成员分散在六个不同的国家，所以该图的形状就像树根一样蔓延开来，但在一百年前还存在着千丝万缕的联系。而若想要绘制一张描绘人类生物进化史的谱系图，情况更加复杂，因为人类只是地球大家庭中某一域、某一界、某一门、某一纲、某一目、某一科、某一属中的某一个物种。

遗传是导致同一性的部分原因。但与此同时，遗传也存在着变异的可能，即使西洋樱草永远也成不了玫瑰，它们的遗传特征和环境之间也存在着相互作用。这些变化是如何出现的呢？直到19世纪中期，一个人开始种植豌豆，以求彻底地弄清这一问题时，这个巨大的谜团才得以解开。

虽然格雷戈尔·孟德尔（Gregor Mendel）的家里有一个小农场，但实际上，他并不打算将时间花在栽培上，他感兴趣的是有关生命的问题。得益于奖学金和私教课的一些收入，孟德尔可以学习哲学、物理学和数学，但若想进行研究的话，还需要一大笔财富或一名赞助人。而他两者都没有。因此，他的教授便建议他申请加入支持科学研究的奥古斯汀修道院。

自中世纪以来，修道院一直都栽培一些药用植物，而孟德尔在获得了教职后，也被允许修读一些大学课程。多亏了上述的种种和一个显微镜，他才能够解决这个长久困扰他的问题。

长期以来，农民一直在让不同的物种进行杂交，却不了解它们的基因是如何传递的。而林奈的分类系统也没有对杂交做出任何解释。因此，孟德尔想通过实验来弄清问题的实质。起初，他尝试用蜜蜂来做实验，但最终失败了，因为它们在空中进行交配，而且有着相当独特的基因。他用不同颜色的小鼠杂交的尝试本来更有希望，可奈何修道院院长不同意。老鼠从来都不是受人欢迎的动物，且对修道院而言，它们的繁殖方式太过野蛮了。

但植物就不同了。用豌豆做实验还有一个额外的好处，那就是它们可以成为厨房里的食材，所以孟德尔在修道院的园子里得到了一间专用的温室。在那儿，他可以不受干扰地为他花坛里的伙伴们配对。在八年的时间里，他成功地用一支小小的画笔为一万多株豌豆授了粉。他曾将绿色的豌豆与黄色的豌豆杂交，用皱皮的豌豆与表面光滑的豌豆杂交，用开白花的豌豆与开紫花的豌豆杂交，还曾用高茎豌豆与矮茎豌豆杂交。由于接受过数学训练，他能够将他的发现列成一张张表格，但他却对结果感到惊讶。当他用矮茎豌豆与高茎豌豆杂交时，得到的结果不是中等高度的豌豆，而是高茎豌豆；而当他用开白花的豌豆与开紫花的豌豆杂交时，最终只长出了开白花的豌豆。同时，在杂交第一代中没有出现的那些性状却有可能在随后几代出现。这样看来，那些没有出现的性状基因似乎一直都在那里，只是一开始藏起来了。就像父亲和母亲一样，显性基因和隐性基因必须成对出现。

孟德尔在当地的一家科学杂志上发表了他的这些发现，并将其中的一册寄给了达尔文。他曾读过达尔文《进化论》的德文译本，还做了详细的笔记。但他寄给达尔文的那册杂志却一直未被翻开过，而当时的其他人也对此兴趣平平。与达尔文关乎人类动物祖先的理论相比，孟德尔的豌豆实验实在是太无趣了。因此，就像种子一般，他的研究发现不得不静候一个新时代的到来，直到他死后才得以公之于世。

当人们终于注意到孟德尔的理论时，遗传学便成了一门独立的科学，尽管其中依然存在许多未解之谜。如此众多、凌乱而多样的生命是如何诞生这样一些井然有序的基因的？

这个问题将由另一个人借由另一种植物来加以探讨。

芭芭拉·麦克林托克（Barbara McClintock）出生于20世纪初，那时，孟德尔的遗传定律已是妇孺皆知了。由于当时的大学不允许已婚妇女从事教职，她不得不在结婚生子和研究后代遗传之间做出抉择。不过话又说回来，麦克林托克几乎没有时间成家，她每天都要花上16个小时来做研究，在实验室和她的玉米地之间来回奔波。穿梭在雄花和雌花之间，她就是它们的爱神丘比特，使命是抢在风儿之前为它们授粉。尽管她因体型健壮有着“巨无霸”的绰号，但当她在田间走动时，人们却几乎瞧不见她，因为她比所有的植物都要矮。当她在显微镜下观察玉米细胞时，她也觉得自己快要消失了，但这次是以另一种不同的方式——这项工作是如此令人着迷，以至于她几乎要和她的所见融为一体了，而她专注的目光也使得她比别人发现了更多的细节。

在这个微观世界里，她一直在思考着一些有关遗传和变异的大问题。在她的数学表格中，基因看上去就像是一串串规整的珍珠项链，但研究结果却显示出了某种更野性、更随机的东西。一些基因会以某种令人费解的方式“跳来跳去”。

常规的模式和非常规的模式所遵循的是不同的法则，因此，从某种程度上来说，我们必须从不同的角度来理解它们。麦克林托克非常注重这一事实，最终，她成功地追踪到了能改变遗传性状的跳跃基因。但与孟德尔先前的遭遇一样，她的贡献一开始几乎没有引起人们的关注。人们依然不相信植物能告诉我们任何有关人类自身的事。直到20世纪70年代，其他的研究者才在电子显微镜下看到了她早在30年前就已提到的东西——染色体的片段可以四处移动。这就解释了为什么所有的物种都存在着如此错综复杂的变异。最终，这一伟大的发现为她赢得了诺贝尔奖。

那时，她的研究也为文化史的研究做出了贡献。一万年来，玉米一直陪伴着如今拉丁美洲地区的原住民，而她在玉米染色体中发现的时间标记就好比原住民社会相迭代的方式。因此，她显微镜下的那些植物细胞不仅描绘了遗传的曲折过程，还展现了一段人类社会发展变迁的文化历史。

毕竟，正如谱系图中所描述的那样，植物为生命的传承提供了解释，这看上去是相当合乎逻辑的。但更重要的是，在它们的背后都矗立着一棵“世界之树”，它的根系遍及整个地球。这棵树在波利尼西亚人、西伯利亚的雅库特人和奥格拉拉苏族人的神话中，以及印度的《奥义书》(*Upanishad*)中都有所记载。在巴比伦人的信仰中甚至还有两棵树：智慧之树和生命之树。后来，犹太人和基督徒也沿用了这种信仰。

所有人都同意的是，我们能从树中学到某些知识。释迦牟尼佛在一棵印度菩提树下涅槃，宙斯则据说是通过希腊古城多多那的圣橡树树叶被风吹动的“沙沙”声来回答有关生命的问题。再往北一些，博学的德鲁伊人曾解读出橡树的讯息，而维京人则会在丛林祭祀时以一种更野蛮的方式与他们的神灵交流。

植物会繁衍交流，也会听歌睡觉

在古老的斯堪的纳维亚诗集《埃达》(*Edda*)中有对“世界之树”的详细描述。书中，“世界之树”又名伊格德拉修。它有三条根，每一条都植于不同的泉水中：在第一条根上坐着的是诺伦三女神，她们或纺纱、织布，或剪断生命之线，她们就相当于《奥义书》中的创造、守护和毁灭之神；第二条根由密米尔之泉滋养，那儿的泉水通晓过去和未来的一切；然而，第三条根却被置于一个冰冷的地狱中，一条蛇在那儿不停地啃噬它。

即便身处其中，我们也很难想象出一棵带有宇宙维度的“世界之树”。那些住在伊格德拉修中央——米德加德国度之中——的人们甚至不知道他们是住在一棵树上。诚然，据说他们的祖先阿斯克和恩布拉也是由一块块木头创造出来的，而大树的树皮上还刻着记载着事件的卢恩字母。但只有坐在树冠上的众神之王奥丁的乌鸦福金和雾尼——思想和记忆的象征——才能看到伊格德拉修的全貌。树上还有许多树枝和纤匐枝，使人联想到大脑中的神经突触。

据说，“世界之树”和瑞典传统的守护树一样，也是一棵白蜡树，但在林奈提出分类法以前，物种的分类还没有那么重要。例如，我的一位作家同仁曾猜测“世界之树”实际上是一棵紫杉，因为据说雄鹿会啃食它的针叶。而我个人则认为，大部分迹象都表明它是一棵桦树，因为自冰河时期后，桦树是生长在斯堪的纳维亚半岛上的第一种树木。在人们对“世界之树”伊格德拉修的描述中，该树的几个特征也是我所熟悉的。譬如，在它的树冠和地面之间的部分住着松鼠“拉塔托斯克”(Ratatosk)，外表与我们自己守护树里的松鼠无异，是天地间的信使。据说，在这棵树的附近还有一些牡鹿在吃草，而鉴于古代物种鉴定的不可靠性，它们很有可能和这片土地上的那些狍子同属一类。当然，“世界之树”上一定有许多叶子，因为据说树上滴落的蜜水曾引来了许多蜜蜂，而那些蜜水自然就来自一些以叶子为食的蚜虫。在树上，事物与事物之间环环相扣，所以各式各样的生命，无论是树上栖息着的鸟类，还是树根的小小世界里可能住着的熊蜂、蚂蚁、田鼠和狐狸，都汇集到了一起。

从科学的角度来看，人们把“世界之树”看成我们最初的家园，也并非全无道理。例如，在大约320万年前，我们的一位女祖先就从另一棵树上掉了下来。若是有必要的话，她倒也能稍微直着身子走走，但一旦到了地上，碰到行动敏捷的鬣狗和剑齿虎，她就变得孤立无援了。树木为她提供了庇护，她结实有力的臂膀和灵活的手指天生就适合攀爬，但她唯一缺乏的是像松鼠那样轻巧的体格，因为单她自己就有近40公斤重。尽管她相对较重，却曾不止一次爬上过12米高的四处晃动的树冠。人们可能会想知道她在上边都做了些什么。研究者们给她起了个名字叫露西，该名源自披头士乐队的一首名为《露西在缀满钻石的天空中》的歌曲。这首歌与致幻剂有关，所以树上也许会有一些可以致幻的水果？露西真的兴奋过度了吗？不管怎么说，最终她还是没能抓牢树枝，在体重的加持下，她加速向下坠落——速度达到每小时60千米——这实在是太快了。她的伤势表明，她完全有时间伸出双臂来减缓坠落速度，但这并没有什么用。当那棵树再也没能撑住她时，撞向大地就导致了她的死亡。

在神话传说中，树木为何占据了如此重要的地位呢？是因为某些久远的记忆吗？毕竟孩子们经常爬树。庄园里桦树的枝条优美雅致，很难供孩子们攀爬，但它们在向地面弯曲时形成了一个枝繁叶茂的小木屋。于我而言，这真的唤起了我的某些关于在树梢生活的记忆。

一棵榆树曾从我斯德哥尔摩小小的后花园爬上了我的阳台。年复一年，我见证了它的悄然接近，当它的叶子最终爬上我的阳台时，那就像一个在通往天堂的路途上出现的“树堡”。那棵榆树是个极好的伴侣。春日里，它会结出裹在圆形薄翅状附属物中的小小的果子，这些果子就像一枚枚银币，可以作为坚果加入沙拉中。一些瑞典人也恰如其分地称它们为“吗哪”，意即上天的恩赐。接着，榆树长出了新叶，每一片叶子上都布满了分叉的叶脉，就像我们的掌纹。它们之间发生了一件奇妙的事情：为了使每片叶子都能触及阳光，它们非常“民主”地排列在一起，树冠呈阶梯状，最底部的叶子要比上方的叶子稍大些——叶子上还有额外的色素，可以吸收阳光。它们的理念是：没有哪根枝条比其他枝条更优越。

但这并不是说，那成千上万的叶子之间没有什么分别。除了位置错落有致外，它们还是遗传嵌合体。它们都来自同一个树干，并会像姐妹般分享大树给予的水分。在温暖的日子里，它们能蒸腾出数百升水分，而这些水分又裨益了人类。夜里，在放松与舒缓中，每一片叶子都沉沉睡去，叶片也垂得更低。到了秋天，一些叶子总要比它们的同伴更留恋枝头，在大家全都于地面集合前，许多叶子都还有时间跳上一小段舞蹈。待到它们相加的重量能与一只满载的行李箱相当时，它们已经和大树与地球一起绕着太阳旅行好几个月了。

不幸的是，我和这棵榆树的亲密关系在某一天走到了尽头。一名巡视员认为，它的根部有可能会穿透这栋房子的地基，并决定将其砍掉。我的思绪又回到了20世纪70年代，那时，由于要求斯德哥尔摩市的一些榆树为某个地铁口让道，掀起了一场全民保护榆树的运动。抗议者们都是榆树的朋友，他们迅速住进他们在树丛中搭起的吊床和帐篷中，并在一系列斗争后成功地保住了这些树。而我就没有那么幸运了，我的榆树被砍倒了。但结果证明，这一举措并非必要，因为它的根已偏离了房子的地基。但在其中，我又发现了更多的东西：这棵榆树的故事还未结束，树桩上抽出了新芽，而我也看到了它的横切面——上面的年轮还铭刻着它的历史。

过去，我常常从楼上观察这棵榆树，那是一个不同寻常的有利位置，而现在我可以从里向外地观察它了。在靠近树桩横切面中心的地方有一个洞，那是很久以前榆树成功抵御腐蚀后留下的痕迹。小洞周围是一圈又一圈年轮，诉说着榆树的成长历程。与面朝小屋的那侧树桩相比，离小屋较远的那侧树桩上的年轮要更大更宽，因为那边有更大的空间和更充足的光线。还有一些年轮也较窄，它们可能是在某些较为艰难的年份形成的。在我把所有的年轮都算过一遍后，我发现这棵榆树刚好年满四十。这大概通常是它们要开始开花的年纪吧。如果没有被改造成精美的条纹桌子或帆船底的话，榆树的寿命可以长达500年。

树木的内部能告诉我们些什么呢？当人们在选择制作乐器的树木时，还需要考虑其此前的生存状态。小提琴制造者喜欢用那些在寒来暑往间缓慢生长的云杉木来制作琴的面板，尤其喜欢那些经历过寒冬和凛冽山风的云杉，因为这两个要素都会促使云杉生出强韧的纤维。至于琴的背板和侧板，则应由生长在不同环境中的巴尔干枫木制成。为了使两种不同的木材间能相互协调，一道音柱会在它们之间传递振动；而为了确保没有杂音干扰共振，制琴的比例还必须精确到毫米。同时，由于木头是有生命的材料，人们还须定期奏响乐器。

小提琴、吉他和木管乐器能传达树木的某种精神吗？那些活着的树木本身必须传达些什么呢？由于它们的生理结构与我们人类完全不同，所以它们一定是通过其他方式来进行交流的。我的姐姐总喜欢与她院里的一棵樱桃树交谈，而我也与她讨论过这个话题。于我而言，我更希望能得到一些科学的解释，而事实上，这些解释也开始出现了。

树木并不似它们表面看上去那般孤独，因为它们已与地球上规模最大、根系可宽达一千米的生物体——真菌成为搭档。即便是在植物的早期历史中，真菌也曾向植物提供它们从基岩中吸取的矿物质，而当它们把线状根或菌丝缠绕在树木的根部时，双方都会因此而受益：树木会向真菌分享吸收到的太阳能；而作为回报，真菌既向大树提供了养分，又允许大树借用它们的菌丝。这样一来，大树便通过真菌的菌丝与其他树木建立了内部的化学联系。它们之间形成了一个隐秘的地下网络。虽然那些人工培育的植物在交流上似乎略显困难，但最终，大多数植物都会在真菌的帮助下实现合作。

无论如何，树木间显然都是相互牵挂的。它们既认识自己的兄弟姐妹，也能根据其他树木发出的信息进行某种程度的自我调节。如果一棵树发出了有关虫害的警报，它的邻居们会迅速调动自身的防御机制。橡树的叶子中含有刺鼻的鞣酸，而黄花柳的叶子中有山梨酸。还有其他一些化合物能引来入侵者的天敌，帮助它们击退昆虫的袭击。但如果这种侵害是自然发生的，大树便只会分泌出一些治疗性的激素，而不会打扰其他树木。

自然，对于树木之间能相互交流这一事实，人们产生了许多疑问。当然，这种联系只发生在分子层面，但无论何种交流模式，其背后交流的双方都必须存在某种意识。至于是什么意识或意识存在于何处，大家众说纷纭、莫衷一是，不过，神经学家和认知学专家们已经确定，任何具备神经系统的生物都可以有主观体验。但那是就动物而言的，植物又会如何呢？

自古以来，这个问题每隔一段时间就会重新出现一次，而人们也给出了各式各样的答案。古希腊哲学家德谟克利特将树木视为头脑贴地的倒立的人类。毕达哥拉斯（Pythagoras）猜想植物的灵魂也会遁入轮回，并因此拒绝食用豆子。亚里士多德则困惑于植物的不可移动性，认为它们是一种低等的灵魂。

接着，所谓的泛心论者认为，意识存在于一切生物体中，而以笛卡尔（Descartes）为代表的唯理论者却视人类之外的一切生命为没有感情的机器。17世纪时已经出现了可以标记时间的机械摆钟，笛卡尔正是受到了这一伟大发明的影响。到了18世纪，这种机械论自然观却被卢梭彻底否定了。与笛卡尔不同，卢梭曾在自然界待过一段时间，因而对植物的了解也更深入。林奈的观点与卢梭相似，他向世界宣布：植物会繁衍，也会睡觉——依据是植物在夜间会变换位置。19世纪时，达尔文也加入了反对笛卡尔机械论自然观的行列之中。他认为，人类和其他动物在意识上的差别只关乎程度，但他没有发现植物也具备某种意识。

最终，技术性实验也加入了这场大讨论。其中，有一场实验是在相当离奇的状况下偶然进行的。1966年，美国中央情报局的审讯专家克里夫·贝克斯特（Cleve Backster）负责教导警员们如何使用测谎仪。除了其他一些常规数值，测谎仪还能显示出皮肤表面湿度的变化。一天早上，在给办公室里的盆栽浇水时，贝克斯特的脑海里突然冒出了一个想法：测谎仪能测量出水从盆栽根部转移到叶片上的速度吗？他将仪器的电极放到了叶片上，但什么也没有发生。接着，他作为审讯员的经验起了作用：或许，用一种更激进的方法能引起它的反应？要是他把叶子烧焦一点会怎样呢？很快，测谎仪上出现了一个读数。对此，他惊慌失措，一时竟没了主意。植物们也会敏感地察觉威胁吗？如果真是这样的话，它们又有着怎样的交流系统呢？

接着，贝克斯特又做了一些实验，这些实验引起了人们的注意，也招来了一些反对之声。既然植物的叶脉与人类的静脉相似，那么我们便有理由怀疑它们拥有一个内部交流系统。不过，当时的人们依然认为植物之间能相互交谈的观点是荒谬的。直到半个世纪后，一些农业院校的研究也证实，小麦和玉米都能够通过根部和空气相互传递一些小讯息。植物的敏感性可以向下归结到细胞或分子层面吗？为了探究这一问题，一个名为“植物神经生物学”的新研究领域诞生了。

这一新学科的研究中心位于意大利佛罗伦萨市的国际植物神经生物学实验室，该实验室的创始人斯特凡诺·曼库索（Stefano Mancuso）想要在此检验一个假设：植物会有着如蚂蚁一般的群体智慧吗？

这并不是一个全新的理念。比利时剧作家莫里斯·梅特林克就曾表达过类似的观点——除了一些有关蜜蜂和蚂蚁的书之外，他还写过一本名为《花的智慧》（*The Intelligence of Flowers*）的散文集。对他来说，将植物比作蚂蚁并不是什么难事儿。可以肯定的是，梅特林克并不是一位科学家，而只是一位外行的作家，即便对于人类而言，智慧一词也是难以定义的。不过，在梅特林克的书出版了一百年后，曼库索教授从另一个更科学的角度探索了这一想法。对他而言，智慧意味着解决生活问题的能力；而从学术的角度来看，智慧可以被定义为对外界刺激的灵活反应。原则上，我们可以从电磁或分子层面上来研究它。

曼库索相信，在进化过程中，生物间形成了几种不同的智慧。一种智慧与人类庞大且有天赋的大脑有关，能使人联想到超级计算机；而另一种智慧则会向外扩散开，就像数百万台相互独立而又互相联系的计算机。在后者中，尽管每个个体的能力有限，但通过合作，它们能创造出一定程度的复杂性。蜜蜂、蚂蚁和植物就是这样，它们既是一些独立的个体，同时又是更大整体中的一部分。

我想起了我与一只只蜜蜂、蚂蚁及它们的“先进社会”的邂逅。然后，我把它们与植物进行了比较。在观察过每一朵花独特的小细节后，我们可以说植物也是个体。但另一方面，“个体”这个词实际上也意味着“不可分割”，我们当然可以在不破坏植物的前提下修剪草坪或天竺葵，而树木在修剪后甚至会变得更加粗壮。

但这儿有一种解释。植物的构造与我们人类不同。于人类而言，头身分离意味着死亡，但断了头的昆虫仍能存活一小会儿，而植物则根本没有脑袋这种说法。对于总在被不断啃食而又无力逃脱的植物来说，如果所有的重要部位都集中在同一个地方，那将会是致命的。因此，植物们选择将感官分散开来。我们看不到它们的眼睛、鼻子和嘴巴，但它们的叶片中有吸收光线的细胞，它们的根部会四处摸索，寻找地里的水分和营养。它们甚至还会为此生出更多的根系。若察觉到铅镉之类的有害物质，它们的根部还能向后避让。

在地面上，植物的动静可不比在地底下少。要是你每隔20秒给花儿拍一张照片，并将它们剪辑成一部延时影片的话，你就能看到它们是如何奋力地“探出头”的。即便是在向上生长的过程中，植物们也会沿着太阳运动的轨迹激烈地打着小转，只有到了晚上才会放松下来。附生类植物则要更进一步，它们会去寻找和抓住支撑物。因此，如果你将一个耙子置于金银花旁，它的枝蔓就会自己爬过去。而从昆虫身上摄取营养的食肉植物甚至能感觉到昆虫的靠近，然后迅速将其团团围住。

或许，植物还能感知声音。人们曾在它们的根尖处听到一种“咔哒咔哒”的声音，而这可能是细胞生长时细胞壁的破裂之声。如果在植物的其他根系也能听到这种声音的话，这或许就为某个谜团提供了一种解释。一株植物可以有上百万个根尖，但它们从不会缠绕在一起，这表明它们一定是以某种方式知晓了彼此的位置。这使我想起了一群鸟或一群鱼中的每个个体与它们的邻居保持联系的方式。在这种联络方式的帮助下，它们永远也不会相撞。无论如何，显然植物们会像人类使用大脑一样用它们的根来收集信息。当然，这也正是德谟克利特所深信不疑的。

植物的根部很可能会对声音做出反应，这一发现促使人们做了许多新的实验。在曼库索的指导下，人们在一个葡萄园里安装了一个立体声系统。五年后的结果证实，与其他的葡萄藤相比，那些靠近音乐的葡萄藤长得更好，它们的葡萄成熟得更早，色、味也更佳。音乐还带来了一个额外的好处，它似乎能迷惑那些害虫，这样种植者就能少使用杀虫剂了。但对于葡萄藤而言，音乐中的关键要素不在于旋律，而在于音频。低音区里的某些音程似乎能促进它们的生长，但频率一旦再高些，就会对它们起抑制作用了。

这个理论得到了一家日本食品公司的支持，该公司发现，在鼓声的作用下，蘑菇的长势会更加喜人。后来，澳大利亚的研究者们也发现，小麦对220赫兹频率的敲击声有反应，并会将它们的根尖转向声音的方向。这些生命是受到了振动的影响吗？从曼库索的发现来看，植物与许多动物一样，也能感知到地球的磁场。例如，水芹就倾向于沿着磁场生根。

类似的问题只会越来越多。植物的敏感能称为某种感觉吗？那些种葡萄酿酒的酿酒师称，他们酿好的酒有时会受到一些莫名其妙的干扰。这种情况一年会发生两次，一次出现在葡萄开花的时候，而另一次则在收获的时节。每逢这些时刻，新酿的酒就可能出现几天的浑浊，即便是把它们连桶带瓶地搬离收获点也无济于事。这是一种持续的、一以贯之的生命节奏，还是一种同情心的流露呢？如果植物们真的具有某种意识，那么我们去探寻它们的情感也就不无道理了。

在这些问题的驱使下，我们开始对阳台桌上的一切都感到好奇。如果连葡萄酒和小麦都能感知周围的环境，那么意识也许就是无处不在的。我们正置身于植物和动物的感觉之网中吗？感觉会是生命的一种显著特征吗？

自打那些精力充沛的孩子们开始玩捉迷藏以来，我已经有段时间没看到他们了，但现在马上就到他们睡觉的时间了。他们的父亲采纳了我和姐姐保留下来的一项夏季传统，即在没有伴侣陪同的情况下独自陪孩子度假一周。由于孩子们和他们的爸爸都将住在小屋里，我在我姐姐陪伴孩子时重新调整了一下安排。

同时，我还绕着庄园巡游了一番。那些多汁的树干、舒展的枝条和蔓延的根系此刻都在做些什么？在我的脚下，树根和蚂蚁们可能正交谈甚欢，而树木们也将因此而受益。它们将一起打造出一片片类似于超级有机体的森林。

也许，我们的文化和社会也是如此。但植物与土地的联系更为密切，因为它们是生活在土地之中的。在这里，曼库索适时地说了几句安慰话，他相信在未来，技术将使植物成为人类的信息传译员，为我们提供有关空气、土壤质量和云层中有害物质的信息，及预报即将发生的地震。植物们将共同打造出一个“绿色网络”。

无论如何，植物们都证明了它们对这个世界知之甚多。它们不仅对光、声波振动和化学物质有所反应，还处于不断运动之中。而我之所以认为它们总是一动不动，只是因为我的眼睛和大脑对时间的理解跟它们不同。植物们只是以一种不同的节奏生活在一个不同的感觉世界和交流系统之中，因此，我不应将我自己的衡量和表达方式作为一种通用的标准。

蚯蚓对土壤振动的感知

每个生命的深处都有一个相互关联的交流系统。它存在于细胞层面，植物界和动物界似乎就在此“相遇”。实际上，动物细胞就类似于植物根部最外围的那些细胞。

上述种种是达尔文在比较植物的根部和蚯蚓的大脑时发现的。他的研究很大一部分都与植物学和蚯蚓这样的课题相关，尽管后者在很长一段时间内都只能暗中进行。达尔文有关“人类的祖先是猿”的观点已经够让人难以接受了——如果再发现这一谱系中还包括蠕虫的话，他将彻底丢掉饭碗。雪上加霜的是，他甚至认为蠕虫也有一定的智慧。结果，他有关蠕虫的研究受到了长期打压，直到20世纪30年代，托美国钢犁发明者的福，它们才得以重见天日。

蚯蚓在土壤中工作，这对每个人而言都不是什么新鲜事。在古埃及，艳后克利奥帕特拉（Cleopatra）曾下令禁止出口蚯蚓，因为如果没有蠕动的蚯蚓，尼罗河谷的肥力将不足以孕育出一个繁盛的文明。大约每十年，辛勤的蚯蚓们就能将一分米厚的土壤全部翻动一遍，以帮助其透气和恢复肥力。

不过，达尔文对蚯蚓的耕作天赋兴趣平平。相反，他所在意的是蚯蚓与植物的相似性。最初，他是在试着去了解蚯蚓的感觉时注意到这些的。他曾把灯放在蚯蚓的身旁来测试它们的视觉，也曾通过演奏乐器来测试它们的听觉，但无论是巴松、锡哨，还是他的喊叫声，都没能引起它们的反应。然而，当达尔文将蚯蚓放到钢琴上的一盆土里再演奏时，奇妙的事情发生了——音符使它们钻进了土中。可见，它们与植物一样，能感知土壤的振动。变化的音符里会带有某种讯息吗？事实证明，蚯蚓本身也能发出一些微弱而有规律的声响。

说到蚯蚓的嗅觉，它们似乎并不在意香水或烟草的气味，但它们会对自己喜爱的食物的气味有所反应。这样一来，达尔文便能确定它们喜欢吃什么了。它们会像人类一样品尝食物，似乎发现了野樱桃树的叶子要比榛树叶更美味。卷心菜、萝卜、芹菜和辣根也是它们的心头好，但对于像丹参、百里香和薄荷之类的草药，它们几乎连碰都不碰。

达尔文在总结他的对比结果时发现，蠕虫和植物间有着惊人的相似之处。由于它们都生活在地里，所以有着相似的感官。和植物一样，蚯蚓也拥有特殊的触觉和感光器——不是眼睛；它们虽没有味觉和嗅觉，却能感知土壤的化学特性。类似的地方还在于，它们本身都由多个部分组成，而这些部分并不彼此依赖，都能独自生存。蠕虫们虽不会像青草那样被肆意咀嚼，却几乎是所有动物——包括獾、鸟类甚至是鱼类——的盘中餐。这还远远不够，蚯蚓在每一次繁殖时，还得在不丢掉性命的前提下失去部分身体。人类就曾打着科学研究的旗号，将一些可怜的蚯蚓分割了近四十次才放过它们。

蚯蚓身上最重要的部位在其前端。它们就像是树根的尖端一样，既强壮得足以钻透土壤，又能够释放出报警激素——这类物质会在它们不慎钻入某个不适之处，且之后还想规避该地时，释放出来。有时身陷鱼钩时，蚯蚓也会释放此类物质。鱼儿们偶尔能感知到它们，之后便不会再去咬鱼钩了。

当然，蚯蚓与植物也有诸多不同。例如，蚯蚓的鲜血是由五个心脏输送到全身各处的，尽管它们更像是一些带有肌肉瓣膜的厚血管。它们也有大脑，虽说这个大脑不过是个放大版的神经束，但足以帮助蚯蚓做出决定、确定方位和学习新事物。蚯蚓们会谨慎地选出自己想吃的叶子，在把食物运往地道时，它们会多试几种解决方案，以找到最高效的方式。它们光滑的身子上长有小小的触足，可以紧紧地抓住土壤；它们还会卷起一些叶子，将其拖入洞中，堵住洞口，防止自己被鸟儿吃掉。

换句话说，这些光溜溜、活生生的小蠕虫远比人们想象的更为复杂。此外，在20世纪时，人们发现民间用蠕虫入药的做法也不无道理。蠕虫可以用于孕检，其体内还含有某种可以退烧的物质，因此，它们的化学成分绝不普通。但即便如此，蠕虫们最有趣的特征还是与植物根尖的相似性，而这也带来了一个更大的问题：在生物分类学上，不同物种之间的界限到底有多分明？毕竟，动物和植物有着共同的本源，而一些生物似乎与二者都有着千丝万缕的联系。

不同气味背后的情感连接

孩子们刚要上床睡觉，一个小插曲就发生了。他们在一张双层床边发现了一列行进在蚁道上的蚂蚁，秩序井然。对此，孩子们的反应各不相同。一个孩子着了迷，想要知道所有关于蚂蚁的事情，而其他孩子只想远离这些不速之客。对于他们不同的反应，我都感同身受。之前我叫人送来了一些毒药陷阱，我打算先找一个出来，它们应该是在木工棚的某处。

在棚子里，我看到了孩子们可能会感兴趣的另一些东西。之前的某天，腐烂的砧板上出现了一个黄色的垫子。起初，我还以为它是狐狸带来的某样东西，但细瞧之下，我才发现它是一种名为“炒蛋泥”的黏菌。在瑞典，该物种有时又称“黄油巨怪”，这并不难理解——黏菌可以移动。由于能在地上移动的真菌并不常见，所以一些生物学家将其归入了动物界。为此，另一群生物学家大为光火，在他们看来，黏菌会传播孢子，所以应属于植物界。

事实上，这些争论不休的生物学家们都错了。黏菌既不是动物，也不是植物或者真菌。它们更像变形虫，因为它们是由单细胞构成的。可即便是单细胞生物，也能完成许多事。它们能相互识别、交流和记忆，要是它们和黏菌一样也没有细胞壁的话，还能结合成一个拥有许多细胞核的细胞。随着这些细胞核来回流动，整个细胞团就会移动，在此过程中，它会贪婪地吞噬掉其所能发现的所有细菌。黏菌可以进食——这也难怪生物分类学家们会感到迷惑不解了。

现在我正寻找着“黄油巨怪”，它从砧板上消失了——不管怎样，对孩子们来说，一团懒洋洋的细胞兴许激不起他们的兴趣。但对研究者而言，黏菌为生命进化提供了重要信息。它们众多的细胞核讲述了单细胞生物开始结合后会发生的故事。当黏菌被置于迷宫用于测试时，它们会展现出超乎寻常的记忆力。与蚂蚁一样，这表现为它们对自己留下的气味痕迹的记忆，但二者的区别在于，黏菌绝不想回到有这些痕迹的地方。若是认出了自己的气味，它们就会另辟新径，以避开已觅食过的地方。不过，这给研究人员提供了一个线索。像这样的对外部环境的记忆可能就是通往其内部记忆的第一步。

我们很难称外部记忆是原始的或低劣的，因为我们自身的外部记忆恰恰是我们文化的基石。最近，我刚刚输了一场家庭记忆游戏，但我也在书籍这样的外部记忆中自由自在地徜徉。黏菌告诉了我们一个事实——即便不以书面形式存在，外部记忆也在生命中扮演着重要的角色。

此外，在我看来，“黄油巨怪”要告诉我们的并非只关乎记忆的进化，它也证明了一个有关植物的观点。那就是，即便一个生物体没有眼睛、大脑和神经系统，它也能对周围的环境进行定位，而后记忆。

找到一个捕蚁器后，我在小屋外徘徊了一会儿。像其他花儿一样，金银花惬意地伸着懒腰，散发着淡淡清香。很快，蜜蜂、鸟儿、飞蛾们便要扇动翅膀，在一片沙沙声中，蜂拥至此，钻入已然绽放的花儿蜜腺处了。

芳香赋予了夏夜精髓，也唤起了我对过去某些夜晚的回忆，那时，我曾目睹花儿爬上裂隙。毕竟，“气味中可能隐藏着记忆”这句话并不仅仅适用于蚂蚁和黏菌。我的姐姐至今仍记得一个场景——妈妈给她看了一株蝴蝶兰，还说“闻一下吧！”在那缕芳香的指引下，林间的空地似乎通向了半个世纪后的某个小世界。

无形的气味能唤醒某些逝去的东西，这实在令人震惊。马赛尔·普鲁斯特（Marcel Proust）就是在一小块甜海绵松糕的帮助下，打开了记忆的大门，回想起了一生。这告诉我们，痴呆患者的嗅觉会衰退，但即便气味稍纵即逝，却能萦绕在许久前的事件和处所之上。数百万年来，气味指引着我们的一生，这也就是为什么我们和所有哺乳动物一样，长两个鼻孔来寻找气味之源。然而，自打我们开始为我们之所见命名并绘制地图后，气味便不再那么重要了。那一刻，气味跌入了一个无名的阴暗世界。

但是，对于盲聋人海伦·凯勒（Helen Keller）而言，嗅觉的世界依然弥足珍贵。她可以基于自己所闻到的气味，确切地描绘出草地、谷仓和松树林的景色，就像她已亲眼见到一般。与人会面时，她还能根据他们身上的气味，描述出他们的特征，这与他人通过声音来辨别朋友多少有些相似。她能说出他们是来自花园还是厨房，也能辨认出那些精力充沛的人身上尤为强烈的气息。

卡斯帕·豪泽尔（Kaspar Hauser）在阴暗的牢房里长大，对他来说，嗅觉也同样重要。他可以通过树叶的微妙气味来区分不同的果树。然而，在很长的一段时间内，在面对人群里涌现的各种现象时，他却束手无策。

飘浮着的气味分子会是生命最古老的形式之一吗？和动物界存在的信息素一样，气味也是生命中一种纯粹的要素，数百万年来，它们一直在提供着重要的帮助。新生儿通过气味寻找母乳，而难闻的气味则是变质食物发出的警告。即便隔着一段距离，气味也能告诉我们一些其他生物的事情：那个正在靠近的生物是掠食者，是潜在的猎物还是合作伙伴？成千上万的有机分子环绕着每一个生物体，形成一种独特的标记。

当气味跨越物种界限时，对它的解读就会更加模棱两可。针叶林的香气中含有萜烯，这对微生物而言是一种震慑；扁虱、蛾子和跳蚤也因为类似的情况而厌恶薰衣草。但人类却像蜜蜂般独钟于这样的香味，这也难怪我们会像蝴蝶沾染玫瑰的香气求偶一样，借用花儿的芬芳来吸引异性。数千年来，人们用花瓣、果皮、种子、叶子，甚至是树根和树皮制成了数不尽的香水。同音调一样，缥缈的香气也可以相互组合，实际上，它们可以被分为前调、中调和尾调。19世纪时，一名调香师运用香味制作了一个完整的音阶，其中，音阶中的D调对应紫罗兰，E调对应金合欢，F调对应晚香玉，G调对应橙花，A调是新割的干草，B调用的是青蒿，而C调则对应樟脑。运用其他种类的花香也可以制造出其他不同的音阶，因为香味世界同音乐世界一般，都是千变万化的。

前调最先侵入鼻翼，也最早消退。中调的香气可以来自茉莉、玫瑰或者丁香的干花蕾。尾调中，干橡苔闻起来就像是海岸或者雨林。不过最经典的尾调还要数檀香，据说这种香气既能使人平静，又能很快激起人的性欲，因为树木本身便是温暖的。

还有一些尾调与动物有关，龙涎香就是其中的一种，这种神秘的香精曾被视为与黄金和奴隶一样珍贵。它来自深海，留香持久，长达多年。人们可以在海滩上找到它，但是作为一种脂肪物质，龙涎香也曾在抹香鲸的胃里包裹着头足纲（头足类动物）的骨头。

无论是淡雅还是浓郁，温和还是刺激——香水中的香味来自一切生命流动和激荡过的地方。香味如生命，又如音乐，它们会慢慢变化，尔后消散，但它们那安静而又激烈的言语却一直如影随形。人类早期的嗅觉只是神经末端的一个组织结，但最终它演变成了大脑边缘系统的一部分。因此，我们的大脑半球曾一度就像是嗅柄上的花蕾，与萌芽中的花朵没什么两样。有人甚至认为，人类的思维是通过对气味的感知而产生的，但肯定不受大脑嗅觉区的管控。思维根植于大脑的边缘系统，即大脑的情感中枢，因此，气味与情感也有着紧密的联系。

和感觉一样，我们也很难去描述各种气味。怎样才能捕捉到一种气味呢？古罗马诗人卢克莱修（Lucretius）相信，嗅觉可以描绘出气味粒子的形状。在20世纪60年代，有人也提出了一个相似的理论。根据该理论，花香分子是楔形的，麝香分子是圆盘状的，而樟脑的香味分子是球状的。但无论是气味分子的形状，还是它们的化学式，都没能帮助人们用更简练的语言去描述气味的本质。即便出色如调香师，能辨别数千种气味，在被要求描述各种气味时，也会感到不知所措。气味属于一门没有任何语法规则的语言。它们是飘浮着的化学物质，在微风、水汽和热气中飘荡，伴随着当下，也伴随着地球的一生。

或许我们嗅觉的情感根源能解释为什么如此多的感情都可以通过花儿来表达。在生日庆典或葬礼上，花束随处可见，人们甚至编写了一系列有关花语的书籍，来向热恋中的人解释各种花儿所对应的不同情感。这源自维多利亚时代人们所采用的一种避讳方式，相较于直接提及花和蜜蜂在一起做了什么，人们更喜欢把鲜花用作委婉的表达。总之，这说明了花儿是如何帮助我们传递情感的。

这也不仅仅与情感相关。虽然我们的眼睛能看到数百万种深浅不一的颜色，但我们能脱口而出的却只有寥寥数种——在这方面，花儿也助了我们一臂之力。“玫瑰红”来源于玫瑰，橙子为我们带来了“橙色”，“紫罗兰色”是拜紫罗兰所赐，还有“淡紫色”来源于薰衣草。另一个用花卉形容紫色的古语词为“亚麻灰”（gridelin），源于法语 gris de lin，意即“亚麻的灰色”。它的出现为调色板带来了一丝鲜活，因为在早些时候，一些地方称它为棕色。

事实上，颜色和气味对我们的影响一点儿也不比对蜜蜂少，但要谈论它们却是另一回事，更不必说要赋予它们生机和活力了，因为那样只会更难。起初，文字在枯死的植物（如埃及的纸莎草和斯堪的纳维亚的山毛榉切片）上留存；随后，数以亿计的文字在用树浆制成的纸上代代相传。和蜜蜂从群花中酿出蜂蜜一样，植物们必须合力创造一种更为伟大的东西，因为其结果是为了传递一种将要延续至未来的生命本质。

或许这就是文学与生物学的交织之处吧？毕竟，“文化”（culture）的确与“培养”（cultivation）相通。就像植物可以交叉授粉一样，人类可以相互交流；果树可以嫁接新枝，人类也可以接纳新的思想。我们会像给花坛除草一般修改过于复杂的句子，以实现更自然的韵律。词语可以从一种语言传入另一种语言，也可以产生新的混合形式。还有许多词语生出了与花卉相关的词义，它们一道为文字世界带来了芬芳和荫蔽。

当我想到这一点时，我发现文学和园艺似乎也紧密相连。没人能与自然抗争，但我们可以花些时间关注那些隐隐涌现的感情。因此，我不仅与工匠们亲近，对园丁也有一种亲切感。

细菌创造的新世界

与家人共度的时光是永恒的，却也充满了紧张的气息。后来，时间好像真的被塞进了一个满是生命力的种子里。记忆如同叶子，随风飘向远方，所以就算记忆所触及的一切都消失了，它也依然令人经久不忘。

待我去了别处后，孩子们继续在小屋里度过他们的假期。后来，我回来见到园丁时，发现森林里的蓝莓正茁壮生长。但还有更大的变化呢！——伏旱期间，附近的水井日渐干涸，庄园里的桦树几乎都死光了。8月里，它们的叶子飘落枝头，将一去不复返了。

我不禁想起《埃达》中描述“世界之树”命运的片段，感到十分沮丧。书中，那条叫尼德霍格的蛇咬着大树的根部，越咬越深，而滋养大树第二条树根的密米尔泉的泉水也开始慢慢变酸。最后，“世界之树”只剩下第一条树根，那儿是诺伦三女神纺纱、捻线和剪断命运之线的地方。看到枝条上的树叶逐渐变黄，女神们非常担心，但米德加德人依然过着昔日的生活，直到大树被风暴吹倒，洪水涌了进来。众神弃树于大火中，大火熊熊燃烧，将天空染得通红。

在我绕着小屋踱步时，我发现至少角落里的那棵桦树挺过了这场干旱，也许是因为它的根扎得更深吧。它一定感受到了庄园里其他桦树的命运，因为它们是一家人，它们之间能相互交流。在小屋的另一边，矗立着它的姐妹干枯的骨架。我在门前看到的便是这么一幅伤感而又醒目的画面。头年春天的时候，我在那儿挂了一个可以来回摆动的小鸟舍。那棵树上总是有很多鸟，我曾在6月里看到一只雀鹰潜入枝条，像摘水果一样轻松地叼走了一只蓝山雀。这一幕令人不快，但那棵树欢迎所有的鸟儿。

即使是最艳丽的花朵不也暗示出死亡是生命的一部分吗？春日里，丁香花的香气中含有吲哚，那是一种有机化合物，由腐败物产生。夏季的伞形科植物群也有着同样的双重特性。一方面，人们可以将欧芹、欧洲防风草、孜然和山萝卜做成美食或用于治病；但另一方面，毒芹有毒，食用后能致人死亡。这些植物同属一科，我们只能通过它们的根、茎、叶、果实、花期和栖息地的不同来区分它们。生和死之间有着某种奇怪的联系，就如同一块针织品的正反面那样。森林中一半的物种都生活在死去的树上，而植物则通过土壤中发生的分解过程来汲取养分。但分解作用中的那些组成成分一直都在那儿。它们表明，地球的丰饶都源于所有生物间的相互作用。

我把地上的枯叶耙起，带到堆肥上，很快，那堆肥便成了这儿最活跃的角落之一。腐殖质下的景观丰富多彩，足以与周围的风景相媲美。花粉与破碎的基岩、细菌和其他无数的微小生物混杂在一起。真菌的菌丝繁密如森林，里头藏有弹尾虫们的爱窝。某处，一只甲虫还在寻觅着晚餐，而另一只千足虫已在享用它的木虱。这是一幅热闹非凡而又鲜为人知的生活画面，因为只有少许地下生物为人知晓。然而，正是它们齐心协力，共同创造了土地本身。古希腊人认为土壤是一种元素，但它实际上是水、空气、颗粒和无数微生物通力合作的产物。

我挖了一铲子堆肥，看了看。上面可能有数百万个细菌，十万只微型蠕虫，在各类真菌和藻类中可能还有两万只螨虫。这些数以亿计的贪婪食客会将腐烂的物质转化成植物的养料。它们尽情吃喝，好像在享受一场盛大的宴会。那些能制造出啤酒、葡萄酒、奶酪和面包的酵母，现在正在把落叶中的糖分变成酒精，随后酒精又融入细菌中，成为醋酸。这个氧化过程就和蜡烛燃烧一样热烈，它使万物都像世界本身一样运转，因此一个故事的结尾或许也是另一个故事的开端。

在堆肥劳作时，我的手被划了一个口子，为了安全起见，我进屋去清理了一下伤口。细菌们是隐秘的。它们的种类如此繁多，彼此分隔开，那些滋养植物的细菌对人类来说可能是致命的。

细菌的世界是如此非同凡响。这不仅仅体现在不同的土壤各有其特定的菌群，还体现在所有的细菌都在向真菌发动着无声的进攻，而真菌则用一种抗菌武器来保护自己。古埃及人似乎对细菌和真菌之间的大战一无所知，却用一种由霉菌制成的糊状物来涂抹伤口。因此，他们也许只是偶然发现了霉菌的妙用。虽然这种联系在20世纪时日渐清晰，仍旧源自一个纯粹的巧合。亚历山大·弗莱明（Alexander Fleming）将一个满是细菌的培养皿落在了温暖的实验室里，后来发现皿上有霉菌入侵，才领会了其中的意义。

孩提时代的我就曾是细菌和真菌交战的战场。一名过于热心的医生给我开了大剂量的抗生素，想要一劳永逸地治好我反复出现的感染。他说这将杀死所有的细菌，从某种意义上看，我觉得他做到了。我突然感到说不出的疲惫，还对几乎所有的东西过敏。当时我们养了一些狗，带它们到树林中散步也变成了一种折磨，因为我似乎再也不能忍受任何植物和动物了。但我不想生活在一个无菌的环境里，所以最后妈妈带我去接受了自然疗法，这才使我的过敏症状消失了。随着我日益强壮，真菌和细菌间的平衡也许恢复了。我记得，这种疗法还包括吃花粉糖丸。

直到后来人们才发现，身体里所有的细菌加起来的重量和大脑一样；人们还发现，细菌以它们自己的方式，扮演着和大脑一样重要的角色。一些细菌提升了我们的免疫系统，另一些细菌能够带来酶、维生素和游离营养素，一些细菌可以控制皮肤上的外来细菌，还有一些细菌向大脑传送神经递质。这表明它们也许还能够帮助治疗抑郁症、自闭症和多动症。实际上，我们体内包含着一个完整的细菌生态系统，细菌在适当的位置上以合适的比例各司其职，它们对人类而言都是必需的。如果仅仅从我们体内数以亿计的细菌出发，我们几乎可以被归为它们的同类。

细菌们不仅数量繁多，还活力四射。一个在盐晶里待了2.5亿年的细菌只需要一点点水分就能苏醒，并能很快开始繁殖。繁殖对细菌来说是再容易不过的了。由于它们每二十分钟就分裂一次，它们的繁殖就和死亡一样从不间断。它们能自由地向营养源移动，能感受到光、温度、化学环境和磁场的变化。它们还能互相交换分子和DNA，以及像蚂蚁一样构建庞大的网络。除此之外，细菌能和地球上所有的生物和平共处，并存在于它们之中。在过去的海洋时期，人类和细菌也有着相同的起源。

最近，人们发现了细菌在进化早期所发挥的作用。20世纪60年代时，年轻的生物学家林恩·马古利斯（Lynn Margulis）对细菌的重要性做了一个假设，但那时她违背了进化论的常规解释，所以人们只觉得她是个古怪的离经叛道者。常规的解释将进化描述为一场战争，但在她看来，相比于竞争，这看起来更像是一种互补的过程。自然选择可以做到优胜劣汰，却创造不出新的东西；但合作可以，因为融合比孤立带来更多的新鲜事物。另外，那些存活下来的物种大多都已适应了周围的世界，而周围的世界又意味着有其他种类的生命。简单来说，每一个个体都依赖别人而活。地球之所以容纳了800万种生命，并不只是为了造福其中的某一个物种。

马古利斯还发现，动物学家用动物来阐释进化是不准确的。动物界是新近才出现的，所以她回顾了原始海洋中的第一批细胞。即便是在那里，她也看到了共生的现象。她的假设是，在生命早期，细菌曾一度进入其他细胞，并在那儿成为动力之源。生命的多样性似乎就是得益于此。随着时间的推移，她的理论得到基因研究的证实，她也成为现代生物学中最杰出的研究人员之一。

但她花了一些时间才引起别人的注意。承认细菌是人类的祖先比说人类是猿猴的后裔还要糟糕，她用于陈述其理论的文章也遭到了15家科学杂志的断然拒绝。但她仍然不屈不挠地继续她的研究。

例如，她注意到细菌能产生气体，并猜想这影响了地球的大气。在嫁给天体物理学家卡尔·萨根（Carl Sagan）之后，她认识到生物学和天文学之间或许也有共通之处。她还得知，她的理论受到了效力于美国宇航局的生物化学家詹姆斯·洛夫洛克（James Lovelock）的认可。

在比较了地球、火星和金星的大气层后，洛夫洛克发现了三者的差异，得出了一个基本结论：地球的大气来源于生物。生物创造了地球的大气，并对其调节至今。因此，大气层——也就是我们所说的天空——与同由生物创造的土壤一样，都是独一无二的。

从某种意义上说，从太空中观察地球要比从地面上容易得多，毕竟后者的视角有限。第一批宇航员就曾惊异于我们所居住的这颗闪闪发亮的蓝绿色珍珠。他们还能看到绕着地球自由飘荡的风和雨，因为那里没有边界，只有一些过渡空间，就像是山脉和山谷之间一样。

在马古利斯和洛夫洛克将各自的知识结合起来后，生物学和天文学之间便擦出了奇妙的火花，这在上文已经提到过了。他们发现了一种上至大气层，下至细胞间，能持续反馈循环的相互作用。它就像一个编织品，植物、动物、真菌和微生物在其中相互依存。生物进化并不一定朝着更好的方向前进，新生物种也未必比已有物种更加强健。毫无疑问，最早登场的细菌将会比其他所有物种都要存活得更久。

所以这个假说应该叫什么呢？洛夫洛克喜欢和他的邻居，也就是作家威廉·戈尔丁（William Golding）一起散步。虽然戈尔丁后来获得了诺贝尔文学奖，但年轻时他也曾研究过自然科学。在洛夫洛克把同马古利斯合作得来的假说告诉他时，他着了迷。为什么不用古老的大地女神盖亚的名字来给它命名呢？就和地质与地理的英文是用 Ge 开头一样，盖亚的希腊名字也是以 Ge 开头的。事实上，作为一个小说家，戈尔丁习惯于用主角来推动情节的发展，该习惯在这儿也发挥了作用。在希腊众神中，盖亚是大地女神，也是抚养与生育之神。鉴于人们总爱将人类的特征联想至神灵的身上，以盖亚命名也可以增进人们对假说概念的理解。洛夫洛克是个浪漫主义者，他接受了戈尔丁的建议，“盖亚假说”由此得名。

但林恩·马古利斯对此并不满意，她认为盖亚女神这一隐喻会使人产生错误的联想。该假说和任何一种单一的力量源泉无关——恰恰相反，它关乎地球上从细菌到动植物的所有生物间灵活的相互作用。“盖亚假说”这个名字会引导人们去探索地球生命力量背后的人类特征，而该理论却刚好相反。

事实证明，马古利斯的顾虑不无道理。因为它的名字，“盖亚假说”一开始便与各种神秘的新世纪幻想联系在一起。它还被解读为一种女性主义，因此本着同样的精神，马古利斯本人也被称为“科学上桀骜不驯的地母”——这多少有点类似“现代的盖亚”的意思。假说的核心观点——地球上所有生物之间的联系——反而与另一个不同的名字联系在一起。亚里士多德曾将地球上的各式联系比作一个共同的家庭，而希腊语中对房子的称呼给我们带来了“生态”一词。该词于19世纪被生物学家恩斯特·海克尔（Ernst Haeckel）首次使用，并在20世纪60年代蓬勃发展的环境运动中得到了更为广泛的运用。

至于洛夫洛克和马古利斯的理论，随着时间的推移，它得到了科学界大多数人的支持，但是“盖亚”这一名字却被人们有意避开了。如今，人们更常用到的是“地质生理学”或者“地球系统科学”，而地球上的各种相互作用则被以一种技术形象来加以说明，即互联互通的计算机。这也是斯特凡诺·曼库索用来解释蚂蚁和植物之间智慧相通的方式。无论其是大是小，都与网络有关。

处理完堆肥后，我坐在阳台上，开始思考人们对地球上存在的各种相互作用的诸多描述。一张网既强韧又脆弱，其中每个单独的环节都十分重要。它不仅仅是一条普通的线，因为就像树底下的那些线一样，它在土壤里会变成菌丝。当我注视着小屋角落的那棵桦树时，我想那棵古老的“世界之树”也是一个合理的象征。与女神、房子和电脑不同，树是在地球上真真切切活着的生命。那棵桦树的树皮皱得就像老人的皮肤，但我知道，春天的嫩芽正藏在它的枝条里，蓄势待发。即便那棵树是嵌合体，有着各种各样的可能性，这些嫩芽却共用着同一个枝干。那棵树只有凭借自身的多样性才能活下来。每一部分都以自己的方式完美地存在着，即使生命是恣意的，每种事物也都有其存在的价值。

这个夏天，我为细菌们画了一张谱系图。本来我是打算将人类纳入其中的，但我们与所有其他细菌的界限在哪里呢？目前，研究者们已从一个更宽泛的谱系中找到了地球上所有生物的最小共同起源。这个谱系可真是一个庞大的集合，从微生物延伸到了植物再到动物。该起源被称为“露卡”（LUCA），它是所有物种的共同祖先。露卡也许在许多地方都曾出现过，但无论如何，它都是一种原始的细胞。

我的目光扫过那棵桦树，扫过那群蓝山雀，还扫过它们背后那些熠熠生辉的生命。如果所有的生物都是露卡的后代，那么我体内的细胞一定与其他生物有所联系，因此庄园里似乎遍布着我的家人。尽管我们长得一点儿也不像，但我们本质上是相同的。

细胞能构建如此众多形形色色的生物体，这似乎是不可思议的。但秘密就藏在遗传基因中，它或多或少就像字母和书籍那样，能不断地创造出新的世界。我体内大约上百万的基因就是证明。其中某个基因既描绘了我神经系统的图纸，又存在于昆虫和蠕虫的体内。这还远远不够——我与树木和百合也有着相同的基因。

不同物种的无声联结

自然，这个庄园只是地球上一小部分生命的家。在某个声称要用一个片段来展示生命广度的自然历史博物馆里，我曾大开眼界。该片段被投射在电影室的圆顶上，气势恢宏。故事的开端是宇宙大爆炸，随着所有元素的形成，群星闪烁的天幕徐徐展开。放大新生的地球，可以看到流星雨下火山在喷发。接着地球越变越红，尔后火山岩形成，地球转为黑色。再然后白霜覆盖大地，地球一片苍茫。最后生命诞生，地球上绿意盎然，生机勃勃。

我继续朝前走，穿过一个又一个矿石展厅，那些矿石或是身披时间烙印，或是受压变成了宝石。在头足纲的骨骼和先祖的头骨中，我看到了化石的印迹。我还穿过一个个动物化石的展厅，它们中有的已经灭绝，有的还没有。忽然，我发现一只獾正面无表情地盯着我，惊吓之余，我慌忙逃入了另一个房间。在那儿，我看到许许多多的蝴蝶被钉在墙上，还保留着逝去时的模样。蝴蝶下面是一个个微微发亮的甲虫，还有用砷保存起来的鸟儿们鲜艳的羽衣。一个著名的植物标本集因受其内部珍品重量的影响，已然下陷。

但这些展厅和展品中还缺少了某样东西。生命一往无前，不断地滋养自身，不断地交配、交流、捕猎和逃窜，这些都与土壤、水、天空和彼此紧密相连。这是一种永恒的相互作用，它使万物繁盛，使生的渴望绵延不绝，也创造出了更多的生命。人类在不同物种间建造的高墙有两面，分别属于两边不同的生物。现在我知道了，我房间的墙将我与蜜蜂蚂蚁分隔开来，天花板是鸟儿的地板，就像地板是狐狸的天花板一样。

但是，还有一个问题。所有的生物体都是如何相互联结的？在点彩艺术中，无数的点组成了一张张图像，就像屏幕上的像素那般。它们是如何做到的呢？点越多，画面就越清晰，因此每一个点都有助于形成阴影和细节。

要将它们一次讲清是不可能的。在一个故事中，所有的事情都从一个角度出发，但在芸芸众生中，情况就不是如此了。在一节绘画课上，我学会了如何用文艺复兴时期的黄金比例来加深透视，而这一比例在大自然中似乎也有迹可循。彼得·尼尔森（Peter Nilson）发现，在蜗牛、松果和向日葵的结构中都体现了黄金比例，因此或许自然和艺术都遵循着相似的法则。

作为一名天文学家，尼尔森甚至发现了宇宙形状和音乐形式之间的联系。第一批原子振动般地持续穿过宇宙，造成了计算机中的“闪烁噪声”。这种振动不仅存在于遥远的恒星系统，在地球的水路、风、自然灾害和股市波动中也有所体现。

生物间也存在着一些相互关联的声音模式。若我们用二倍速来播放长臂猿的叫声，它听起来就像是鸟鸣；而用较慢的速度播放时，它听起来又像是鲸鱼的声音。在把这些声波都记录下来时，我们会发现它们的模式相同，就像树枝与树相像一样，其中的区别只在于音阶和节奏。

而节奏也弥补了其他一些差异。蜜蜂在一秒内所做的动作比我们肉眼所见的快100倍。相比于体型较大的动物，新陈代谢更快的小型动物在世界上占比更大。鸣禽和老鼠的心跳每分钟可达600次，就像在微风中抖动的叶子一般。相比之下，鲸鱼的心跳节奏要慢100倍。因此，大大小小的生物一生中心跳的总次数都大致相同。

这些可以被看成拍子记号吗？如果昆虫是按照十六分音符的节奏来移动，而哺乳动物遵照的是四分音符节奏的话，那么獾沉重缓慢的步伐代表的就是全音符了。每一种生物都在一首流畅而不断变化的曲子中穿行。在所有生物之下，在地球核心的磁场中也上演着一段相同的和弦。该和弦以每秒8到16次的频率振动。而同样的节奏也在我的大脑中上演，使我归于平静。所以我们的节奏已经调节至和地球同步了吗？这是一个多么惊人的想法啊！

接着，我想起了美国宇航局对地球电磁波动的记录。将这些波动转化为声音后，呈现出的是一阵轰鸣式的和声，没有开端，也没有尽头。地球上的所有生命都是那轰鸣声的一部分吗？生物化学家杰斯珀·霍夫梅耶（Jesper Hoffmeyer）将地球的整个交流圈称为符号圈，作为一种生物学基本原理，它包含了数百万种表达方式。它既是气味、颜色和形状，也是化学信号、触觉和运动，还是各式各样的波纹以及电场。简而言之，它是生命的迹象。它是乌鸫的转调，是大山雀的五度音，是昆虫翅膀发出的嗡嗡声。它是鲸鱼的歌声，是鱼儿与软体动物的合奏曲。它是生物交配时的嚎叫声，是母狐接连不断的响鼻声，是獾的呼噜声，是田鼠的超声波歌声，也是蚯蚓微弱的声音。

在每个生命的深处，也存在着无声的基因和弦。它们就像一种在四键乐器上演奏的音乐。一个基因的和弦可多达上百种，若与其他基因串联，还可将古老主旋律的变奏曲转变成连贯的新曲调。它永不停歇，因为生命就是一首永不完结的交响乐。

夏末的空气明亮而又柔和，又到了候鸟们离开的时候了。在季节变换之前，它们一定在储存着微薄的口粮。

我不再梦想着追随它们的步伐，它们出生与成长时的空气依旧环绕在我左右。空气中浸润着成千上万种气息，蕴含着翅膀扑棱的振动声，还充斥着无数消散的呼吸。空气中甚至还散落着零星的生命碎片，因为其分子中含有一百种不同的藻类、四万个真菌孢子和一万种植物花粉的踪迹。其中还盘旋着盐、灰尘、泥，甚至黄玉的微小颗粒，似乎整个世界都想汇集在这无限的空气里。鉴于每小时都会有上百万个微小颗粒从我的皮肤脱落，我自己也参与其中。

对于这一切，我的感官都察觉不到。我甚至不了解那些在我脑海里构建世界的神经细胞。它们就像银河系里的星星一样多，因此我所感知到的一切都被囊括在它们无数的分支中。就在这时，我有了一个想法，包含记忆的空气是被重新创造出来的。当我的注意力集中在别的事情上时，它就处在背景板里，就像当我把目光转向别处时，这片土地上的一切就沦为背景一样。

然而，我只能感知到周围事物的一小部分。我暗暗将自己的感官能力与其他生物作了比较。狐狸能听到蚯蚓在绿草上行进，植物的根可以感知土壤中细微的化学反应。鳗鱼能捡起洒入湖中的丁点物质，海豚能运用回声了解百米外的事物。候鸟脑中装有指南针、天气雷达和定位系统，雄蚊能闻到千里之外雌性的气息。对蚂蚁而言，它们则运用气味建造了整个蚂蚁社会的基础设施。

想想看蜜蜂都能感知到些什么！它们脑内的地图是如此丰富，能具体到每一朵花儿的条目，包括它们的花期和到达那儿的飞行时长。它们还和鸟儿有着相似的本领，能在花中观察到紫外线的变化，从而飞进飞出。

如果可以把所有的这些专门的感官都结合起来，会发生什么呢？会展示出什么样的场面呢？我们人类会不会实际只是某些图像或音乐的一部分呢？这可以在水流中实现，水流根据它填充的东西形成它的形状，也许这就是生命如何在最小的螨虫和叶片中找到一个中心点的方法。

难道说，我爱生命，爱的只是它纷繁复杂的各类形态？景天仍在地上盛放，我突然意识到它们就是施展爱情魔法的精灵。一朵景天弯了腰，我将其摘下，置于阳台桌上的水壶中，让嫩枝与它为伴。很快，一只夏末的熊蜂闻味而来，想寻些花蜜，在一片翅膀拍打的嗡嗡声与树叶的沙沙声中，我隐入了生命之声的世界。突然，一根桦树枝掠过了西墙，我抬头一看，只见那儿蹲着一只松鼠，它也是初来乍到吧。从它瘦削的尾巴来看，应该是一只小松鼠，很快它就要与伙伴接管这片领地了。它睡眼惺忪地瞧了我一眼，又闭了会儿眼睛。接着，它又睁开了眼，迎上我的目光。地球上有上千种我从未见过的生物，还有上千种我从未掌握的语言，但我总能与它们不期而遇，相对无言，就如此刻一般。对此，我乐在其中。

我想，它一定就是拉塔托斯克了。留下来吧，我们一起守护这棵树。

参考文献

作者注：我们生活的世界里充斥着各种各样的信息，它们往往比任何小说都更像童话。对一本涵盖了数百种来源、数千条常识信息的书而言，一切都如此重要。但如果我在文中引用这些信息，本书就成了一篇学术论文，而非文学散文。因此，我在最后汇总了本书所引事实的全部出处，并对背后数不尽的研究人员致以最由衷的感谢。

著作

Ackerman, Diane. *Sinnenas naturlära,* övers. Margareta Eklöf, Stockholm 1993 (Original title: *A Natural History of the Senses*).

Ackerman, Diane. *The Human Age: The World Shaped by Us*, New York 2014.

Ackerman, Jennifer. *Bevingad intelligens: I huvudet på en fågel,* övers. Shu-Chin Hysing, Stockholm 2018 (Original title: *The Genius of Birds*).

Aftel, Mandy. *Parfym En väldoftande historia*, övers. Margareta Eklöf, Stockholm 2003 (Original title: *Essence and Alchemy*).

Alderton, David. *Animal Grief: How Animals Mourn*, Poundbury 2011.

Almqvist, Carl Jonas Love. *Jaktslottet: Ormus och Ariman* m.fl -berättelser, Stockholm 1969.

Andrews, Michael. *De små liven inpå livet. Upptäcktsresa på människans hud,* övers. Nils Olof Lindgren, Stockholm 1980 (Original title: *The Life that Lives on Man*).

Angulo, Jaime de. *Indian Tales*, New York 1974.

Bach, Richard. *Måsen: berättelsen om Jonathan Livingstone Seagull,* övers. Tove Bouveng, Stockholm 1973 (Original title: *Jonathan Livingston Seagull*).

Baker, Nick. *ReWild: The Art of Returning to Nature*, London 2017.

Barkham, Patrick. *Badgerlands: The Twilight World of Britain's Most Enigmatic Animal*, London 2013.

Barnes, Jonathan. *Aristotle: A Very Short Introduction*, Oxford 2000.

Barnes, Simon. *The Meaning of Birds*, London 2016.

Bastock, Margaret. *Uppvaktning i djurvärlden. En bok om parningsspel och könsurval*, övers. Sverre Sjölander, Stockholm 1967

(Original title: *Courtship: A Zoological Study*).

Beerling, David. *The Emerald Planet*, New York 2007.

Bergengren, Göran. *Meningen med bin*, Stockholm 2018.

Black, Maggie. *Water: Life Force*, Toronto 2004.

Boston, David H. *Beehive Paintings from Slovenia*, London 1984.

Bright, Michael. *Intelligens bland djuren*, övers. Roland Staav, Stockholm 2000 (Original title: *Intelligence in Animals*)——*Djurens hemliga liv*, övers. Roland Staav, Stockholm 2002 (Original title: *The Secret Life of Animals*).

Buch, Walter. *Daggmasken i trädgård och jordbruk*, övers Sixten Tegelström, Göteborg 1987 (Original title: *Der Regenwurm im Garten*).

Burton, Nina. *Den hundrade poeten: Tendenser i fem decenniers poesi*, Stockholm 1988.

Burton, Nina. *Den nya kvinnostaden: Pionjärer och glömda kvinnor under tvåtusen år*, Stockholm 2005.

Burton, Nina. *Flodernas bok: Ett äventyr genom livet, tiden och tre europeiska flöden*, Stockholm 2012.

Burton, Nina. *Gutenberggalaxens nova: En essäberättelse om Erasmus av Rotterdam, humanismen och 1500-talets medierevolution*, Stockholm 2016.

Burton, Nina. *Det splittrade alfabetet: Tankar om tecken*

och tystnad mellan naturvetenskap, teknik och poesi, Stockholm 1998——D*et som muser viskat: Sju frågor och hundra svar om skapande och kreativitet*, Stockholm 2002.

Capra, Fritjof. *The Web of Life*, London 1997.

Caras, Roger. *Djurens privatliv*, övers. Bo och Gunnel Petersson, Stockholm 1978 (Original title: *The Private Lives of Animals*).

Carson, Rachel L. *Havet*, övers. Hans Pettersson, Stockholm 1951 (Original title: *The Sea Around Us*).

Carson, Rachel. *Tyst vår*, övers. Roland Adlerberth, Lund 1979 (Original title: *Silent Spring*).

Casta, Stefan & Faberger, Maj. *Humlans blomsterbok*, 1993/2015.

Chaline, Eric. *Femtio djur som ändrat historiens gång*, övers. Hans Dalén, Stockholm 2016 (Original title: *Fifty Animals that Changed the Course of History*).

Cook, Roger. *The Tree of Life: Image for the Cosmos*, London 1974.

Comont, Richard. *Bumblebees*, London 2017.

Davis, K. S. & Day, J. A. *Vatten, vetenskapens spegel*, övers. Leif Björk, Stockholm 1961 (Original title: *Water: The Mirror of Science*).

Day, Trevor. *Sardine*, London 2018.

Dennett, Daniel C. *Från bakterier till Bach och tillbaka: Medvetandets evolution*, övers. Jim Jakobsson, Stockholm 2017

(Original title: *From Bacteria to Bach and Back*).

Dietrich Burkhard, Wolfgang Schleidt, Helmut Altner. *Signaler i djurvärlden, red.* övers. Sverre Sjölander, Stockholm 1969 (Original title: *Signale in der Tierwelt*; English title: *Signals in the Animal World*).

Dillard, Annie. *For the Time Being*, New York 2000.

Dröscher, Vitus B. *Hur djuren upplever världen*, övers. Roland Adlerberth, Stockholm 1969 (Original title: *Klug wie die Schlangen, die Erforschung der Tierseele*; English title: *The Mysterious Senses of Animals*).

Dugatkin, Lee Alan & Trut, Lyudmila. *How to Tame a Fox (and Build a Dog)*, London 2017.

Edberg, Rolf. *Droppar av vatten, droppar av liv*, Höganäs 1984.

Edberg, Rolf. *Årsbarn med Plejaderna*, Stockholm 1987.

Edberg, Rolf. *Vid trädets fot*, Stockholm 1971.

Ellervik, Ulf. *Ursprung. Berättelser om livets början, och dess framtid*, Stockholm 2016.

Evans, L. O. *Jordens historia och geologi*, övers. Marcel Cohen, Stockholm 1972 (Original title: *The Earth*).

Farrington, Benjamin. *Grekisk vetenskap: Från Thales till Ptolemaios*, övers. Lennart Edberg, Stockholm 1965 (Original title: *Greek Science: Its Meaning for Us*).

Fridell, Staffan & Svanberg. *Ingvar, Däggdjur i svensk folklig tradition*, Stockholm 2007.

Gorman, Gerard. *Woodpeckers*, London 2018.

Goulson, Dave. *Galen i humlor: En berättelse om små men viktiga varelser*, övers. Helena Sjöstrand Svenn & Gösta Svenn, Stockholm 2015 (Original title: *A Sting in the Tale: My Adventures with Bumblebees*).

Goulson, Dave. *Galen i insekter: En berättelse om småkrypens magiska värld*, övers. Helena Sjöstrand Svenn & Gösta Svenn, Stockholm 2016 (Original title: *A Buzz in the Meadow: The Natural History of a French Farm*).

Graebner, Karl-Erich. *Livet i himmel, på jord, i vatten*, övers. Roland Adlerberth, Stockholm 1975 (Original title: *Natur – Reich der tausend Wunder*).

Graebner, Karl-Erich. *Naturen – livets oändliga mångfald*, övers. Roland Adlerberth, Stockholm 1974 (Original title: *Natur – Reich der tausend Wunder*).

Grågåsens år. *Håkan Hallander*, Stockholm 1980 (Original title: *Das Jahr der Graugans*; English title: *The Year of the Greylag Goose*).

Greenfield, Susan A. *Hjärnans mysterier*, övers. Nils-Åke Björkegren, Stockholm 1997 (Original title: *The Human Mind Explained*).

Grahame, Kenneth. *Det susar i säven*, övers. Signe Hallström,

Stockholm 1949 (Original title: *The Wind in the Willows*).

Griffi n, Donald R. *Animal Minds*, Chicago 1992.

Hagberg, Knut. *Svenskt djurliv i mark och hävd*, Stockholm 1950.

Handberg, Peter. *Jag ville leva på djupet*, Stockholm 2017.

Hansson, Gunnar D. *Idegransöarna*, Stockholm 1994.

Hanson, Thor. *Buzz: The Nature and Necessity of Bees*, N.Y. & London 2018.

Hansson, Åke. *Biet och bisamhället, i Landskap för människor och bin*, Stockholm 1981.

Harari, Yuval. *Homo Deus. En kort historik över morgondagen*, övers. Joachim Retzlaff, Stockholm 2017 (English title: *Homo Deus: A Brief History of Tomorrow*).

Harari, Yuval Noah. *Sapiens: En kort historik över mänskligheten*, övers. Joachim Retzlaff, Stockholm 2015 (English title: *Sapiens: A Brief History of Humankind*).

Haupt, Lyanda Lynn. *Mozart's Starling*, New York 2017.

Henderson, Caspar. *The Book of Barely Imagined Beings: A 21st Century Bestiary*, Chicago 2013.

Heintzenberg, Felix. *Nordiska nätter: Djurliv mellan skymning och gryning*, Lund 2013.

Henrikson, Alf & Lindahl, Edward. *Asken Yggdrasil: Engammal gudomlig historia*, Stockholm 1973.

Hjort, Harriet. *Blomstervandringar*, Stockholm 1970.

Hoffmeyer, Jesper. *En snegl på vejen, Betydningens naturhistorie*, Köpenhamn 1995.

Hölldobler, Bert & Wilson, Edward. *The Superorganism: The Beauty, Elegance, and Strangeness of Insect Societies*, New York & London 2009.

Hope Jahren, Anne. *Träd, kärlek och andra växter*, övers. Joachim Retzlaff, Stockholm 2016 (Original title: *Lab Girl*).

Ingelf, Jarl. *Sjukvård i djurvärlden*, Stockholm 2002.

Isaacson, Walter. *Leonardo da Vinci*, övers. Margareta Eklöf, Stockholm 2018 (Original title: *Leonardo da Vinci*).

Jakobsson, Stockholm 2018 (Original title: *Das geheime Netzwerk der Natur*).

Johnson, Steven. *Emergence: The Connected Lives of Ants, Brains, Cities, and Software*, New York 2001 & 2004.

Kallenberg, Lena & Falk, Bisse. *Urtidsboken: Från jordens födelse tilldinosauriernas undergång*, Stockholm 1996.

King, Janine m.fl . *Scents*, London 1993.

King, Doreen. *Squirrels in Your Garden*, London 1997.

Klinting, Lars. *Första insektsboken*, Stockholm 1991.

Kuberski, Philip. *Chaosmos*, New York 1994.

Kvant, Christel. *Trädets tid*, Stockholm 2011.

Laws, Bill. *Femtio växter som ändrat historiens gång*, övers.

Lennart Engstrand & Marie Widén, Stockholm 2016 (Original title: *Fifty Plants that Changed the Course of History*).

Lagerlöf, Selma. *Nils Holgerssons underbara resa genom Sverige*, Stockholm 1907.

Leroi, A.M. *The Lagoon: How Aristotle Invented Science*, London 2015.

Lindroth, Carl H. *Från insekternas värld*, Stockholm 1962.

Lindroth, Carl H. Myran Emma. *Från insekternas värld*, Stockholm 1963.

Lindroth, Carl H. & Nilsson, Lennart. *Myror*, Stockholm 1959.

Lindström, Erik. *Lär känna rödräven*, Stockholm 1987.

Linsenmair, Karl-Eduard. *Varför sjunger fåglarna?: Fågelsångens former och funktioner*, Stockholm 1972.

Lloyd, Christopher. *The Story of the World in 100 Species*, London 2016.

Lorenz, Konrad. *I samspråk med djuren*, övers. Gemma Snellman, Stockholm 1967.

Lovelock, James. *Gaia: A New Look at Life on Earth*, Oxford 1979, 1995.

Maeterlinck, Maurice. *Blommornas intelligens*, övers. Hugo Hultenberg, Stockholm 1910 (Original title: *L'intelligence des fl eurs; English title: The Intelligence of Flowers*).

Maeterlinck, Maurice, Bikupan. *Myrornas liv*, övers. Hugo

Hultenberg, Stockholm 1931(Original title: *La Vie des Fourmis*; English title: *The Life of the Ant*).

Mancuso, Stefano & Viola, Alessandra. *Intelligenta växter: Den överraskande vetenskapen om växternas hemliga liv*, övers. Olov Hyllienmark, Stockholm 2018 (Original title: *Verde brillante*; English title: *Brilliant Green: The Surprising History and Science of Plant Intelligence*).

Marend, Mart. *Vingkraft*, Klintehamn 2012.

Martinson, Harry. *Vinden på marken*, Stockholm 1964.

Meijer, Eva. *Djurens språk: Det hemliga samtalet i naturens värld*, övers. Johanna Hedenberg, Stockholm 2019 (Original title: *Dierentalen*; English title: *Animal Languages: The Secret Conversations of the Living World*).

Melville, Herman. *Moby Dick eller Den vita valen*, övers. Hugo Hultenberg, Stockholm 2016 (Original title: *Moby Dick;* or, *The Whale*).

Meulengracht-Madsen, Jens. *Fiskarnas beteende*, Stockholm 1969.

Milne, Lorus J. och Margery. *Människans och djurens sinnen*, övers. Svante Arvidsson, Stockholm 1965 (Original title: *The Senses of Animals and Men*).

Möller, Lotte. *Bin och människor: Om bin och biskötare i religion, revolution och evolution samt många andra bisaker*,

Stockholm 2019.

Mossberg, Bo & Cederberg. *Björn, Humlor i Sverige: 40 arter att älska och förundras över*, Stockholm 2012.

Munz, Tania. The Dancing Bees. *Karl von Frisch and the Discovery of the Honeybee Language*, Chicago 2016.

Newman, Eric A. et al. *The Beautiful Brain*, New York 2017.

Nicol, Stephen. *The Curious Life of Krill: A Conservation Story from the Bottom of the World*, Washington 2018.

Nielsen, Anker. *Insekternas sinnesorgan*, övers. Steffen Arnmark, Stockholm 1969 (Original title: *Insekternes sanseverden*).

Nilson, Peter. *Stjärnvägar: En bok om kosmos*, Stockholm 1996.

Nilson, Peter. *Stjärnvägar: Ljuden från kosmos*, Stockholm 2000.

Nissen, T. Vincents. *Mikroorganismerna omkring oss*, övers. Steffen Arnmark, Stockholm 1972 (Original title: *Mikroorganismerne omkring os*).

Nordström, Henrik. *Gräs*, Stockholm 1990.

Philbrick, Nathaniel. *I hjärtat av havet: Den tragiska berättelsen om valfångsfartyget Essex*, övers. Hans Berggren, Stockholm 2001 (Original title: *In the Heart of the Sea*).

Rådbo, Marie. *Ögon känsliga för stjärnor: En bok om rymden*, Stockholm 2008.

Robbins, Jim. *The Wonder of Birds*, London 2018.

Rosen von, Björn. *Samtal med en nötväcka*, Stockholm 1993.

Rosenberg, Erik. *Fåglar i Sverige*, Stockholm 1967.

Russell, Peter. *The Brain Book*, London 1979.

Saf i na, Carl. *Beyond Words: What Animals Think and Feel*, New York 2015.

Sax, Boria. *Crow*, London 2017.

Sagan, Carl. *Lustgårdens drakar: Den mänskliga intelligensens utveckling*, övers. Carl G. Liungman, Stockholm 1979 (Original title: *The Dragons of Eden: Speculations on the Evolution of Human Intelligence*).

Saint-Exupéry. *Antoine de, Lille prinsen*, övers. Gunvor Bang, Stockholm 1973 (Original title: *Le Petit Prince*; English title: *The Little Prince*).

Sörlin, Sverker. *Antropocen: En essä om människans tidsålder*, Stockholm 2017.

Sverdrup-Thygeson, Anne. *Insekternas planet: Om småkrypen vi inte kan leva utan*, övers. Helena Sjöstrand Svenn & Gösta Svenn, Stockholm 2018 (Original title: *Insektenes planet*; English title: *Extraordinary Insects*).

Stigsdotter, Marit & Hertzberg, Bertil. *Björk: Trädet, människan och naturen*, Stockholm 2013.

Taylor, Marianne. *401 Amazing Animal Facts*, London 2010.

Teschke, Holger. *Sill: Ett porträtt*, övers. Joachim Retzlaff,

Stockholm 2018 (Original title: *Heringe*).

Thomas, Chris D. *Inheritors of the Earth: How Nature Is Thriving in an Age of Extinction*, New York 2017.

Thomas, Lewis. *Cellens liv*, övers. Karl Erik Lorentz, fackgranskning Bo Holmberg, Stockholm 1976 (Original title: *The Lives of a Cell: Notes of a Biology Watcher*).

Thoreau, Henry David. *Dagboksanteckningar*, övers. Peter Handberg, Stockholm 2017 (Original title: *The Journal of Henry David Thoreau*).

Tinbergen, Niko. *Beteenden i djurvärlden*, övers. Inga Ulvönäs, Stockholm 1969 (Original title: *Animal Behaviour*).

Tomkins, Peter & Bird, Christopher. *The Secret Life of Plants*, London 1974.

Ulfstrand, Staffan. *Flugsnapparnas vita fl äckar: Forskningsnytt från djurens liv i svensk natur*, Stockholm 2000 – Fågelgrannar, med Sven-Olof Ahlgren, Stockholm 2015.

Unwin, Mike. *Foxes*, London 2015.

Waal de, Frans. *Are We Smart Enough to Know How Smart Animals Are*? New York 2016.

Wallin, Nils L. *Biomusicology: Neurophysiological, Neuropsychological and Evolutionary Perspectives on the Origins and Purposes of Music*, New York 1992.

Watson, Lyall. *Lifetide*, London 1979—*Heaven's Breath: A*

Natural History of the Wind, London 1984—*The Water Planet: A Celebration of the Wonder of Water*, New York 1988.

Watson, Lyall. *Supernature*, London 1973—*Heaven's Breath: A Natural History of the Wind*, London 1984—*Jacobson's Organ and the Remarkable Nature of Smell*, London 2000.

Watson, Lyall. *Lifetide*, London 1979—Supernature II, London 1986.

Watson, Lyall. *Supernature* II, London 1986.

Wege, Karla. *Väder*, övers. Thomas Grundberg, Stockholm 1993 (Original title: *Wetter*).

Welland, Michael. *Sand: The Never-ending Story*, Berkeley 2009.

Went, Frits W. *Växterna*, övers. Roland Adlerberth, Stockholm 1964 (Original title: *The Plants*).

Wickler, Wolfgang. *Häcka, löpa, leka: Om parbildning och fortplantning i djurens värld*, övers. Anders Byttner, Stockholm 1973 (Original title: *Sind wir sunder: naturgesetze der Ehe*; English title: *The Sexual Code: The Social Behaviour of Animals and Men*).

Wilson, E. O. *Anthill*, New York 2010.

Wilson, E. O. *On Human Nature*, Cambridge, Massachusetts 1978 & 2004.

Wilson, E. O. *Half-Earth: Our Planet's Fight for Life*, New York 2016.

Wills, Simon. *A History of Birds*, Barnsley 2017.

Wohlleben, Peter. *Djurens gåtfulla liv*, övers. Jim Jakobsson, Stockholm 2017 (Original title: *Das Seelenleben der Tiere*; English title: *The Inner Life of Animals: Surprising Observations of a Hidden World*).

Wohlleben, Peter. *Trädens hemliga liv*, övers. Jim Jakobsson, Stockholm 2016 (Original title: *Das geheime Leben der Bäume*; English title: *The Hidden Life of Trees*).

Yong, Ed. *I Contain Multitudes: The Microbes Within Us and a Grander View of Life*, New York 2016.

Zänkert, Adolf. Varthän – *Varför: En bok om djurens vandringar*, övers. Birger Bohlin, Malmö 1959 (Original title: *Das grosse Wandern*).

文章

Ajanki, Tord. *Fattig munk blev genetikens fader*, Populär historia 1/1998.

Aktuellt i korthet. Särbegåvad. *Att bin kan räkna*···Sveriges Natur 4/2018.

Backman, Maria. *Tyst, vi störs*! Sveriges Natur 5/2017 – Känner med vän, Sveriges Natur 1/2020.

Bertilsson, Cecilia. *Utan öron, inga ljud*, Sveriges Natur 2/2004.

Bojs. *Karin Världens äldsta bacill kan förökas*, DN 19 okt 2000 –

Du är mer bakterie än människa, DN 17 jan 2012.

Britton, Sven. *Cellerna dör för nästan*, DN 28 mars 1995

Brusewitz, Martin, Alger, hajp eller hopp ? Sveriges Natur 2/18.

Burton, Nina & Ekner, Reidar. *Indianerna i USA*. Ett reportage, Ord & Bild nr 1 1976.

Dahlgren, Eva F. *Bakterier som släcker solen*, DN 31 okt 1999.

Denbaum, Philip. *Kråkor*, DN 8 feb 2018.

Djuret som lurar evolutionen, Forskning och Framsteg 20 april 2019.

Ekdahl, Åke, Mickel. *Naturens egen supervinnare*, DN 13 april 2002.

Ekstrand, Lena. *Därför är kråkfåglar så smarta*, GP 18 dec 2016.

Emery, Nathan. *Bird brains make brainy birds.*

Ennart, Henrik. *Bajsbanken kan bli framtidens föryngringskur*, SvD 12 feb 2017.

Engström, Mia. *Vi är ekologiska analfabeter, intervju med professor Carl Folke*, SvD 8 april 2014.

Flores, Juan. *Bläckfi sk som byter färg i sömnen förtrollar*, DN 29 sept 2019.

Fredrikzon, Johan. *Fotot som blev hela mänsklighetens selfi e*, SvD 16 sept 2017.

Gyllander, Roland. *Bakterien outrotlig*, DN 23 okt 1994.

Herzberg, Nathaniel. *L'homme pousse les animaux à une vie*

nocturne, Le Monde 2 juni 2018.

Högselius, Per. *Spår i sand berättar om jordens historia*, SvD 14 april 2011.

Johansson, Roland. *Antalet arter på jorden är lagbundet*, SvD 20 dec 2012.

Johansson, Roland. *Vägbygget som inte behöver planeras*, SvD 9 feb 2019.

Jones, Evelyn. *Därför kan vi inte leva utan insekterna*, DN 16 mars 2019.

Kerpner, Joachim. *Vattnet på väg att ta slut i 17 länder*, AB 7 aug 2019.

Mathlein, Anders. *Kaffets symbolvärde en smakrik historia*, SvD 14 okt 2011.

Niklasson, Sten. *Bakterierna behöver oss – därför fi nns vi*, SvD 24 jan 2013.

Nordström, Andreas. *Kärleken till humlan hänger på håret*, Expr. 10 mars 2011.

Ottosson, Mats. *Lycklig av bin*, Sveriges Natur 1/05.

Rosengren, Izabella. *Kyssens korta historia*, forskning.se 2017/02/14.

Rydén, Rolf. *Träd och människor – myt och verklighet*, Naturvetaren nr 5 & 11 2002.

Schjærff Engelbrecht, Nønne/TT, *33 storstäder hotas av*

vattenbrist, SvD 7 aug 2019.

Sempler, Kajanders. *Munken och ärtorna avslöjade ärftlighet*, Ny Teknik 17 juni 2017.

Snaprud, Per. *En formel för medvetandet*, Forskning & Framsteg 1/2017.

Snaprud, Per. *Möss och människor nästan lika som bär*, DN 5 dec 2002.

Snaprud, Per. *Så hittar fåglarna*, DN 11 maj 2002.

Spross, Åke. *Bakterier ofta bättre än sitt rykte*, Apoteket 3/00.

Svahn, Clas. *2,9 miljarder fåglar har försvunnit i Nordamerika på 50 år*, DN 19 sept 2018.

Thorman, Staffan. *Att leva i vatten, ur utställningskatalogen Vatten*. Myt. Konst. Teknik. Vetenskap, Lövstabruk 1991.

Thyr, Håkan. *Myror mäter med pi*, Ny Teknik 2000.

Undseth, Michelle. *Insekter har medvetande*, svt vetenskap 18 april 2016.

Walker, Matthew. *Sömngåtan*, SvD 3 juli 2018.

Wallerius, Anders. *Prat med myror blir möjligt*, Ny Teknik 20-08.

http://classics.mit.edu/Aristotle/history_anim.mb.txt

https://blueplanetsociety.org/2015/03/the-importance-ofplankton/

https://djurfabriken.se/kycklingfabriken

https://earthobservatory.nasa.gov/features/Lawn

https://fof.se/tidning/2015/6/artikel/var-smarta-smafagel

https://grist.org/article/lawns-are-the-no-1-agricultural-cropin-america-they-need-to-die/

https://meinhoney.com/news/the-researchers-found-that-ahoneybee-has-the-same-amount-of-hairs-as-a-squirrel-3-million

https://natgeo.se/djur/insekter/bin-kan-ocksa-bli-ledsna

https://octopusworlds.com/octopus-intelligence

https://svenskhonungsforadling.se/honung/honungsskolan

https://svt.se/nyheter/inrikes/odlad-lax-full-av-forbjudetbekampningsmedel

https://tonyasumaa.wordpress.com/2013/09/30/varlden-konsumerar-143-miljarder-liter-olja-per-dag/

https://tv.nrk.no/serie/insekter-og-musikk

https://www.biodlarna.se/bin-och-biodling/biodlingensprodukter/honung

https://www.bumblebeeconservation.org/bee-faqs/bumblebee predators/

https://www.earthwormwatch.org/blogs/darwins-worms

https://www.forskning.se/2017/07/14/bakterier-visarfl ockbeteende/

https://www.forskning.se/2017/09/18/fi skhonor-gillarhanarsom-sjunger/

https://www.forskning.se/2017/12/05/livet-under-markytanidirektsandning/

https://www.forskning.se/2017/09/28/vaxter-taligare-isymbios-med-svamp

https://www.forskning.se/2017/02/15/hoppstjartarnasmang fald-har-sin-forklaring

https://www.forskning.se/2018/08/01/livet-i-jorden-ettkonstant-krig-om-naring/

https://www.livescience.com/11713-prehistoric-cemeteryre veals-man-fox-pals.html

https://www.natursidan.se/nyheter/talgoxar-som-attackera rsmafaglar-utspritt-fenomen-som-dokumenterats-länge

https//:www.natursidan.se/nyheter/vilda-djur-utgor-bara-4-avalla-daggdjur-resten-ar-boskap-och-människor

https://www.newscientist.com/article/2116583-there-are-fivetimes-more-urban-foxes-in-england-than-we-thought

https://www.sciencedaily.com/realeases/2011/02/1102021 32609.htm

https//www.slu.se/ew-nyheter/2019/1/trangsel-far-majsen-attaktivera-forsvaret-och-doftsignaler-far-plantor-pa-hall-attgora-likadant

https://www.svt.se/nyheter/lokalt/skane/talgoxen-utmanars chimpansen

https://www.svt.se/nyheter/vetenskap/8-7-miljoner-arter-pajorden